白鲸之歌

胡说 —— 著

敦煌文艺出版社

图书在版编目（CIP）数据

白鲸之歌/胡说著． -- 兰州：敦煌文艺出版社，2021.6
 ISBN 978-7-5468-2044-6

Ⅰ．①白… Ⅱ．①胡… Ⅲ．①科学幻想小说—作品集—中国—当代Ⅳ．① I247.7

中国版本图书馆 CIP 数据核字（2021）第 124366 号

白鲸之歌

胡说 著

责任编辑：侯君莉
装帧设计：郝　旭　李关栋

敦煌文艺出版社出版、发行
本社地址：（730030）兰州市城关区曹家巷1号新闻出版大厦
本社邮箱：dunhuangwenyi1958@163.com
0931-8152173（编辑部）　0931-8120135（发行部）

武汉市籍缘印刷厂
开本 787 毫米 ×1092 毫米　1/16　印张 15.75　插页 2　字数 200 千
2021 年 8 月第 1 版　2021 年 8 月第 1 次印刷
印数：1~5 000 册

ISBN 978-7-5468-2044-6
定价：58.00 元

如发现印装质量问题，影响阅读，请与出版社联系调换。

本书所有内容经作者同意授权，并许可使用。
未经同意，不得以任何形式复制转载。

目 录

白鲸之歌　　　　　　　　1

大厦之巅　　　　　　　　33

倒计时　　　　　　　　　69

咔西诡秘事件录　　　　　87

神之一手　　　　　　　　121

猎鼠记　　　　　　　　　161

海拉的罗盘　　　　　　　199

白鯨之歌

楔　子

"它死了吗？"

靠在船尾护栏旁的女士战战兢兢地问。

没有人回答她，但刚刚砸到甲板上一动不动的鲸突然扭动了起来，它身上还缠着网和捕鲸索，一支带倒勾的标枪刺入背后死死勾住了它坚韧的皮肤和皮下脂肪。

血液从独角鲸背上的伤口流出，在它花白斑纹的皮肤下汇成一条条鲜红的小溪，最后渗入甲板的缝隙中。它拼命扭动着身躯，用尾巴和鳍混乱而徒劳地拍打甲板，疯狂挥舞着它头上那只近两码的长牙，无论是水手还是从我船上过来的乘客都不敢靠近。

鲸鱼的声音原本是低沉而宁静的，此刻又多了一分哀怨和绝望。它半张着嘴，不断地发出哀怨的呼喊，即使重伤力竭，但它的声音依然很大，共鸣性极强的哀歌比任何生物垂死的哀鸣都要凄惨，像一只看不见的手，紧紧攥着每个人的心脏，让人喘不过气来。

我被夹在独角鲸左侧的人群里，当我钻出围观的人来到前面时，突然有人大喊了一声：别过去！危险！

他们喊的并不是我，而是一个正在走向独角鲸的女孩。女孩穿着一袭海蓝色的长裙，乌黑的头发一直垂到腰部。她很大方自然地走向负伤的鲸，完全不害怕那只正在暴怒哀嚎的海兽，没有人去阻拦她，人们都忙着惊呼和祈祷。女孩就这样赤着脚，全然不在乎污水浸湿裙摆，径直走到独角鲸面前。

接下来，女孩俯下身伸出双手，从侧面轻轻环抱住了独角鲸。她的手臂修长白皙，肩上有一道不浅的伤口十分显眼。

那只垂死的海兽突然不再扭动了，刺耳的哭嚎慢慢变成了低声抽泣，它的身子也跟着微微颤动，那女孩把头轻轻靠在它身上，一只手有节奏地拍打着，同时，嘴里轻轻哼唱着什么。

独角鲸死了。

海浪有节奏地拍打着船体，似乎在应和着女孩哼唱的曲调。

1　黑帆流浪者

虚无间，缥缈间。

南来间，北往间。

西去间，东来间。

白驹过隙，已是匆匆。

聆听贝壳的嗫语，

吟唱一首海的歌，

静默却不寂寥。

……

——《Song Of The Sea》

　　我的父母将一生的精力都投入在大海上，然而我们生活的小镇却看不见大海，小时候只知道他们每隔一段时间就会从很远的地方回来，然后又要去更远的地方。

　　到底什么是海洋？孩童时的我很多次问过父母。每次，他们都会告诉我很多的数字和我听不懂的词汇，但他们未曾告诉我答案。事实上任何一本书和文献中都找不到这个问题的答案……如果你想要知道海洋是什么……

　　你必须亲眼去看，你必须亲耳去听，你必须伸手去触摸海水，亲身感受它的力量。

我曾无数次想象过那片一望无际的、巨大的水，直到我亲眼见到海洋的时候，才发现，水是大海不可或缺的一部分，但，仅仅是最基本的一部分罢了。当身体浸入海水中时，我感受到了一种新奇而古老的兴奋，那是从血液中澎湃而出的好奇与敬畏。那一刻，我才明白了一切，务须一言一字，仅仅感受它非凡的气势与魅力，你就知道大海如此让人心神向往的原因了。

大海是活着的。

一吐一息之间，无数的生命从中走出，踏上大陆，飞向天空，有些又回归大海。它是一片如此古老的空间，见证无数波澜壮阔的历险与传奇，但它只是静静地看着，万年不变地用浪潮拍打礁石。

说不出那是什么，海洋就是有着一股神秘而让人着迷的魔力。海洋是高深莫测的贤者，是堆金积玉的富豪，又是喜怒无常的孩童。知识、财富、名誉……从大海当中，人们可以获得所欲求的一切。因此，大海的磁力拉扯着罗盘的磁针，大批的人从陆地的各处纷沓而来，竭尽全力地与狂风巨浪抗争，然后一次次投入它的怀抱。

可即使如此，我们至今所探寻到的依旧只是冰山一角，大海中隐藏着太多秘密。大海里有什么？谁知道你又会遇到什么呢？在这里遇到什么都不足为奇，这正是我着了魔般扑入其中的原因。大海给人一种渴望，一种谁都不知其本质的渴望。

我不止一次地听人们讲述海洋的故事，旗鱼，暴风雨，大乌贼，幽灵船，还有利维坦狄娅。

然而，仅仅知道某些事物的存在，是不足以描述它们的故事。有时候，我们得靠近些，再近些，你得看它们游泳、跳跃、翻转，倾听它们的呼吸，想象它们的生活与故事，并且，成为故事的一部分。

在海上漂泊的第十二年，我这辈子第一次见到了利维坦狄娅，是第一次，也是唯一的一次了。见面的场所不是在我自己的船上，而是在一艘捕鲸船上。

我们是在迪亚士角的老灯塔拐角处遇见的，厄加勒斯寒流和西风漂流的交界处附近，那里航道密集，经常能遇到其他船只，我与利维坦狄娅便是在那里相遇的。从望远镜中第一眼看到那艘捕鲸船时，我被那漆黑的船帆吓了一跳，后来才知道，世界上除了走私者和海盗，还有一艘船是高挂着黑帆航行的。

那艘捕鲸船叫漆黑梅德利号。它高扬着黑色的大帆，船体长而细瘦，如同一条狡诈的旗鱼，船体外侧满是海潮和航行留下的痕迹，一架大得不成比例的捕鲸弩戳在船头，船的两侧吊着一团团缠好的巨网和捕鲸索，十分累赘地打破了船体的流线感，看上去像肉瘤般突兀。

当时一只被他们追捕的中型鲸冲出了十几艘捕鲸小艇的围堵，那是头十分聪明的鲸鱼，它在一群训练有素的捕鲸老手中穿梭，躲开了大部分的攻击，虽然最后左侧胸鳍被捕鲸弩射中，但还是成功逃出生天了。

然而它似乎没有注意到另一艘船的存在，于是径直朝我们的船撞了过来。为了避让它，我们的船转向后撞到了礁石。所幸我们离海岸不远，得以立即靠岸维修，船交由当地人修理需要半个月的时间。为了不耽误乘客们的行程，我尝试着和黑色梅德利号的船长交涉，请求顺路搭载我们到都柏林港。

第一次踏上这艘船时我还是稍稍有些惊讶，它太老旧了，以至于大部分甲板踩上去都会发出松动的吱吱声，桅杆之间的缆绳与捕鲸索交错在一起，如蛛网般错综复杂，让人看着头皮发麻，不知道水手们是怎么区分开的。特殊的造型决定了这艘船不同寻常的速度，尖锐的船头破开海面，破碎的海浪冲刷着托浪板和修长的流线型船身，它就如同一个经验丰富的老猎人，压低身子，在密林中矫健而隐蔽地穿梭着。又像一个疲惫的流浪者，裹紧漆黑的斗篷，在凛冽刺骨的海风中行走，日复一日，年复一年。

我不知道它残破的身躯如何经受住这样日夜兼程的航行，常年的航海旅行让它的风化破损严重，让人无法从外表判断它的年龄，它身上刻满了岁月的印记，船底附满了一层密密麻麻的白色藤壶，船帆间交错的缆绳已经变成墨绿色，船舱里的墙面被油灯熏得乌黑。

整个船体最引人注目的还是那三面漆黑的大帆，乘风而行时，风的波纹不断在漆黑的帆面上涌动着，海风也推动了水面，于是风帆同船下的海面以同样的频率翻涌。

我曾问过船上的水手黑帆的来由，但他们似乎也不知道答案。有人猜测着告诉我一些传闻，诸如哈罗特船长害怕白色，黑色的帆能避免让海妖发现大船，白帆容易吓跑大鲸一类的，而真正的答案，恐怕只有这艘船的主人——哈罗特船长，才会知道吧。

然而，哈罗特船长很少露面，除非遇到大鲸，否则他几乎都待在自己的房间里。

第一次看到他的时候，他站在主桅杆的顶端瞭望台上，一脚站在木板上，一只手抓着缆绳，半个身子都架在空中，大衣被高空中的海风吹得猎猎飘舞，他的眼睛直视着前方的大海，口中似乎喃喃自语着什么，就这样站了许久。

他下来时我才发现，他抓着缆绳的不是手，而是装在手上的铁钩。后来我看到他整个右肩下的袖管都空空如也，那时才知道……哈罗特船长失去的并非只是一只手掌。

船长和这艘船真是相似，凌乱的花白头发下是一张消瘦细长的脸，鹰隼般的双眼角度尖锐，颧骨高耸，五官和面容都带着一股海风削劈出来的棱角，一道狰狞的老伤疤从脸上一直蔓延到脖颈下。

虽然，我对于捕鲸活动没有什么好感，但我得承认哈罗特是个了不起的汉子，而这艘捕鲸船也是一艘了不起的船。

梅德利号是整个挪威及爱尔兰地区最有名的捕鲸船，一个月能狩猎六十条大鲸。船员们会在船上进行鲸油的加工和提炼，每次出海都要等船舱填满了鲸油才会返航。这次载我们到港口后，他们将卸下货物，补充物资，不到一个月又将再度出海。

我曾看过他们甲板下的货仓，里面堆满了白色的鲸油罐子，里面装满了提炼好的半凝固鲸油。地底的黑色宝藏未被发现前，便是这点燃的鲸油脂照亮了这个星球的夜晚。来自深海的生命结晶熊熊燃烧着，散发着热量和淡淡的白烟，那是包裹在鲸鱼厚实的皮肤下，日夜翻滚在冰凉的深海波涛中的白色半透明固体。

2 独角鲸的葬礼

夜晚,一个水手坐在支桅索上。

灰蒙蒙的月光时明时暗,

海面上磷光闪烁,

那是什么生物掀起的尾波?

海风的呼啸彻夜未歇,

那是为谁奏响的悲怆哀歌?

————伊丽莎白·奥茨·史密斯

  我的乘客们给梅德利号带来了难得的热闹,适应了环境之后他们也不再抱怨船上的腥味和破旧的船舱,反倒和水手们打成了一片。

  夜晚,月光在翻滚的海浪间起舞,海面波光荡漾,海洋露出了她神秘的一面。疲倦的海鸥三两成群地落在桅杆上,烛火照亮了船舱,从我的船上过来的乐队奏起提琴和长笛,水手们一人接一句地唱起即兴的歌曲,厨师端出鲸排和烤洋葱,人们在船上举杯畅饮。

  人们夸奖鲸肉的美味,但当梅德利号驶入途中第一个捕鲸渔场时,围猎鲸鱼的场景还是让所有人都感到触目惊心。

  那是一群独角鲸聚集的海域,这种鲸是小型鲸,体型只有四到五码,身上没有什么油脂，但它们的长牙却是价比黄金的珍宝。对，它们那只独具特色的骨质长刺并不是角，而是突出唇外的獠牙。在炼金术盛行的年代，人们认为独角鲸的长牙有独特的药用价值，甚至具有某种魔力，独角鲸牙的价值最高的时候是等重量黄金的十倍，相传葡萄牙国王的王座就是用独角鲸牙打造而成的。

独角鲸生性温和并且充满好奇心，当捕鲸人的小艇靠近它们时，独角鲸不但不会逃跑，反而会试探着靠近，直到船上那些两足裸猿将手中的标枪投出，喷涌的鲜血在冰凉的海面上腾起雾气，它们才会受惊般仓皇逃窜，可这时它们早已被小艇团团围住了。

随着水手们一声比一声高亢的号子声，血腥的围猎开始了。带着倒勾的长矛拖着捕鲸索在海面上翻飞，鲸鱼的皮肤坚韧而有弹性，然而被刺中后便难以挣脱，只能被拖拽着拉进网中。少数独角鲸受伤后侥幸逃脱，它们拼命潜入海底企图逃出生天，但它们中大部分还是会死于出血或伤口感染。

受伤的鲸在水中痛苦地挣扎哀嚎，鲜血汇成的潮水冲刷着梅德利号的船底，反射的红光把每个人的脸都染成了红色，船上的乘客们一开始抱着看热闹的心态，纷纷跑上甲板靠着护栏观看捕鲸，当收网结束时，还能坚持着站在上面的人已是寥寥无几。

过了一会儿，一声巨大的声响又把躲进船舱里的人都引了出来，一只吊上船的大独角鲸挣断了绳索，沉沉地落到了甲板上，它拼命扭动着身躯，连最底层船舱的乘客都能听到它弄出的响声。

正当人们战战兢兢观望着那只痛苦挣扎的独角鲸时，我第一次见到了那个奇怪的女孩。她不知从哪走出来，径直走过去抱住了发狂的独角鲸，那只浑身是血的大海兽最后在她的安抚下平静地死去了。

之后，我就再也没有看到她的身影。她仿佛凭空消失在了船上一样，事实上之前我也从未见过她，或许她平时喜欢待在房间里吧，她还能去哪儿？这除了船，就只剩下一望无垠的大海了。

那一天晚上的海浪格外平静，几个南美的船员似乎在举行什么特殊的仪式，他们划着小艇在海中放了很多里面盛着香油用灯芯草点燃的小船。我从船上看到许多漂浮着的小光点，随着海浪的起伏摇曳着，是熄灭在冰冷漆黑的海水里，还是会飘到岸边或小岛上，没人知道它们能飘多远。

一位有钱的老妇人买下了白天那头独角鲸的牙，她同水手们一同到了小艇上，对他们说了些什么，然后一起把那支价值不菲的鲸牙沉入了海底。

我靠在船头的栏杆旁看着这一切，耳旁的海浪声中隐隐约约掺杂着悠长的叫声，鲸？海豚？或是某种海鸟？那声音随着海浪的节奏一起一伏，不算是哀怨，也更算不上欢愉，仿佛没有任何的情绪，如果非要说有，那可能就是一抹多愁善感的感叹吧。

"好听吗？"

是白天那个奇怪的女孩，她靠着栏杆站在离我不远的地方，我居然丝毫没有察觉到她是何时出现的。她换了一身遮到脚踝的白色长裙，还披着一条米色的坎肩外套，说话的时候没有面朝我而是正对着大海，而且还闭着眼睛，要不是周围没有其他人，我真不确定她是在和我说话。

"好听吗？"

这是伊芙琳同我说的第一句话，或许她是叫这个名字吧，每一次见面她都会说一个新的名字给我，贝利卡、盖娅、佩提拉……就像我每次问到她肩上那道伤口时，她总有不一样的回答。

"海的声音。"见我没有回应，于是她又补充道。

"很好听，它伴随了我至今为止一半的人生。海洋成为了我生命中不可或缺的一部分,以至于有时候我都忘了,它是如此奇妙。"我如是说道,"我对海上的生活已经司空见惯了,然而,我深信不疑的是,海洋的奇观和秘密,我所见识到的连万分之一都不到,它任意掀开冰山一角就足以颠覆我的想象。"

"我也是,即使我对大海再熟悉不过了,但总是听不腻,如果你足够细心,总会发现声音里蕴含着很多秘密和惊喜。"她缓缓睁开眼睛,却并没有扭过头,像一块安静的礁石,就这样看着前方,一头乌黑的长发随着浪潮声在风中翻动。她看上去只有十七八岁的样子,我像她这么大的时候也才刚出海。

"你听到了什么?"

"独角鲸唱着哀伤的葬歌,远处的海猫在空中盘旋鸣叫,初生的鲨第一次拍打着鳍片,飞鱼在浪花间起舞,鳐鱼贴着海床游过却不带起一点细沙……你笑什么?"她别过头来看着我。

"你是在吟诗吗?写得真美。"我微笑着夸奖道。

"不不不,我听得到的,真的。"她很肯定地点着头。

"那你也许还听到人鱼在唱歌吧?"我耸了耸肩笑道。

"像这样?"她面带神秘地看了我一眼,然后用一只手轻按在脖子上,一张嘴发出一个悠长婉转的音符:"啊~~~~~~~啊!是这样吗?"

"天呐,你怎么做到的?"

"其实很简单的,稍微练习一下谁都能做到,这是一个希腊人教我的,人鱼才不是这样叫的呢。"说着她双手抱在胸前,做出一副故弄玄虚的样子。

"那人鱼是怎么叫的?"我好奇地问道。

"像这样。"她闭上眼微微张口,别在耳后的头发被海风撩下,轻轻在身后飘飞着。安静的海面上能听到浪花翻涌,海风用力扯动着风帆,除此以外什么也没有了。

"我什么也没听到。"

"对呀，因为本来就什么也没有。"她似乎对恶作剧的效果很满意，带着一丝坏笑转身走了，踏上吱吱作响的楼梯走了两阶又回过头来，双手交叠放在背后说道，"世界上没有人鱼，没有海妖，也没有塞壬和波塞冬。"

"但，海上总是能遇到惊喜，谁知道海里有什么呢？谁知道你会遇到什么呢？"

"比如呢？"

"比如遇到你。"

3　海洋的吟游诗人

岁月如冰河，热望如鲸歌。那是柔红之下的烈火，那是醉后的他乡。

暗红的光在天空中慢慢涂开了一圈蔷薇的红色，像是鲜花的汁液滴洒在水中，一圈、两圈……化作鲜红而有诗意的涟漪，让人没法把它和阳光联想到一起。太阳深埋在漆黑的海平面下，而那浮云般几抹暗红的光在慢慢变亮，逐渐鲜艳得恰似带露水的玫瑰，红光慢慢将涌动的潮水染成红色，而浪花下的海水依旧漆黑，红与黑就这样搅拌成了一锅奇异的海。

等太阳完全升起来了，那才是真正让人惊奇的景象。海面上初升起的太阳是没有光环的，像一个从火炉里刚夹出来的铁球，圆溜溜的，烧得通红，但没有了平日的光辉，看上去竟然十分陌生。过了不到二十秒的时间，圆润的"铁球"慢慢升到了海平线以上，天空中的红晕愈发鲜亮起来，慢慢地，慢慢地，突然毫无预兆地燃烧了起来，如同凤凰长啸一声后火光四溢！一开始的几抹暗红，变成了光芒万丈的光环，那就是太阳的冠冕，它逐渐降下，和太阳的球体合二为一。

此刻，旭日加冕为王！

一望无际的海平面在一瞬间被彻底照亮，太阳又变成了平日所见的样子，威严地高挂于天际，散发着驱散黑暗和滋养万物的光芒。

从甲板向下看去，辽阔的海面衔接着绚丽的天空，远离人类的城市世界，只剩下海水、天空、太阳、空气。这时你才会发现，世界原来这么大，原来这么干净。

黄昏的光混合着尘埃,被海浪搅动着。这时的大海也很安静,卷起的浪花变成了一层层温柔的涟漪,波纹潋滟地倒映在船底。

上帝的大手打翻了太阳的光晕,然后懒洋洋地把它们翻搅在海洋里,光芒渗入每一滴水中,慢慢下沉,下沉,直至深海。

搅动。

希腊语中鲸的这个字的原义就是搅动和翻搅的意思。在当时人们的眼中,它们是巨兽、大海怪、吞噬一切的深海巨口,最老练的水手和凶狠的海盗也惧怕它们的身影,渔民出海时都会向大鲸祈祷,请求它们不要打翻渔船,直至捕鲸热的到来,才撕破了这层神秘与和谐。

我耳边隐约又听到了鲸鱼的声音,很轻很浅,我不知道那是真的鲸鱼,还是海浪与风的把戏。

"你很喜欢鲸鱼吗?"她像小猫一样蜷坐在桅杆旁,随意地伸展着身体,直到我们安静地看完了日出,她才慢悠悠地开口问道。

"不知道为什么,我很喜欢鲸鱼的声音。"

"喜欢大海的人,都喜欢鲸鱼。"

"那你呢。"

她并不回答我,又问道:"你知道它们在唱着什么吗?"

"我怎么会知道?"我苦笑道。

"就算听不懂。"她一根手指搭在嘴唇上,眼睛向上望着想了想道,"总会感受到什么吧,某些不用语音也能传达和接收到的东西。"

"我只是觉得,鲸可能对大海有着特殊的感情,所以它才能对大海唱出独特的歌。"我反问她,"那么你听到了什么呢?"

"人类现在的歌中所有想表达的内容,以及还未表达出的内容。"她蔚蓝的眼睛直视着我一本正经地说着，"那是在铁与火的喧嚣中人们早就忘却了的东西，只不过……海洋还记得呢。"

"它们和我们一样从海洋中走出来，经历无数的岁月，人们扎根在了大地上，而鲸又回到了海洋，继续传唱着那些世界上最原始的歌谣与史诗，我们也只有听到它们的歌时，灵魂中来源于海洋的那部分才会有所共鸣吧。"

她看着远方，过了一会儿才点了点头道："说得真好。"

"被你启发的。"我耸了耸肩道。

从好望角到都柏林要半个月的时间，我们偶尔在甲板上遇到便会靠着栏杆聊聊天，到后来我发现她每天都会在船尾看日出，傍晚又会到船首楼上看日落，时间掐得特别准，到后来我会刻意去这些地方找她，但每次总是比她到得晚。

我看不出她是什么地方的人，她的脸既像是丹麦人，又有希腊人的轮廓，仔细看还有亚洲人的特征，皮肤介于白色与小麦色之间，身材偏瘦但非常健康。有一次我见到她顺着缆绳从瞭望台上荡下来，这是很多年轻力盛的水手都做不来的动作，当时真把我吓了一跳。

她的眼睛蓝到让人惊奇，如果你和她对视的话，会感觉那眼睛像深海的涡流一样缠住你的视线无法移开。

有时我甚至怀疑她是海妖变的，悄悄混上了船，当我开玩笑似的把这个想法说出来时，她抱着肚子哈哈大笑起来。

"我都说过了。"她忍不住又笑了一阵，好不容易停下来后又说，"世界上没有海妖，也没有人鱼。"

"你为什么这么肯定？"

"因为如果有，我早就见到了。"她的语气相当自信。

"你在海里待了多久了。"

"从我出生，到现在。"

"什么？你没上过岸？"

"很少，很少，我不太喜欢陆地。"

"你说得太肯定了。知道吗？有一次航行到澳洲南部海岸的时候，我半夜醒来发现船下的海水居然发着光，整片海水都散发着忽明忽暗的白光，一开始我以为是月亮，抬头一看才发现那天没有月亮。说着我突然卖关子道，你猜那是什么？"

"是什么？"她抬起头看着我。

"水母。"我伸展开双手，做着很浮夸的动作，"延绵海面几十海里的水母群，随着它们的游动而闪烁着，像海面下的银河一样璀璨壮观。我船上有个六十多岁的老水手，他说他也是第一次见到。嗨，你看我多幸运。我说过什么来着，谁知道大海里有什么呢？谁知道你会遇到什么呢？谁都不敢说，自己对大海很了解。"

"有月光水母。"她想了想，然后点了点头说，但紧接着又摇了摇头说，"但是，真的没有海妖，我发誓。"

"那……"

"那什么？"她见我迟疑了一下，歪过头好奇地看着我。

"利维坦狄娅，它是存在的吧。"我坚定地说。

"那是什么？"

"会飞的鲸鱼。"

"噗，哈哈哈哈哈……你绕了半天就想说这个？"

"喂，你别笑呀，你真的没有听说过吗？"

"没有，你说说呗。"她摇了摇头，饶有兴致地看着我。

"最早是哥伦布在航行日志中提到过，他们在穿越巴哈马群岛的时候看见了巨大的白鲸从船顶飞过，但只是像梦境一样模糊地提了一句。直到十六世纪初才有了详细的发现记录，时间跨度很大，而地点也不一样，首先是印度洋，然后是日本海，还有爱琴海和格陵兰海，所有描述都是一样的，一只长达四十码左右的白色鲸鱼，它只在晴朗的夜晚出现，先是随船而行，然后跃出海面漂浮在空中……短短一两分钟后它又会回到海里消失无踪。"

"你相信吗？"

"谁知道呢？也许真的是一只会飞的鲸鱼，也许利维坦狄娅是一种特殊的光学现象，月光把海面下的鲸鱼影像投射在了空中，又或者什么更奇妙的东西，只有我遇到，亲眼看一看我才能解释清楚。"

"……"她不再说话，岔开话题说了几句之后就走了。不知为何她一直躲避着这个话题，后来好几次的谈话也都是这样结束的，直到船开入了格陵兰海后，旅程已接近尾声，那天晚上我又一次和她提起利维坦狄娅，这一次她让我站在船头的围栏旁，带着一丝狡猾又神秘的笑容叫我转过身去。

"打开你的眼睛去看吧。"她这么说着，轻轻推了我一把。

身体如同在梦境中一样无法移动，我就像一块多米诺骨牌一样向后倒去，我前面应该有一道栏杆的，但我倒下去的时候却没有感觉到任何的阻碍，直到撞到水面，海水伴随着铺天盖地的气泡把我淹没。透过海面和浪花我最后看到的一幕是她站在船头，手中捧着一团漂浮的水，仿佛一位手捧水晶球的吉普赛女巫，水团发散着柔和而纷杂的光，森罗万象都包含其中。

在水中我下意识地想挣扎和呼吸，可肺似乎和身体一样失去了控制，我的身体并不像铅一样一直下沉，而是浮在距海面有一段距离的地方，像是什么力量将我托住，待我冷静下来仔细观察才发现"身体"居然是不存在的，我像一个玻璃漂流瓶一样随波逐流，连影子都不会留下。

一大群箱水母从我的下方经过，它们以不同的频率收缩着身体，并且缓缓地游动，一下，两下，同你的心脏跳的一样快，它们近乎透明的身体散发着微弱的光芒，那是来自海底的、不断闪烁着的星辰。

海浪翻涌着，把镀在表面的一层月光揉碎，从这里看上去，整个大海就像一块不断破碎又合拢的银镜。我感觉到混乱的气泡和水流从某个方向涌来，但我并不能确定那是什么，于是我试图放轻松，让"身体"随着海流的方向飘去。

等到那片巨大的乱流从我身边穿过去，我才发现那是一大群抱团而行的沙丁鱼，它们并非朝着同样的方向游动，却又丝毫不会混乱，时而紧贴，时而分离，时而穿插交绕，每条沙丁鱼都按照只有它们自己能看到的路线游动着。鱼群环绕着一个圆心转动，突然像涡流一样旋转起来，先变成了龙卷风一样的圆锥状，然后慢慢收紧、集中……

它们互相摆动身体以此传达信号，沙丁鱼群以一种难以置信的整齐度运动起来，一道道富有规则的波纹在鱼群上翻动着，最后它们团成了一个近乎完美的球形，那圆球体正是由数以万计的、一模一样的生物所组成。

这个时候我已经完全没有了在水中的压迫感。经常游泳都会有这种感觉，当你完全习惯在水中漂浮的感觉后，你会对水和浮力产生一种奇妙的亲切感。有人说这是胚胎时期人浸泡在羊水中所留下的潜意识，还有说法是，这种感觉是因为人类的祖先诞生自海洋，这种对大海的归属感即使经历了无数世纪的变迁也依旧没有磨灭。

突然，一支洁白的箭矢刺入水面，拖出一道气泡组成的白色长尾，它精准快速地刺入鱼群当中。原来，那是一只通体白色的海鸥，它的羽毛被海水粘在身上，翅膀收起，双脚交替划水，以便让身体上浮。

紧接着，两道，三道，几十上百道，数不清的海鸥如雨点一般刺破海面冲向鱼群，透过蓝白琉璃般的水面能看到上面更多的白点在聚集，越来越多的海鸥从四面八方赶来，它们盘旋在鱼群上空如同一朵螺旋状的云。

沙丁鱼们却并不慌乱，在连发炮弹般的攻势下依旧保持着阵型，并且更加密集地紧贴在一起前进，敌人冲进来时它们散开一个小口，但很快又重新合拢，默契得让人难以想象，这样的舞蹈，每只沙丁鱼一生中要跳上万次。旗鱼也加入到掠袭者的阵营当中，作为海洋中最快的生物它们就像是帝国的精锐骑兵，加足马力全速冲锋，蔚蓝的流苏缓带在身后飘扬，枪尖直指敌军，一次次冲进沙丁鱼的"方阵"中，从另一端刺出后，以一个极小的角度调转枪头又冲杀回去。

这场战斗很快就结束了，没有了鱼尾和翅膀搅出的气泡，大海又变回一块蔚蓝而平整的琉璃。倦怠的海鸥们落在海面上梳理着翅膀，几只雪白的海豹蹿出水面，翻了个身又砸进水里，沙丁鱼们随着洋流继续前行，它们的数量依旧庞大，生命的火种还将随着海浪继续传递。

一个黑色的影子很突兀地划破了海面，它不属于自然，但是深深刻印着海洋的痕迹，那是传奇捕鲸船梅德利号的船底，它疲惫而沉默地前进着，海上的鸟儿们纷纷逃散。突然一个巨大的身影跃出水面，捕鲸船已经算是海上的庞然大物了，但和它一比却不值一提，它的背部弯曲成一个完美的拱形，从船上最高的桅杆上掠过。它的身体光滑而流畅，钻入水中时它仿佛成为了水的一部分，尾巴最后又露出水面，把一道水幕甩向月亮。

这时我看到了它的眼睛，那是一双硕大而睿智的双眼，和所有的鲸鱼一样，似乎带着某种忧愁和思虑，让人不禁猜想，里面到底隐藏多少秘密和智慧呢……

为什么凝视鲸鱼的眼睛，人们总会陷入沉思呢？仿佛心中某种东西正被它唤醒。

啪！一只手重重拍在了我肩膀上，眼前是漆黑的甲板，及其反射而出的月光，还有那双海蓝色的眼睛，只是它的主人从鲸鱼变成了有着一头黑发的女孩。我又感觉到了肺的存在，和脚站在地面上的感觉，这种久违的感觉让我不禁深呼吸了两口，然后我突然想起了什么，扭头朝船的一侧看去。

夜晚的海面下，我看不到任何关于白鲸、沙丁鱼和海豹的踪影，伊芙琳站在我面前，见我不理她又用力拍了我一下。

"发什么呆呢？"

"我好像看见了。"

"看见什么了？"

我想说利维坦狄娅，却没说出口，事实上我只是看到了一只巨大的白色鲸鱼，并不能认出它的身份。

"你该好好睡一觉了。"她见我不说话，便笑着走回船舱了。

她说得轻松，可那天我一晚上没睡着。我不断回忆着晚上发生的事情，但是记忆却变得越来越模糊，像是梦中突现的灵感，一分心就再也记不起来了，就像……一场幻觉，甚至连女孩本人也像是一个幻觉，一个在海浪和泡沫中诞生的迷梦。

她不可能是梅德利号上的人，捕鲸船上是不能有女人的，但……我又不记得乘客中是否有她，到现在我还是不知道她的名字，有时是伊芙琳，有时又是盖娅，但我不管叫哪个名字她都会扭过头回应我。

当我问她乘船是要去哪儿时，她会指着一个方向，手指划过马德拉群岛和其后一望无际的海平线说："沿着这个方向向北是哪里？"

我回答道："那是西班牙的圣玛丽亚港。"

她摇摇头说："那要再北一点。"

"呐！穿过法国布雷斯特角是英吉利海峡，沿爱尔兰东岸向北就是都柏林港，我们会在那里停靠。"

这时她停下来想了想，然后又说："也许我会在那下船，但不久之后，我还会继续向北去的。"

"再向北就是冰岛了。"

"那还要更北一点……"

4　利维坦狄娅

上帝创造了大鲸。

它在海中遨游，身体外是无穷无尽的水。

它所行之路随后发光，宛如深渊中的一缕白发。

它一口吸进一个大海，一吐气又喷出一个大海。

————《圣经·旧约·以赛亚书》

狂风撕破了海面平静的外衣，隐藏在其下数以万计的蓝色魔鬼般挣扎扭动着，它们把海水疯狂地翻搅起来，在暴雨与雷鸣的掩盖下肆无忌惮地呼嚎，迫不及待地庆祝着自己短暂的新生。

云层与下面的海水一同被搅动着，仿佛一团焦黑的炭火，一道道苍白的闪电毫无规律可言地在云中闪动着，闪电的尖端不断舔舐着海面，无数支尖锐的闪耀着的长矛如同在神力的驱赶下掷入大海，海潮与暗流因此变得更加汹涌了，雷电让整片大海都沸腾起来了。

"快住手！停下来！你想害死我们吗？"

人类卑微渺小的声音淹没在海洋的怒涛当中，一艘细长的木质三桅杆帆船在大海中宛如一片单薄的牡蛎壳，几乎每一个浪头都高过了帆船护栏，狂躁的海浪重重地拍打在船身上，甚至欢腾地冲到了甲板上。

暴风雨降临了，它是苍蓝汪洋之上的毁灭者，是所有航海者唯恐避之不及的无情死神。此时的大海裂开了它狂笑的嘴，如同圣女扯下了白袍化身为披头散发的女巫，向天空张开了那仿佛要吞噬一切的深渊大口，漆黑的梅德利号似乎被它轻轻一碰就会粉身碎骨，或许就是下一个海浪，或许是下下个……即使如此，它仍然倔强地踏在沸腾一般的海面上，顶着一波波大浪，朝着咆哮的风暴中央冲去。

"你听到了没有！混蛋！"愤怒的人咆哮着，但在狂风面前是如此的苍白无力，他冲上前去一把抓住撑着船舵的哈罗特，哈罗特却没有理会那人，一抬手将那人推倒在地。暴雨和溅上甲板的海浪让他们全身湿得透彻，但哈罗特却没有丝毫狼狈，他用那只断手上的钩子拉住缆绳，另一只手掌舵，双脚像生根了一样紧紧地钉在那里。

哈罗特的帽子早已不翼而飞，被打湿的衣物紧紧地贴在他磐石般坚固的身躯上，头发和胡须被暴风吹得四散飞舞，他笔直地站着，和船首的雕像一同承受着最猛烈的暴风，那双鹰隼一样的眼睛一如既往地怒视着大海，恶狠狠地回敬它的咆哮。

"我才是船长，明白吗？"他这么说着，头也没有回，仿佛是在对大海吼道。

"你会害死我们的！所有人都会因为你的冲动死在大海里！知道吗？把绳子砍断，我们还能调头冲出风暴。"一个年轻的水手大喊着，他脸上满是雨水，但我知道他已经吓哭了，我们在大海面前多么渺小，只有在这时候才能最清楚地体会到。

"我们已经冲不出去了，而且他是不会掉头的。"我的声音不大，但在人群中引起了一片骚动。他确实不会掉头，他会在这风暴里同大鲸搏斗至死，即便我不了解这个男人，也不知道他的过往、身世和残疾的原因，但他此刻的眼神已经说明了一切。

那是仇恨的眼神，情愿将灵魂掏出来，缠绕着敌人并将其拖入地狱的眼神。

这种眼神在那大鲸身上也有，那只身上插着捕鲸矛活了三十年的抹香鲸。有个老水手告诉我，上一次见到这只恶名远扬的怪物时，它头上插着一支矛，矛尾还有一截铁链。此刻，这和我们眼前的大鲸如出一辙，但那长矛却是在它的背上。

我猜想那是年轻的哈罗特刺上去的，而他自己也为此付出了代价，于是两个残缺而渴望复仇的灵魂就这样被囚禁在了大海之上，永远游荡着直至死亡。而此刻，那大鲸正拖着这艘船义无反顾地冲进地狱。

当我们在格陵兰海上遇到它时，哈罗特便派出船上所有小艇追击堵截，并当场把十几枚西班牙金币钉进了桅杆里，任何一个水手，只要能刺中那头鲸一矛就能拿走一枚金币，大家都热情高涨地欢呼起来，直到那只满头疤痕的海兽一下撞翻了两艘小艇，他们才如梦初醒般嗅到一丝危险的气息。

第一枚金币哈罗特船长收回到自己的腰包，他用带缆绳的捕鲸弩击中了大鲸的背部，我想那也是唯一一枚会被取下的金币。接下来受了伤的大鲸疯狂地挣扎着，拖着梅德利号偏离了航线。那些小艇跟不上大鲸的速度纷纷被甩下了，一个小时之后，我们硬生生被拖进了风暴圈当中。

梅德利号上，人们争吵着，哭号着，祈祷着。被捕鲸索栓住的大鲸还在拼命得加速游动，它顶着洋流前进，即便伤口崩裂、鲜血涌流也毫不在乎，它和哈罗特一样，对于痛苦依然麻木，那只插在身上的标枪日夜磨砺着它的血肉躯壳，永不休眠的疼痛日夜交织掏空它的灵魂。所以，疼痛和失血杀不死它，仇恨还在，它便不死，也早已不属于自然，自然中诞生不出这样的灵魂。它和哈罗特一样，和残酷无情的捕鲸人、唯利是图的资本家、野心勃勃的政客一样，和更多更多的人一样，都是不被自然所接受和祝福的……

怪物。

嘭！一声沉闷的撞击声，前去争取船舵的一个青年被哈罗特一拳击倒在甲板上。

"现在，你们就算把我扔到海里也没用，我们已经出不去了！"哈罗特紧紧把住方向，大鲸在船头不远处翻腾着，巨大的尾巴不时露出水面，它很疲惫了，但，还是决定和人们做最后一拼。

"这种程度的风暴是穿不出去的，更何况拖着一只五十多吨重的鲸。"哈罗特船长话音未落，船突然剧烈颠簸了一下，甲板上的人齐刷刷摔倒了一大片，哈罗特将缆绳紧紧缠在手上，拼命让自己保持平衡，"我会杀死它的，等这个魔鬼葬身大海，我们就随着暴风眼前进，那里才是风暴最薄弱的地方，我们必须向死而生！"

"把绳子砍断吧。"我说道，"你杀不死它的，海洋属于它们，而不是我们，继续下去……葬身海底的只会是我们。"

哈罗特没有回我的话，他沉默了一会儿把船舵卡死，然后转过身抽出腰间的佩剑指向我道："我只说一次，谁想放这怪物走，就先杀了我。而我死了，你们也逃不出去，只有我才有追踪暴风眼行船的技术。"

"停手吧，这样下去没有意义。"

"你没资格命令我，我才是船长！梅德利号上只有我才能发号施令！"

"我也是个船长，虽然不是这艘船的，但也请给我一把剑吧，让我第一个挑战。"我叹了口气，哈罗特迟疑了一下，抽出另一边的短剑扔给我。

抓住剑柄的一瞬间，我向前助跑了一两步，从栏杆上翻出去跃入大海。我的身体结结实实砸在翻涌的水面上，但这一次却是灌入口鼻中的海水和无法呼吸的窒息感。

我听不到船上的人在说什么，只是拼命向前游着，耳边只剩下海洋、天空与大鲸的呼啸声，混乱而强力的海流让我很难控制自己的方向，连保持不被卷走都很困难，费劲力气也只前进了一点点。

一个大浪将捕鲸索朝我的方向推了一点，我趁机一把抓住，整个人被绳索拖着滑行了一段距离，冰冷的海浪拍打着身体，像是要把我仅存的氧气和力气都挤出体外。

捕鲸索比我想象中的要坚韧很多，紧紧地把抹香鲸和梅德利号栓在一起，大海兽挣扎扭动着，让绳索绷得格外紧。捕鲸索是用油脂浸泡过的苎麻缠成的，被海水浸湿后变得像僵硬的牛皮一样，同样僵硬着的还有我的手指，冰冷的海水不断把热量从我身上剥离出去，使我浑身上下都在打颤，握住剑柄的手麻木得几乎没有知觉。

身上的衣服像灌铅般沉沉地搭在身上，我感觉到水分在皮肤上慢慢凝结，船上的人把木桶绑上缆绳往我这边扔来，但是我感觉……我已经没有力气可以游过去了。在冰冷的海浪中，热量和体力会随着时间快速散失……我想我必须行动了。

我一手握着剑柄，另一只手握住剑刃的另一端，手臂夹住绳索的一段，把绳索绕在剑身上，用掉最后储存的力气，双手同时用力向前推。

剑刃划破我的手掌，一点点深入，我看到面前的海水慢慢变成淡红色，血液的热量在冰凉的海水中飘起一丝雾气，我再也没办法在海浪里保持平衡了，身体直直坠入海中，同那天看到的景象一样，但没有鱼群，没有海鸥，也没有白鲸，只有死神镰刀上冰冷的气息缠绕着我。

透过深蓝色的、翻滚着的海面，那条乌黑的捕鲸索依旧横在我眼前，我失败了……我没能弄断它，它如此醒目，就像梅德利号的黑帆一样和海面格格不入，又像一道隔断世界的裂隙一样，很长很长……

那条乌黑的捕鲸索正慢慢变得透明，然后化作大海中最不起眼的水珠，继而漂浮在空中，像凝冰一样静止了……

……

我不讨厌顶着我后背的那个东西，它好像很大很软，一直轻轻地撞我，只觉得背后痒痒的，但它一直轻轻地撞我，总是不让我舒舒服服地睡一会儿……

寒冷再度袭来，空气猛得涌入肺中，睁开眼睛的同时，我剧烈咳嗽起来。一只大鲸一跃而起，将我推出水面，巨大的身躯把大量的水珠抛撒向天空，水珠却不再落下，居然就悬在了空中。我们也不再落下，大鲸展开像翅膀一样巨大的鳍在空中滑行。

它通体都是白色的，和其他鲸不一样的是它身上没有附着的藤壶和鲸虱，皮肤坚韧而又光滑，但肩膀上却有一道像是矛尖留下的伤口。我从未见过这样的鲸，它不属于我们已知的任何一种鲸……

它低声浅唱着，那是我所听过最动听最悠扬的鲸歌，那一瞬间，几乎让我忘记了疼痛和寒冷，不自觉地闭目倾听，以至于后来的我，几十年间都在回想着这个声音。我不知道该如何描述它是怎样的鲸鸣，只能这样说，如果世界上有一首歌，能最贴切地歌颂海洋、生命和时光……那，就应该是这首。

它的头部和尾部像绳子一样扭曲着，身体变得透明起来，继而化作一团透明的水，巨大的水团慢慢缩小，发散着柔和而纷杂的光，仿佛森罗万象都包含其中，漂浮在一个人的手中，宛如一个手捧水晶球的吉普赛女巫。

"果然是你。"我说道，不知为什么，我似乎已经忘了惊讶和恐惧。

她的头发变成了白玉一样温润的白色，一根根发丝和四周的水珠一同漂浮着，除此之外，都和我在船上见到的那个人一模一样。我们漂浮在风暴的中心，刚刚还翻腾的大浪和雷电都凝固似的静止了，抹香鲸身上的长矛、那条漆黑的捕鲸索、梅德利号和那一仓的油脂都化作了水珠，漂浮在静止的海面上，船上的人们神色各异，像蜡像一样站在一起，哈罗特还保持在掌舵的动作，青筋暴起，张大了嘴，口中刚要喊出的决死咆哮被蓦然定格了。

"你猜到了？"她的笑容还是和之前一样，只是那双眼睛变得更加蔚蓝了。

"大概吧，只是感觉。"

"我该把你们送回去了，也该把它送回去了。"她深深叹了口气，似乎回忆起了什么，说道，"我从未打算要干预你们的事情，这次就当例外吧，我希望你能活下去，也希望它能活下去。"

"你是海妖吗？"

"我说过了，世界上没有海妖。"利维坦狄娅苦笑道，"其实，我也不知道自己是什么……世上第一个生命诞生的时候，我就存在了，我生于原始海洋中的淤泥，每次当我死去，又会以另一个形态复生，海洋中出现过的所有的生命，我都曾以它们的样子生活过，即使现在，它们大部分已经不复存在了。"

"不知过了多久，生命的形态从简单变得复杂，我逐渐才有了自己的意识，于是我看得更多，记得更多，思考得更多。我见证了无数的岁月……看着末日降临，物种一个个灭亡，新生命的诞生，新的种群又一个个出现。就这样，经历了上亿次四季更迭成百上千次的日月交替，我看见亚特兰提斯毁灭于海潮当中，我看见鲸离开大海又回到大海，我看见人类离开大海又回到大海……我看见了战争和死亡，看到火药与鲜血沉入大海。"

"于是，我不再做出任何反应，只是日复一日地歌颂这一切，这就是我日复一日不断思考的答案。但……这次我破例了。"

"那你……恨过我们吗？我是说，你痛恨人类吗？"

利维坦狄娅笑了，说道："虽然我不能离开大海，但是我曾无数次化身成人类，随你们的船只旅行，我见到的东西太多，你们给我的名字也很多，所以有时候会记不住……不过，我可能比你们还了解你们自己。放心吧，如果我怨恨你们的话，那我也该先去怨恨陨石和洪水。"

"我还能再问一个问题吗?"

"说吧。"

"我还能再遇到你吗?"

她像往常那样抬起头想了想,然后说道。

"也许,我们还会在大海里相遇吧。谁知道呢?"

后 记

　　蔷薇花的味道弥散在四周的书架当中，房间里的陈设布置得非常用心，小窗透下来的阳光正好可以照到书房里的植物上，但又不会显得特别刺眼。

　　书桌上绿色灯盏的台灯旁放着一份一个月前的报纸，头条报道的是关于乔治六世国王登基十年游行庆典的新闻，再往后翻两页是关于海难的报道：一艘捕鲸船在格陵兰海附近遭遇风暴，但奇迹般的所有乘客和水手都被冲到了海礁上，一天后被路过的货船营救了，遇难的仅有一人。

　　"其实我们后来找到他了。"我的那个记者朋友又给我带来了惊喜，前几天冰岛人发现了一条搁浅的抹香鲸，它的内脏高度腐败，人们一去拖它的肚子就爆开了，里面竟然有一具人的尸体和一只捕鲸标枪。"

　　"我觉得，那应该就是哈罗特了。"

　　"我知道，我早就猜到了。"

　　我叹了口气，哈罗特在最后挣脱束缚，拿着长矛跳向抹香鲸的场面我还历历在目，利维坦狄娅原本可以阻止他，但她佩服哈罗特的决心，决定赠予他赴死决战的机会。

　　"话说，你那笔保险金打算怎么用？"

　　"我的船修好了，昨天刚到港口。"

　　"嗯，然后呢？"

　　"所以，我又要出海了，只等我伤一好。"

　　"真是不明白你们这些人。"

　　朋友喝了一口咖啡摇了摇头，难以置信地看着我眼中的狂热。

031

大厦之巅

"放轻松，放轻松，把大脑放空，跟着你的本能走……别把注意力放在鼻子上，运动胸廓和腹部……对。"埃琳娜取下荻恩脖子上的呼吸机接口，一只手轻轻按着他的胸口，第三次尝试之后，荻恩终于学会了如何呼吸。

他呼哧呼哧地喘着气，不断重复着呼吸的动作，担心过一会儿自己又会忘了，好在他终于神奇地掌握住了这种感觉。大概过了几分钟，他撑着床面坐了起来，张着嘴非常生硬地呼吸着。

"你还是太紧绷了，再放松一点。"

"我要持续这个动作多久？"

"人从出生，直到死去，无时无刻都要呼吸。"

"什么？如果我忘记了怎么办？"

"那么你会窒息而死的，不过不用担心，你的身体会提醒你的。"

"我成了它的奴隶了，不是它在服务我，而是我无时无刻都要为它工作，否则它就用生命要挟我，我算是知道它被舍弃掉的原因了。"

他们说着话，空气中却没有任何音节产生的震动，他们闭着嘴，甚至没有面对着对方。

依靠夹在耳朵上的微型终端，即使人的意识在克隆身体中也可以连接到一体网络。但它的结构实在太简陋了，只具备交流和查询资料之类的简单功能，连辅助运算都没办法实现，更不用说参与到大厦集合网络的宏大信息流之中了。

这是很多年前的设备了，在大厦建成后就被丢进历史的垃圾堆了，也只有在这个专门研究老古董的机构才能看到。

"三天时间。"埃琳娜对荻恩伸出三根手指头。这个动作让荻恩觉得很费解，她已经用语言沟通表达过了，为什么还要用肢体动作重复这个信息呢？怕我接收不到信息吗？还是担心我理解不了这个数字？虽然没有了辅助运算，但还不至于连这么简单的数字都理解不了吧。

"你得在三天里学会进行基本的行动，这具身体里已经设定好了肌肉记忆，只需要稍微训练就行了。复杂、精细的动作让行动单元替你完成就行了。"她突然开始用古老的语言来进行信息交流，要等耳朵上的终端机把语言转换成数字信号，荻恩才反应过来她在说什么。

"我大概要多久才能回去。"荻恩问道，这具克隆身体里储存了完整的语言功能，于是他尝试用语言和眼前的女人交流，但说话时总是会打乱他呼吸的节奏，搞得他总是因为说话而陷入窒息，故而，尝试了很久才问出这么一句。

"大概一个多月吧，需要检修三组机组，但事实上只是做做样子。"

埃琳娜说着用一个老旧的塑料喷壶给窗台上的龙舌兰浇水，被阳光照亮的尘埃缓缓降下，落到她长长的黑发上又滑落下来。她穿着一身栗色的薄裙，手上拿着一把园艺剪，纤细的手指非常娴熟地完成着荻恩做不到的复杂动作。

她为什么留在这里呢？忍受着落后的形态带来的痛苦，把灵魂装在监牢里，耗费大量的时间、精力去供养一具日渐腐败的棺材。荻恩觉得现在连一秒钟都变得艰涩难度，无法想象古人是怎么这样度过一辈子的……她又是怎么想的？是什么让她坚持下来的？她这样做究竟希望得到什么答案呢？

一涉及到思考问题，荻恩就下意识想调用数据库和辅助运算，然后他才意识到自己已经离开大厦了，执行任务的这段时间，所有的思考都只能靠他自己的大脑进行。

"咳咳咳咳……"打乱了呼吸节奏的他又被自己的唾液呛了一口。

一

现在有两个天平盘，一个盘里的重量是一克，另一个是一吨；一个盘里站的是我，一个是我们的大统一王国。……给一吨以权利，给一克以义务。而由渺小到伟大的必由之路，就是要忘记你是一克，而记住你是百万分之一吨。

——尤金·扎米亚金《我们》

金娜紧靠着房间的墙壁躺着，两条腿高高翘起来搭着墙，被染成五颜六色的长发披散在地上像一瓶被打碎的颜料，在洁白的地面上汇成数十道色彩怪异的细流。她直直地盯着天花板，很久很久，既不换姿势，也不眨眼睛，一只手往旁边一探，拿过凭空出现的食物扔进嘴里。

房间像宫殿一样巨大而华丽，每个角落都摆满了精美绝伦的艺术品，房间的中央是一个硕大的三层喷泉，不同颜色的液体沿着特定的水槽喷涌流淌，最后汇成一体。华美的水晶灯漂浮在喷泉上方，随着大厅里的音乐而缓缓转动着，水晶片映射着炫目的光线，与喷泉中流动的数十种不同颜色的酒浆交融在一起。金娜也跟着音乐在低声哼唱着，时不时跟着节拍扭动一下身子，目光透过落地窗看到了外面的天空，于是伸出手指拖住天空的一角，让它的颜色倾洒在房间的地板上，蔚蓝像滴在纸上的墨汁一样蔓延开来，很快地板和墙壁全部变成了天空的颜色，还有着些许零星的云掺杂其中。

房间里没有时钟，但她身边环绕的透明光屏会不断地提醒她时间在流逝，她曾试着把它们通通关闭，可它们还是会源源不断地跳出来，因为没有权限去禁止它们，所以她只好选择忽视，就当那些透明光屏不存在，像某种氮气和氧气的无色混合气体一样，过去的人们就曾生活其中。金娜对这个问题并没有兴趣，但随着她的思维一动，大厦自动检索出了空气成分的详细数据灌入了她脑海里，海量的信息涌入让她全身都抽搐了起来，虽然她自己并没有所谓的身体，但这种感觉还是让她无比厌烦。正因如此，金娜无时无刻都要把自己的思维放空，什么都不去想，也什么都不干，只有这个时候她才觉得，自己还是属于自己的……可这是真的吗？

或许也不过是在自我欺骗罢了，每个人都不属于自己，所有人都属于大厦，而大厦也属于所有人！人类经历了无数次意识形态的转变之后，终于迎来了最终的形态，多么完美！多么无趣……

不知过了多久她好不容易进入了意识放空的状态，接着金娜缓缓站了起来，打开了感知系统饱腹感的阈值，她这两天在没有饱腹感的饕餮状态中吃掉了四千三百一十块炸肉排和上万块烤水果软糖，喝掉了一千五百升酒精饮料，但因为她关闭了相关的感知，所以现在还处在饥饿的状态中。接着金娜摇摇晃晃地走到喷泉旁边，捧起一汪香醇浓郁的酒把脸淹没在里面，重复这个动作直到自己再也喝不下为止。她五颜六色的长发扎成一团粘在身上，无止境的吞咽让她无法感觉到充实，而暴饮暴食后的饱胀感却让她感到愈加地空洞，她感觉到了某种近在咫尺却又捉摸不透的东西，当她快要看清它的时候那个东西又消失了。

身边的光幕散发着红色的急促光芒，一个人突然出现在她的房间当中。金娜捧着晕乎乎的脑袋看着来访的人，她刚刚并没有处理任何访客信息，这个人有着很高的管理权限，高到足以强行介入她的私人领域。

"您好。"那个人的外形是个旧形态人类的样子，穿着黑色西装，胸前别着一只银色的胸针，象征管理员权限的至高之眼醒目地刻印其上。他二话没说就强行入侵了金娜的私人数据库，扫了一遍之后叹了口气道，"920610 号，您所属的工作是大厦 D 区科研部材料学研究第 2931 号。我们发现您的工作由于未知原因，现已超过五十个标准时段没有进度报告了，由此对大厦的一体资源造成了巨大的浪费。我是隶属于监察部的审查员——荻恩，现在特来审核您的怠工情况。

如果您的工作遇到异常情况，请及时向所属的研究区报告，如果因为权限限制而无法进行工作，请向监察部提交申请，如果是因为不可修复的错误或身体不适，请向技术工程部和形态维护部提交检修申请，我们会在最短的时间内对问题进行调整解决……"

"嗯，我知道的，你已经是第三个来审查我的人了，我没有什么问题，只是不想上班而已。"金娜突然打断了他，那人瞥了她一眼，然后低头划了两下光幕，发送她一大批信息，不断跳出来的光幕又把金娜围成了一个球。

"希望您尽快协调好自己的问题，恢复工作，祝您生活愉快。"管理员正要退出，金娜突然向他发送了沟通请求。

"嗯？您还有什么事吗？"他满脸疑惑地看着金娜道，"我的职责仅仅是监察和上报，无法处理您的任何请求和提供任何帮助。"

"不……不，不。"金娜直视着那人的眼睛，似乎在思考着什么，她的眼神空洞而乏力，如同饕餮进食也永远填不满的胃。

她摇了摇头，瞳孔微微地颤动着，停顿了许久后终于说道："您可以的，请您……把我从大厦中移除吧。"

荻恩疑惑地看着她，不解地说道："您为什么会有这些想法？其实您无须对工作太过自责，大厦的调控系统是非常完善的，您未完成的工作会被同区的其他人分担,并不会产生太大的影响。"

"我知道,我知道,所以,请您把我移除吧。"金娜的语气很平淡,仿佛在谈论天气一般轻松随意,反倒是荻恩难以置信地不住摇头。

荻恩开始在面前的光幕上快速操作着,金娜看到闪动的光和字符在他脸庞上闪动着,他的脸和那些光幕一样冰冷僵硬没有任何表情。然而,金娜无法看懂上面的字,在大厦里,人们所感知到的一切都以大厦作为载体,即便上面所有的文字都是她认识的,但是她没有查看其他人资料的权限,于是大厦限制了她的认知,使她无法阅读别人的隐私信息。这种感觉就像你在梦中经常会梦见书籍和海报,但无论如何都看不清楚上面的字是什么。

"我为您安排了心理咨询师,不需要预约,我会用管理员权限给您开通特殊通道。"

"不,不不,我很正常,我知道我自己的状态,只是我不想再这样活下去了。"

"您有什么不满,都可以提出来,大厦是一体的,我们尊重每个人的选择和意愿。"

"不不不,我只有一个要求,我想离开这里,无论以什么方式,这就是我的选择,请把我移除吧。"

"我希望您考虑一下,毕竟生命是可贵的。"

"这点我比您清楚,我用了比其他人更多的时间去思考它,这就是我的答案……大厦的公民有权提出任何要求,我有这个权利,您也有这个权限,我想……不需要任何其他程序了吧。"

"的确如此。"荻恩突然沉默了,想了想又说,"我同意您的申请,但,您随时可以反悔。"

"我不会的。"金娜向他点头致意,荻恩发现她的嘴边挂着一丝微笑,她居然在笑？为什么？那是一种如释重负的微笑……她到底在想什么？为什么要如此轻薄地看待生命，又为什么对死亡会带着一份欣慰。甚至是，期待？

"谢谢您。"

金娜的笑容依旧是荻恩所无法看透的，他既不知道她笑的原因，也不知道笑容后面隐藏着什么样的秘密。他有时候会觉得自己想得太多了，太多无意义的猜想只会白白占据思考的空间，或许，作为审查员需要比常人更强的好奇心吧，因此他被拼接出来的时候，被写入了更多的好奇和幻想的基因。

荻恩伸出手指划出了一片区域把金娜框进去，随后在几个弹出的提示光幕上按下确定，一个透明的立方体便出现在金娜身边，旋转着的立方体将她封闭在其中，然后快速缩小消失，连同金娜的私人空间和数据都将被清空，只剩下一些简短的备份数据会压缩在大厦数据库的角落当中。

荻恩执行过上千次这样的工作，却不知为什么，这一次他感觉到格外沉重，他伸出的手僵在原地，一直看着前面空荡荡的地面，他第一次真真实实地感受到……一个生命在他的手中消逝了。

在那之后的几天荻恩都没有进入过深层的睡眠波段，最后不得不向生命支持部申请了药物治疗。

作为审查员，荻恩原本一辈子都不会接触到大厦外的世界，他不需要像技术人员那样借助行动单元去搭建外面的世界，维护大厦内的网络安全就是他全部的工作。

但，荻恩曾经两次去过大厦外。

第一次是在他移除了金娜的第三天，在好奇和疑惑的驱使下，荻恩利用工作的空隙时间将意识切换到了外界。

他的视觉被连接在一个一毫米大小的监控单元上，展现在眼前的是大厦巨大而壮观的内部景观。

尽管大厦的公民每天都生活在自己建造的完美家园之中，但在那些模拟信号之下的现实却是冰冷而丑陋的，钛色的巨型支柱与钢架网络错综复杂，各种大大小小的行动单元在他面前有序地移动着，那是无数的工程人员正在操控着它们日以继夜地建设着大厦。

行动单元最小的只有几微米大小，最大的高达上百米，几乎涵盖了一切功能，人们只需要将意识连接上去就能操控它们完成所有的工作，如果你需要特殊的行动单元可以使用其他的行动单元把它加工或组合出来，就像编程一样信手拈来。难以想象这些繁重而危险的工作，曾经都由人亲力亲为地完成，而如今建造者们的意识安稳地躺在大厦当中，只要一个指令就可以在现实中完成繁重的工作。

建造物恢宏的内部结构映射在光滑的玻璃表面上，里面不断冒起的气泡折射着光怪陆离的现实，从无数条细小的管道和线路间穿过，然后被某个仪器吸走，许多小型行动单元漂浮在空中，将大小一致的玻璃方块取出或放入。荻恩翻阅了一下之前备份的资料，找到了金娜那个号码的具体位置，然后把视觉转接到最近的监控单元上，没花多少时间就找到了她。

碧蓝的溶液当中，细密的气泡沿着生物组织洁白的表面上升，偶尔会有一些被卡在皱褶当中，不一会儿又被下面升上来的气泡撞出来继续上升。荻恩的眼睛紧贴着玻璃看着浸泡在其中的金娜，她已经被移除了，也就是被切断了与大厦的一切连接，大厦不再为她提供数据库和模拟的感觉信号，她此时看不见任何东西，也听不到、触不到、嗅不到任何东西，相当于被封闭在一个狭小幽邃的黑暗空间当中，等待着……三十个标准时段后，会由某个工程师操作着行动单元来把她的实体取出，然后送入大厦的物质循环系统当中。

那颗细腻的大脑就这样安静地漂浮在玻璃立方体当中，它属于荻恩刚刚亲自动手移除的那个女孩，已经不再传输和接收信号的电极紧紧地贴在大脑皮层上，散发着苍白冰凉的金属光泽。透过一层层的透明薄膜，无数颗大脑整齐排列着，如同大海一般一望无际。它们看上去一动不动宛如静止，但事实上它们都是活跃着的，正在大厦的世界中不断地思考着，它们此刻都行走在大厦的某个房间或某条街道之中，用智慧所迸发的火花推动着这个世界。

获恩自己的大脑也在其中，在见完金娜一面之后，他控制着一个微小的摄像头第一次见到了自己在现实中的样貌，和其他人的大脑没什么区别，就这样静静地躺在那里，仿佛几百万年也不会有任何变化——如果自己能活这么久的话。

将某个人移除出大厦，这样的工作获恩已经不是第一次做了，他也知道虚拟信号之下的真实世界是如何运作的，但这种直观的现实还是无比锐利地刺激着他的神经，眼前的世界弥漫着某种的空洞和不现实，这种感觉驱赶着获恩切断了连接，他逃回了自己熟悉大厦的世界中，却久久无法忘却这种感觉。

二

人们感到痛苦的不是他们用笑声取代了思考，而是他们不知道自己为什么笑，以及为什么不再思考。

——阿道司·赫胥黎《美丽新世界》

第二次离开大厦的契机是荻恩自己也没有想到的，也是他无论如何都不想尝试的。他被选中去执行巡视检修任务，这次可不是控制行动单元出去看看这么简单了，而是他将完全脱离大厦被放进克隆肉体当中，去完成长达数周甚至几个月的检修任务，这段时间内他要完全用古代人类的方式进行生活。

"我明明不是工程部门的人！这种工作不应该分配到我这里！"荻恩提出了抗议。

"这不是我们做出的决定。"前来给他传达命令的人和他一样戴着至高之眼的徽章，"这是一场考验。"

"……"荻恩望着他胸前的徽章陷入了长久的沉默之中，那镶嵌于三角形之中的眼睛正注视着他，"是至高之眼的决定？"

"是的，伟大的先驱者们有意吸纳你进入至高之眼，你的工作十分出色，或者说史无前例地出色，将你留在目前的岗位上是一种浪费，你应该进入大厦的最顶层……然而你前段时间的工作当中，出现了一些小问题。"

"是那女孩的事情？"荻恩似乎意识到了这几件事之间的联系。

"是的,你表现出了对于现实世界过分的热忱和好奇,我们不得不怀疑你在进入至高之眼后能否做出对大厦最有利的抉择,能否将我们的文明引向正确的道路。"信使一丝不苟地传达着至高之眼下达的信息。

"我当然可以做到!我观察现实世界并不是对大厦提出怀疑,只是单纯的好奇而已,我并没有占用任何工作时间和公用资源!"荻恩感觉一阵头晕目眩,他一辈子收到的最大的好消息和坏消息以这种方式同时降临,让他有些措手不及。

"巡视检修的目的是让你体会旧形态的落后,以及我们之所以组建大厦的原因。在完成这项考验之后,相信你的忠诚和意志都将更上一层楼,那时你也将赢得我们宝贵的信任,我们才能够放心地让你成为至高之眼的一部分。"说罢信使的声音发生了变化,"以上,就是我要传达的所有信息,我无法回答你的任何问题,若有需要请直接向至高之眼报告,向大厦与至高之眼致敬。"

荻恩朝他鞠躬,信使也做了相同的动作,在执行完任务后信使便没有了进入荻恩家的权限被快速弹出了这片区域,只剩下荻恩一个人坐在沙发上无言地思考着。

比起金娜,荻恩的家要简洁大方很多,除了一些简单的家具外没有任何东西,这些摆设也都是待客使用的,自己一个人的时候他喜欢把感知都关闭,让自己陷入深度冥想当中,然而现在他的心无论如何也静不下来……

巡视检修是一项持续了数百年的任务,当初由于行动单元的视觉死角限制,大厦居然没有检测到一处致命的破损,这一失误导致了数百万公民丧命,无数珍贵的数据流失,此后每年大厦都会派出一批工程人员,他们将脱离大厦,大脑被装入克隆身体中进行原始生活,以肉身的视角对大厦进行全面的漏洞检测,虽然在那之后大厦就再没有出现如此之大的漏洞了,但起码这种方式可以让人们安心。

此后不光是工程部门,连艺术和文学部门的人也要以体验采风为由参与这项活动，被装入肉体想想都是一种巨大的折磨……离开了大厦就失去了模拟信号和辅助运算，这就意味着你的生活不再应有尽有，随心所欲，大脑的思考能力也会被压缩到最低限度。

即使如此，荻恩最后还是选择了接受考验，对现在的他而言，进入至高之眼的机会实在太诱人了，至高之眼象征着完全脱离肉体的大厦顶层，在完全数据化后他将得到不受生命形态限制的寿命和大厦的最高权限，同所有开创了大厦的先驱融为一体，构成最具智慧的大厦统治阶层。

在完成了大脑的移出和装载之后，荻恩被移交给了矫正研究所的负责人埃琳娜，他在大厦外的一切工作都由埃琳娜管理，包括衣食住行和各种旧形态的琐碎问题都由她解答。所谓矫正研究所，顾名思义就是负责研究并修正大厦的人因为脱离肉体而导致的一些错误行为，例如检修上的漏洞，伦理上的差异以及社会形态上的一些问题。后来因矫正部建树有限而几经调整，到今天只剩下当初的部门大楼作为矫正研究所，而常驻人员也仅仅只有十几人。

让荻恩适应外面世界的工作一开始并不顺利，埃琳娜花了三天时间才让他能够进行简单活动，包括走路、吃东西和保持呼吸。他现在如一个初生的婴儿一般什么都不懂，即使体内已经有相关的记忆了，但真正实施起来还是十分困难的。达到真正自由活动的状态，荻恩花了足足一个月的时间，这段时间吃的苦头让他不敢去回忆，在大厦内人是不会受伤的，更不会感觉到疼痛，除非你有自虐倾向，特意模拟出疼痛的信号刺激大脑……所以大厦的公民基本上一辈子都不会知道疼是一种什么感觉，而荻恩在这短短一个月就摔伤了无数次，从未有过的奇怪感觉让他痛不欲生。

好在他终于还是适应了，不光可以自己走路活动，还可以与矫正研究所中的人们一同正常生活。其中，负责人埃琳娜是少数主动要求在大厦外生活的人，她热爱古代历史和自然科学，并收集了许多古董，同时她也有抽烟、喝酒等不良嗜好。但现在在大厦内这些爱好一样可以得到满足，当荻恩每次询问她为什么不回到大厦内生活的时候，她都只是笑，从来也没有正面回答过。

矫正研究所中和埃琳娜一样的怪人并不少。有一个秃头的中年男人每天都会抬着木质的架子和白布出去，他会将各种颜色的颜料调和涂抹在画布上，却没有画任何东西，起码……荻恩看不出他在画什么，纸张上肆意铺展着扭曲的画面，破碎的大地……漆黑的太阳……冰封的云与天空……都是些荒诞而奇怪的幻想。荻恩曾经看过一眼他的房间，里面从地板到天花板都涂满了各种图画，没有一丝空白。

还有一个稍微年轻一点的男子，看上去和埃琳娜一样喜欢历史和古董，他的房间就是一间堆放书籍的库房，他每天睡醒就躺在书堆当中看书，在纸上涂涂写写，除了看书就是睡觉，似乎每天都要睡十几个小时。

另外还有一个看上去年纪不大的女孩……她把自己的头发染成了好几种颜色，说话的声音很好听，也很喜欢笑，比埃琳娜还爱笑，她无论见到什么都一副好奇兴奋的样子，每天蹲在院子里看着花草就能笑得很开心，荻恩总觉得她有些眼熟，可又想不起来到底是在哪见过。

还有一些人，无一例外都是些怪人，或许荻恩站在他们之间，也是个怪人吧。

埃琳娜说他们所有人并不都是被指派来工作的，有些人是偶然因为工作原因进入了克隆身体，后来不想再回到大厦中，于是就留在这里了，还有些是主动离开大厦来到这里的。反正，无论是哪种原因，都让荻恩觉得不可思议。他们为了什么呢？

自由？在大厦中人瞬间就可以去到任何地方，还能创建属于自己的世界，有什么比这更自由的吗？欲望？在大厦里人可以满足自己的任何物质需求，感知模拟系统能模拟人所有的感觉，起码在味觉、视觉上已经达到完美了，追求欲望的人，才更应该留在大厦中吧。总之，荻恩无论如何想不通他们这样做的原因。

总之，他一刻也不想在这个地方待下去了，他深刻意识到了至高之眼的用意，一旦体会过原始身体的落后，人才会发现大厦是如此完美无缺。此时，荻恩只想快点完成所有的任务，马上离开这帮奇怪的人以及这具正在腐朽的沉重躯壳。

三

"……难以想象，之前的人们都是在没有任何基础的情况下，从一个一个字符或字母开始学习，直到最后接触到最高深的科技领域，传统教育有着数千年的历史，可随着人类文明的演变发展，人在各个科学领域越走越远，教育成本和难度也越来越高……以软件工程领域举例，二十一世纪初，一个婴儿成长为一个优秀的软件工程师需要将近二十年的时间；而二十一世纪中叶，自量子革命爆发之后，传统计算机逐渐被取代，能在量子机上进行编程的程序员平均需要的教育年龄是三十年左右，而成为一个熟练的软件工程师则需要五十年，这还只是一个开始……但另一方面，人的寿命是有限的，随着理论科学的不断深入，人在学习上耗费的时间就会越来越多，终有一天，人穷尽一生才堪堪赶上前人的步伐，能够做到新突破的人最终变得寥寥无几……事实上，这种情况真的发生了，就在二十二世纪末，那个被人们称作魔盒年代的时期，人类的理论科学、应用科学，甚至文化艺术，五十年的时间里没有任何变化，人类文明仿佛被诸神封入了一个漆黑的魔盒中。

这种死一般的沉默最终引发了战争、政变还有宗教的复兴，直到大厦的出现……结束了这一切，我们升华了，整个人类文明进入了新的层次当中。我们摒弃了肉体，让思维得以解放，不需要再供养那具腐臭沉重的躯壳，整个社会卸下了重担，那些节省下来的资源被挪动到更有意义的地方去，我们瞬间发现，人类几千年来都在寻求的许多答案，突然间变得清晰了然。

我们抛弃了货币，终结了犯罪，甚至断绝了欲望。一切物质需求都可以被模拟出来，而对自然资源的消耗变得也极小，我们不需要再费尽心思地榨取地球的资源了。所有体力劳动和危险工作都被执行单元所代替，所有人只需要待在大厦当中便可以轻松操控一切，我们不再有资本剥削和社会矛盾……谁能想到我们做到了这一切呢？谁都想不到！

从远古海洋的淤泥中诞生了单细胞的基础生命，简单的微生物当中又萌发了种类繁多的多细胞生命，多细胞生物的进化点燃了文明的火花，人类脱颖而出，而以古代人类文明作为沃土诞生的大厦，是生命和文明的奇迹……

我以最赤诚的敬意，向岁月与进化长河致敬。

向大厦与至高之眼致敬。

荻恩合上了笔记本结束了辛苦又无趣的书写工作，埃琳娜让他尝试着在纸质的本子上写日志，说是能提升手对细微动作的控制能力，这倒并不是份苦差事，荻恩的脑海中有着所有他想写的文字，但真正写出来的时候却歪歪扭扭的，力气一大又会把纸戳破，而且总是没写多久他的胳膊就酸胀起来了。荻恩实在不理解纸质书存在的意义是什么，按理在电子储存器刚诞生的时候它就该被取代了，可它依旧顽强地存活了很长时间，就连这费时费力的纸上书写技术也是如此。

埃琳娜收藏了许多书，这些老古董堆满了好几个大房间，它们既不能快速检索，也不能方便地进行内容分类，更没有数据扩展，但她每天都乐此不疲地翻阅着那些尘封的书籍，反正荻恩见到她的时候，她不是在喝酒，就是在看书。

荻恩房间内的光源只有一盏挂在门旁的小灯，昏暗的橙黄色光芒照着桌案和床单上的褶皱，荻恩的手指尖摩擦着粗糙的笔记本封皮，轻微的沙沙声伴随着老旧灯丝发出的电流音，这就是房间内所有的声音了。他们给荻恩安排的房间并不大，只有二十平米左右，摆上一张床、一张桌子和一个书架就连走路都要侧着身子。

获恩看书时会把手指伸到半空中，面前没有任何光幕响应他的动作，他也并非要做什么，仅仅只是个习惯。他站起身来走到门口的洗脸池旁，用手接了一捧镀镍铁管中涌流出的水，冰冷的液体泼洒在脸上然后沿着皮肤流淌下来。墙上的镜子里是一张年轻男人的脸，和获恩在大厦世界中的模拟外形很像，或许他们就是用那个作为蓝本制造的这具躯体吧。手指拂过自己的皮肤表面，获恩能清晰地感觉到血液正被心脏泵出，流入全身的机体，从皮肤下的血管中流过，他不禁回想起了当时在看自己大脑时的奇妙感，此时自己不但意识脱离了大厦，连滋养自己维持生命的物质也不再是大厦给予的了，所有的公民从被创造出来终生都会在大厦的管控之下，他们的大脑浸泡在培养液中，永远保持着最完美的营养和激素配比，才能永远保持大家健康而冷静的状态。

现在，自己像是被扯断了胎盘的婴儿，流入大脑中的不再是培养液而是心脏泵出的鲜血，里面的成分也不再受严格的监控，也就是说身体分泌的激素严重影响到自己的思考甚至行为……他正从一个永远冷静的智者变成一个情绪化的野蛮人。

"在看什么呢？"

一个女性的声音打断了获恩的思考，他把手从镜子前挪开，转过身去，埃琳娜靠在楼梯口的扶手上，手里一如往常夹着一支烟，头发不像平常那样披散着，而是盘了起来。

"照镜子而已。"

"是不是觉得镜子里的自己很奇怪？"她笑着问道，细长眉梢微微上翘，像是钢笔书写出的一个娟秀的"J"。

"嗯，算是吧。"

"我们习惯了用这样的目光审视别人，当用它审视我们自己的时候，你就会觉得不适应。"

荻恩耸了耸肩，不置可否。

"你的手没事了吗？"

"还是很疼。"荻恩伸出左手，手肘上缠了一层厚厚的绷带，上面还泛着丝丝血花，这是前段时间荻恩在学习移动的时候弄伤的，当时他的身体失去平衡从飘在空中的行动单元上摔了下来，手肘被生锈的楼梯扶手划伤了。

埃琳娜仔细拆开绷带检查了一下道："没有感染，但是可能直到回去都不会愈合了，觉得难受的话，申请换一具身体吧。"

"谢谢，但我还可以忍受。"荻恩说道，"没必要特地浪费社会资源，反正我也快离开了，这身体也不会陪我太久，就当是一种体验吧，不是每个人都耐心体会过疼痛的。"

"晚上吃饭了吗？"

"吃了。"

"你还是不肯和我们一块吃饭。"埃琳娜叹了口气摇摇头。

"虽然我只是用这样的形态生存一段时间，但还是需要保持健康。"荻恩的口气几乎不容商量，"我必须严格控制每天摄入的能量，你们每天的摄入简直太不科学了，会在身上留下不可恢复的隐患的。大厦中的人平均寿命能达到二百年左右，正是因为我们有严格的营养配给和激素调节系统，能让脑细胞永远保持在最佳状态。"荻恩每天吃的食物就是营养能量块，一个个标准的立方体方块，每个刚好有一千焦的热量以及各种人体需要的微量元素。

"那你……"埃琳娜坏笑着坐到一边的咖啡桌旁，一只手抵在桌面上拖着下巴，"你试着深呼吸一下。"

"啊？怎么了？"荻恩虽然一头雾水，但还是照她说的做了。

"你刚刚吸进去多少体积的空气？里面又有多少氧？"埃琳娜的笑容变得愈发灿烂，眼眉间那道"J"字变得活泼起来。

"我怎么会知道？"

"那不就得了。"她忍不住笑了起来，唇间吐出的烟雾沿着她的刘海飘散、蔓延。

荻恩一时不知该说些什么，只好不回答她，转身要回房间。

"我带你去个地方吧。"背后女性慵懒馥郁的声音又让他停下了脚步。

"什么地方？"

"我知道你的迷惑，所以想给你看看答案，你跟我来就知道了。"

"我并没有什么困惑。"

"有时候，答案会让你迷上一个问题，这才是最有意思的，不是吗？"

雾气充斥在庞大建筑群的缝隙之间，像一层层破败泛白的帷幕，在风中翻搅着，同月光混杂在一起，如无数双手轻抚过你的眼前，遮挡住其后掩藏的一切。建筑物巨大的身影在雾幕后显得更加怪异，浓雾在飘动中时厚时稀，漆黑的树影好似在幕后轻轻扭动，当你定睛一看，似乎又没有什么变化，一切都静止着，等你眼睛疲惫后一眨眼，又似乎一切都换了位置。

但，无论雾气多浓重，只要一抬头，第一个看见的东西都是伫立在最中央的大厦，它是巨人中的巨人，其他高大的建筑物都像是匍匐在它身下，它站立在岛屿的中央，以它为圆心放射出一道道蛛网般细而长的线条，那是建筑物之间的缝隙，它们如此有规律地排布在大厦周围，同这世上的人们一样以它为中心。大厦并非是一个巨大的圆柱形或立方体，而是由无数的建筑物通过大型机械拼凑成的整体，或许一开始它真的只是一栋高耸入云的大厦吧，但经过几百年的改造和扩建，如今它看上去就像一个金属与玻璃构成的，不可名状的巨型怪物。

一个个巨大的量子机机组直接搭建在建筑的外壁上，像吸附在大树枝干上的丑陋巨茧，仔细看还能发现大大小小的行动单元漂浮在周围，更大一些的依靠轨道来运行，日以继夜地进行着拼接和组装的动作，纳米材料焊接时的白光一处接一处地在巨人身上闪动着，如无数璀璨的星星一般。

"你到底想让我看什么？"荻恩用力扯了一下身上的外套，他感觉到自己头发和衣服上的水滴正在一点点凝结，寒气还在不断地往衣物的缝隙中钻。

"你看到了什么？"

"城市，巨大而雄伟的城市。"

"更远处呢。"她又问。

"边界的屏障啊。"荻恩有些不解。

"再远呢？"她这时扭过头来了。

"啊？那还能有什么？再往外什么也没有了。"

"那是海洋，更远方会有大陆。还有，穹顶外的天空。"

"哦哦哦，你说这些呀。"

"你有没有想过，为什么我们不出去呢？"她说着挑了挑眉毛，她卖关子的时候，总是做这个动作。

"或许是没有必要吧。"荻恩不耐烦地回答着，这又是资料库中一个没有答案的问题，"这个岛屿就足够养活所有人类了，我们脱离了躯壳之后对自然的剥削降到了最小，也没有对土地和扩张的需求了，这样不是很好吗？"

"真的是这样吗？"埃琳娜反问道。

"难道不是吗？"

"我们对大厦的开发越深入，我们距离自然和星空就越来越远了。"城市的倒影映照在埃琳娜的眼眸上，"我们可以自己编织历史，却抛弃了真正的历史，我们可以自己编织星空……那还有什么必要去探索星空呢？大厦的运算能力逐渐提升到了令人难以想象的地步，最终我们将完整地模拟出整个宇宙的全貌，它将被我们捧在手中，细致到每一片尘埃都和真实的无异，就如同大厦可以完美模拟出我们所需要的所有感知一样。获恩，我们已经逐渐远离真实的星空了。"

"这样有什么不好的吗？"获恩对她的担忧不以为然。

"没有什么不好的，只是总有怀旧的人放不下这些正在消失的东西，我呀，只是想再多感受一下它们，真正的风，真正的星空，真正陪在我身边的人。"

"真正的疼痛。"获恩面无表情地举起自己受伤的手。

"疼痛也是好事，疼总比麻木要好。"

说罢，埃琳娜伸出手在获恩耳后的终端机上按了一下，她自己也戴着一个同样的老古董，一声长长的提示音过后，获恩眼前居然出现了熟悉的景象，荒废的旧城被干净整洁的街道替代，街道两旁排列着宏伟而精美的大型建筑，尝试着唤出光幕和辅助运算功能后，获恩才确定自己是回到了大厦当中。

"这是怎么回事？"虽然感觉操作起来没那么随心所欲，可是能回到大厦已经让获恩很感动了。

"我改良了旧式的终端，可以简单地接入大厦的网络，毕竟我们也不是原始人，偶尔还是要用到网络的。"

埃琳娜在大厦中的形象变成了一袭红袍、金发及腰的性感女郎，相貌美化了一番但还能认出她的样子，街道两旁寂静一片，除了他们以外没有任何人活动的迹象。大厦的工作效率极高，可人脑终究还是要休息的，即使没有了肉体的负担，依旧需要至少三个小时的睡眠，现在这个时间就是休眠的时间，几乎所有人都已经进入沉睡状态了。获恩还是第一次见到休眠中的大厦世界，这也是大多数人不会有机会见到的景象，沉寂的城市仿佛正在凝结成冰，化作一块夜色中的璀璨水晶，那是一种获恩从未感受过的异样的美感。

"等等！这不是非法入侵吗？"荻恩突然叫出了声。

"没人知道就不算是，这种旧端口很难被查到的……对了，你还不会跳舞吧。"埃琳娜在这里仿佛解放了天性一样变得欢脱了起来，她的手紧贴着荻恩的胸口划过，"我好像忘记教你跳舞了，不如在这里教你吧，你看这里多宽敞，只有我们两个人。"埃琳娜在街道正中央转了几圈，鲜红的裙摆随着她的动作飘舞了起来。

"你疯了吗？我们得快点离开！要是被发现就解释不清楚了！"

荻恩还来不及退出就被她一把拉了过去，他感觉到对方牵着他的手，在辅助运算的帮助下荻恩才能僵硬地跟上她的舞步，埃琳娜看上去很沉醉，她轻轻地将头靠在荻恩的肩膀上，发丝连同她身上的幽香一齐散落在对方的胸膛。老式终端只能接收简单的模拟信号，甚至连温度都无法提供，荻恩深知自己还站在零下几度的冷风当中，但身上却莫名的温暖。

埃琳娜的舞跳得也很烂，但她跳得很开心，一直到俩人都大汗淋漓了她才停下脚步。他们躺在市中心的雕塑上喘着气，望着天空，现实中的他们还在原地，但也已经疲惫不堪了。

荻恩一度觉得自己疯了，刚刚一系列的举动实在太疯狂了，他觉得自己不再是自己，不再是一个大厦中出来的理智新人类，而是一个古人，甚至是一个在山洞中蹦跳爬行的、毛茸茸的原始人，对着燃烧的火堆兴奋地高歌、舞蹈。

然而，他却并不讨厌这种感觉，荻恩得到了太多在大厦中不曾有过的特殊体验，这也间接导致了他思想上的变化，即使这些感触不足以让他下决心留在这里，但他至少开始理解这些人为什么会选择留下了。

四

  我们每个人生在世界上都是孤独的。每个人都被囚禁在一座铁塔里，只能靠一些符号同别人传达自己的思想；而这些符号并没有共同的价值，因此它们的意义是模糊的、不确定的。我们非常可怜地想把自己心中的财富传送给别人，但是他们却没有接受这些财富的能力。因此我们只能孤独地行走，尽管身体相互依傍却并不在一起，既不了解别人也不能为别人所了解。

——毛姆《月亮和六便士》

  伤口处已经干涸发黑的组织微微向外翻着，伤口周围较浅的地方已经开始结痂了，而中间较深的地方依旧不断散发着剧痛袭扰着人原本平静的内心，每天夜晚剧痛都伴随着你度过整个难熬的夜晚，而第二天醒来它又第一个提醒你它还存在着。更让人抓狂的是，只要稍微运动一下，伤口被触动的疼痛就会伴随着痂裂开的瘙痒感传来。

  身体真是愚笨的东西！

  荻恩已经不记得自己多少次这样咒骂它了，它把疼痛的神经冲动传达给大脑，目的是为了让人知道自己受伤了，请及时处理，可他已经知道了，该用的治疗措施都用过了，只能等它自己愈合，可疼痛的信号还是不停地传来。

  在大厦里的人是感觉不到痛苦的，因为你并不会受伤，如果你想知道这种感觉的话，可以故意让感知系统刺痛你一下，但那仅仅是一下，最纯粹最简单的痛感，和荻恩现在伤口的疼痛完全不一样。疼痛是活着的，会随你的呼吸、心跳慢慢变化，它每一秒钟都在细微地变化着，这是大厦内感知模拟系统所做不到的。

荻恩印象最深的是他从高处跌落，手臂被划伤的那一瞬间，锐利的锈片割破了小动脉，鲜红滚烫的液体喷涌而出，他在感觉到疼痛之前，就先感受到了深深的恐惧，或许，那就是埋藏在人灵魂里最深处的恐惧，对血和死亡的恐惧。我会死吗？那一秒钟这个问题无数次闪过荻恩的脑海，他感觉到生命力随着血液缓缓流逝，在发出信号请求援助后他捂住伤口一动也不敢动，像是被蛇盯着的青蛙，心脏仿佛被一双无形的手虚握着，每一次跳动它便握紧一点……直到其他人找到他，帮他把伤口处理好之后，那种感觉仍持续了很长一段时间。

大厦世界中有最逼真最刺激的游戏，感知模拟系统能让你感受到最逼真的游戏体验，荻恩也玩过许多游戏，但所有的游戏体验加起来，似乎都不如自己真正受伤的那一瞬间的触动大，那可是真的会死的……

有时候荻恩甚至会故意触碰一下伤口，对他来说，死亡和疼痛似乎带着某种让人迷醉的成分，他能从中感觉到某些东西……但又说不出来……

不过，这也让他释然了一些事，既然有人会沉迷于疼痛和恐惧，那么有人沉迷于历史就显得不那么奇怪了……他依旧在试图理解那个女人，即使知道越是这么做自己就变得越怪。

检修工作完成得很快，维持大厦运行的机组实在过于庞大，所以他们只是查看几个比较关键的地方，并且大部分工作都是用行动单元完成的，所以其实工作量并不大，荻恩能够熟练地进行活动之后，再做工作对他来说已经是小菜一碟了。

回到大厦前的第三天，荻恩找到了埃琳娜并与她告别。

当时她正坐在玻璃穹顶的巨大支架上，身体靠着巨大的钢架结构，两条腿吊在空中，双手支在膝盖上像花蕾一样拖着下巴，虽然没有任何安全措施，但她似乎完全不担心自己会掉下去。

获恩把意识连接到一个有飞行功能的行动单元上，让它把自己送上去，中间费了一些波折，但好歹没摔下去。获恩轻轻走到旁边小声地跟她打招呼，他很担心她会失去平衡跌落下去。

但事实是获恩想多了，她对他的突然出现似乎并不惊讶，表现得……可以说是过于平静了，甚至连头都没回，依旧看着眼前的方向目不转睛。

"你知道大厦里面有多少人？"女人问道。

"一亿两千三百八十七万人。"获恩回答道，这是他离开时的数字，但这段时间内肯定有人被移除，也有人被创造，或许有新的领域需要人手而增加了公民限额。

"你知道以前的世界有多少人吗？"

"不知道，我对历史不感兴趣。"

"哦？为什么？"

"人类之所以能有现在的成就，就是因为我们抛弃了多余的累赘。"

"你是认为，历史也在其中吗？"

"对，历史、艺术、战争、英雄主义，还有不可控的欲望。"

"呵呵呵。"埃琳娜总是经常笑，而她笑的场合总是让他摸不着头脑，笑是用来表达愉悦和欣喜的，可眼下并没有开心的事情发生呀。她斜靠着金属栏杆，这次她没有从兜里拿出纸卷和干燥的植物叶片，只是默默凝望着远方道："是吗？可我觉得人类的历史其实是一支不断旋转着的圆规，它永不停息地画出大小不一的圆，这些呈螺旋形前进的圆并没有交点，但它们总是有相似的地方，0°，90°，180°，又回到原点。"

"你到底要表达什么？"获恩不解道。

"正是为了弄清这些相似的东西,我们才成立了矫正研究所。"

"而事实证明,这个提案从头到尾都是个错误。"

埃琳娜看着他叹了口气,道:"有些东西,你不会懂的,正如你不懂历史。"

"我可以懂,只要连接到数据库,我什么都可以找到。"

"哈哈哈,那么你试试吧。"她又发出一阵不明原因的笑。

"……"荻恩伸手按住耳旁的古董终端机,试图查找大厦的数据库,沉默了许久后才睁开眼睛缓缓说道,"这玩意坏了。"

"找不到吧。"

"也可能是……我的职业数据库里面没有关于人类历史的资料,我平时根本用不到它呀。"荻恩试图解释着,他却感觉到自己的声音里带着某种恐慌。

每一个公民都有自己应该做的事情和生来就注定的职业,大厦中需要哪个职位,就用最合适的基因组拼凑出最合适的那一个人,他生来就拥有属于他的工作、人生和相应的数据库,连接上数据库和辅助运算,他就等于一瞬间完成了这份职业所需的所有教育。荻恩的情况就比较特殊,作为审查员,他清楚任何一个职业相关的法律框架,但他无法接触那些人的数据库,也就是,审查员知道什么事情是不能做的,却不知道为什么不能做,管理阶级与被管理的阶级是处在同一个水平线上的,没有身份的高地,只不过是职业的不同。所以,所有的一切,甚至包括他们都只会按规章来办,这也正是人们所想要的,最完美的社会体系。

"所有人都用不上它。"埃琳娜朝他眨了眨眼睛,她那双琥珀色的大眼睛并没有因为黑夜和寒冷而隐去颜色,反而泛着某种珠宝般漂亮的光华,"你也说过,大厦里已经没有研究历史的人了。"

"……这就是你留在外面的原因吗?为了探寻古人类的历史?你为什么对此这么痴迷?"荻恩恍然大悟道。

埃琳娜却摇着头道："不，不单单是。还有更多东西，被人们遗弃在大厦外面了，那些本不该被遗弃的东西。"埃琳娜披散着的发丝裹上了一层月光，看上去多了一份白玉雕琢般的细腻，她的风衣下只穿着一件红色的丝质长裙，风衣的前口是敞开的没有拉上拉链，风一吹薄薄的衣物就紧紧贴着她的身躯。荻恩觉得她或许会很冷，因为他自己觉得很冷，这种感觉倒是第一次，因为在大厦里所有人的感知都是独立的，有些人喜欢暖和，有些人喜欢凉快，随意设置，可在这里就不行了。为了验证这个想法，荻恩握住了她的手，却发现比他的手还要暖和，温度沿着她细腻的皮肤传导到荻恩的手上。

"古人认为男女之间是不能随便牵手的。"埃琳娜笑着凑了过来，两个人鼻子之间只有几厘米的距离，他甚至能清楚地看清她的睫毛和脸上的雀斑。

"可古人还交媾呢。"荻恩耸了耸肩。

"这个你倒挺了解的。"

"咳咳！咳咳咳，咳。"

"怎么了？"

"我刚刚……忘记呼吸了。"

埃琳娜突然大笑了起来，非常夸张地笑，一声接着一声几乎笑岔了气。

那声音像风吹落了银树的叶子，一片片轻盈地落到地上，摔碎、飞溅，化作一声声悦耳的脆响。

她笑着扭过头把面前的头发撩到耳后，凑过去深深吻住荻恩的嘴唇，用力一推，他的后背就抵在了墙上。她带着酒气的呼吸随着燥热的鼻息送入他的肺中，呼，吸，呼，吸……渐渐地，荻恩混乱的呼吸变成了和她一样的频率。再后来，两个心跳声也变成了一样的。

最后，两团在不同的身体里燃烧着的火，也变成了一样的温度。

五

　　埃琳娜是反叛者的一员。

　　早在刚和她接触的时候获恩就隐隐约约察觉到了，获恩知道这个组织的存在，只是在接受这个任务之前，这些人一直是离他非常遥远的存在，他也无法理解他们的想法。

　　反叛者们潜伏并渗透在大厦的各个部门当中，他们通过各种手段悄悄将加入他们的人移除出大厦，这些人不会按照程序被清理掉，而是被偷偷放入克隆身体内离开大厦，一部分通过正常途径被移除的人也会被他们接收，久而久之，他们的人数逐渐发展壮大，甚至开始进行一些更大规模的活动。

　　他们的目的是脱离大厦的控制，逃离到隔离带之外建立属于自己的国家，用旧形态的身躯搭建起一个传承旧时代的文明社会。

　　获恩是通过矫正研究所那个彩色头发的女孩来证实自己的推测的，他调出了金娜被移除后保留下来的备份档案，很快便确定了这个女孩就是金娜本人，她当初明明是被自己亲手移除出大厦了，可现在却以这种形式活了下来，充分说明了这个矫正研究所无疑就是反叛者的基地。

　　巡视检修的任务已经结束，获恩将要返回大厦的那一天，矫正研究所中的所有人都前来为他送行，埃琳娜自然也来了，她打扮得不似往常那样艳丽，只化了淡妆，脸上挂着浅浅的微笑，和获恩说了各自珍重一类的话，邀他下次再挑一个晚上从休眠状态偷跑出来，她会在之前的广场上等着他。

获恩往常的话本就很少，而今天是格外得少，他一句再见也没有说，只是招了招手，就坐上行动单元组成的载具驶向大厦的方向。

下一秒，无数的武装行动单元从空中聚集过来，上百支漆黑的枪口指着在场的人，行动单元漂浮在天空中发出的蜂鸣声嘈杂无比，可此刻的气氛却降到了冰点。

"你出卖了我们？"面对突如其来的背叛，埃琳娜呆在了原地，她难以置信地看着身旁的男人。

数不清的行动单元开始快速行动起来，它们快速控制住了在场的所有人，然后把他们双手反绑朝一个方向驱赶着。获恩听到某个方向传来枪响，但很快就消失了，一切归于平静，所有人被送上一辆巨大的轨道运货列车，包括藏匿在研究所地下的数百名反叛者，他们将被送到大厦中接受至高之眼的审判……结果已经毫无疑问了，他们都将被送入大厦的循环系统中。

终于结束了，获恩长长地深出了一口气，终于可以回到大厦中了，接下来还有很多事，等着他去处理呢。

天空一如既往地漆黑，伴随着列车启动的轰鸣声，钢架上的冰层在震动中窸窸窣窣地落下细冰，眼尖的人或许可以看到，天空的某个方向缓缓裂开了一条缝，又很快合上了。

…………

一个庞然大物轰鸣着冲破了浓雾，调皮的雾精灵们撞击在列车呼啸而过的车头上，一道水链沿着车头的弧线向后延伸着，列车侧面的金属已经凝上了一层薄冰，远处大大小小形状不一、外形各异的飞行器如同暴雨一般纷纷下落，击打在巨大建造物的外壳上，错杂的巨大警报声响彻整个岛屿，冲击着上空的玻璃穹顶，海水从一个方向疯狂地涌入，很快淹没了大半个岛屿，最终冲到岛中央的大厦脚下。

巨大的警报声像是这只落水的巨兽在呼喊咆哮着，失控暴走的行动单元四处冲撞，在漆黑夜空的见证下，人类上演的又一出大戏开幕了。

"我以全知之眼最高管理员权限申请开启三号核冷却水闸。"

"审查员22207326号、25346031号、2986484号、7671044号等五十七名审查员驳回申请，理由：开启水闸原因不明。"终端耳机内传来毫无感情的电子机械音。

"我以最高管理员权限，撤销审查员22207326号、25346031号、2986484号、7671044号等五十七人审查员身份，继续申请开启水闸！"过了几秒钟，终端机内传来滴的一声长响，巨大的水流沿着甬道的一头如猛兽般奔涌而来，之后荻恩如法炮制地打开了另外三条通道，地面上的巨大建造物只剩下大厦还伫立着，而剩下的那些都被淹入了海水当中。

"入侵警告，最高级别警戒已下达，紧急封锁所有可疑账号。"

"检测到冷却水池泄露，应急修复小组请求接入，关闭受损区域自动化行动单元持续，切换到手动控制，所有行动单元控制权临时交由应急小组管理，运输反叛者的列车，编号4577，进行紧急变轨！"

荻恩的精神完全融入到奔流的数字洪流之中，他此刻身处于大厦世界当中却没有自己的影像，甚至周围的一切都消失了，他化作一团最基础的二进制数据在信息通道中急速飞驰，无数的数据在身后追逐着他，敌人的数量多到难以想象，无论荻恩往哪个方向逃窜很快都会被新的包围网所堵截。

即使如此也没有妨碍他继续进行破坏，荻恩趁着大部分休眠的时机发动了这次攻击，利用监察员权限快速盗取了大量的公民ID，每有一个ID被攻破或禁用，他马上再切换到下一个ID继续进攻，同时不断黑入追击者们的账号中，试图冲出一条血路。

关押着反叛者们的列车这个时候原本应该到达循环部门了，他们将被销毁肉身，取出大脑送至高之眼审判，然而如今列车却开到了岛屿的边境，大量被荻恩夺取的行动单元快速为列车铺出了一条简易轨道，眼看列车就要冲破屏障进入外界。

大厦多年未经历过战争，荻恩的突然袭击确实打了他们一个措手不及，好几次荻恩陷入了山穷水尽的地步，却总是在最后时刻绝处逢生，每逃到一个新的地方，他马上又会夺取一批公民ID并且造成新的破坏。

对荻恩现实位置的筛查已经进行了三次了，大厦动用了大量的人力在对抗他攻击的同时调查他的位置，最终的结果却是一无所获，这几乎是不可能的事情，无论荻恩使用了什么方法隐藏或者混淆自己的位置，也不可能做到毫无痕迹，只要他还在大厦内部就不可能躲过筛查。

第四、第五次搜索依旧以失败告终，最后还是侦查部队的行动单元找到了他。

早已空无一人的矫正研究所一片废墟，荻恩闭着眼睛躺在一张旧藤椅上，安详得像是一个垂暮的老人，如果不是他的眼皮偶尔抽动一下，别人或许会认为他已经是一具尸体了，可大厦中的每一个人都知道，这具静止的躯壳之下，一个不屈而坚忍的灵魂正在大厦世界中搅动乾坤。

他耳朵上夹着一个小巧的老式终端机，这才是最让人难以置信的地方，这个人靠着一个次世代的古董攻入了大厦，凭借一人之力和整个大厦的力量对抗，无数次陷入死局又突出重围，甚至逼迫至高之眼动用了大厦的最高权限。没有人知道他是怎么做到的，仅仅为了拯救一批叛乱者有必要做到这个地步吗？

从战争的角度上来看，荻恩已经输了，即使他拼尽全力坚持到了现在，反叛者们仍然没有逃出大厦的控制范围，而他最后一张王牌也已经用掉了，真身被暴露，现在至高之眼只需要下令杀死他，一切就结束了。

可事情并没有以这种结局落幕，装配了大量武器的行动单元早将荻恩团团围住,却迟迟都没有开火,荻恩也意识到这一点了,停止了肆意破坏的行动。

至高之眼没有杀他,因为他还有谈判的资本。

荻恩关闭了与大厦的精神链接,至高之眼的信使已经到来了,漂浮在空中的行动单元打开了一个投影口,身穿黑色西装、胸口绘着三角和眼睛图案的男人出现在荻恩面前。

"K2210……"

"我希望你们叫我的名字。"

"好的,荻恩。"信使语气机械地传达着至高之眼的意志,"即使事情恶化到如今的地步,我们依然希望吸纳你成为我们的一部分。"

"为什么?每年都有上万个和我一样的人诞生,我不过是一个普通的监察员罢了。"荻恩警惕辨别着对方的每一句话,他不了解对方到底隐藏着什么样的意图。

"普通的监察员可以做到这个吗?荻恩,你刚刚在以一个人的力量对抗整个大厦",信使话音刚落,身旁的其他几个投影仪便相继开启,一副闪烁着红点的立体模型图在他面前展开来,荻恩一眼就认出这是大厦内部的构造图,而那些红点都是之前的权限争夺战中被他攻陷的节点,这种程度的损伤是大厦有史以来从未有过的,之前的检修漏洞和它相比简直是小巫见大巫,想要完全修复恐怕需要几个月的时间。

"他们呢?已经离开这座岛了吗?"荻恩突然意识到没有了他的干预,反叛者们将完全落入大厦手中。

"他们很安全,包括那个女人,但之后会发生什么,纯粹取决于你的选择。"信使说道。

"你们究竟想要什么?"

"我们已经说过了,即使你坚持与我们敌对,我们依旧希望吸纳你加入。或许你会感到疑惑，这很正常，我们也是在你发动攻击后才做了这个决定。大厦的本质是由数以亿计的人类大脑所链接而成的巨大网络，虽然依靠量子计算机的辅助运算可以使人脑构成的网络达到极高的效率，可要达到我们的预期还有很大的差距，直到我们看到了你……你在刚刚的战斗中爆发出了我们前所未见的人脑潜能，直到今天人类大脑的开发上限依旧是一个迷，我们在你身上看到了一种可能性，一种照亮未来的可能性。"

"让他们离开，我们可以慢慢商量。"

"这没得商量，放了他们没问题，但反叛者们一生只能在矫正研究院度过，而且在我们的监管之下。"

"你们究竟为什么要怎么做？他们只不过想要自由而已。"荻恩不解道。

"荻恩，如今的大厦只是一个半成品，最终所有人都将接受数据化成为全知之眼的一部分，人类社会就此完全脱离肉身，飞升进入新的文明层面，到那个时候……你认为我们，和他们，还是同一文明吗？"信使提出的问题让荻恩心头一震。确实，当人类进入了大厦的那一刻起就已经不能再称之为人类了，我们从相对独立的个体，变成了报团取暖、存亡一体的真社会性族群。

"……"

"到那个时候我们又要面临什么呢？再一次的战争？大厦社会的结构十分脆弱，所有人都居住在一栋巨型建筑之中，一颗导弹就能毁掉一切，并且，要不断地完善自身就要不断向内进行优化，如果我们面临战争威胁，我们要抽调出多少人力物力去建设防御体系？这又会让我们的脚步放慢多少？"

信使一连串的问题让荻恩无从回答，人与人之间的对话如果聊到利益和欲望就该结束了，因为只要是人，都无法摆脱这两个怪圈，荻恩不敢保证反叛者们的后代会永远和大厦保持和平，任何承诺与感情在利益面前都不值一提。

"但你们也说了,你们在我身上看到了可能性,因为我有了肉身,我感受到了在大厦内体会不到的,我有了同其他人之间的羁绊,我……有自己所爱的人,所以我才能拼尽全力做到这一点。"获恩回忆起自己这段时间里发生过的点点滴滴,"你们也说了,对于人脑的探索还存在很多未解的谜团,矫正部门当初就是为了这一点而成立的,如果大厦彻底摒弃了肉身,又消灭了所有旧形态人类,这些被埋藏的宝藏我们就永远都无法挖掘出来了。"

"你说得很对,但我们冒不起这个风险,如果奇迹伴随而来的是对整个文明的威胁,那我们选择将其毁灭。"信使冷声道。

获恩沉默了一会儿才缓缓抬起头道:"但是现在已经迟了,谢谢你们和我聊了这么久,时间已经到了。"

"什么?"

他摘下耳后的终端机,透过蒙尘的玻璃窗望向远方,数十个闪亮的光点在地平线的另一端缓缓升起,仿佛一个个小太阳,那是火箭推进器的火焰,最后被拦截下来的那辆列车内早就没有人了,获恩一开始的目的就是火箭。

反叛者的所有人都已经被分配运送到了这些载人火箭当中,它们是大战时期的产物,探索太空的道路被放弃之后它们也一同被放弃了,沉默地站立在发射井中等待着生锈腐化,好在现在还能使用……这是获恩想到的唯一一个能让他们逃离大厦控制的方法。

获恩宁愿用先背叛再拯救的方式将他们送走,也没有把自己的计划透露给任何人,尤其是埃琳娜……因为从此以后,再没有相见的可能了。

"所以你打开水闸不光是为了制造混乱,也是为了把荒废的发射井都注满冷却水,真高明,我们居然完全没有发现。"信使替至高之眼向获恩表达了赞赏。

"现在,要杀要剐随便你们了,我的目的已经达到了。"获恩坦然道。

"你设定的发射地点是战前的月球基地吗？"

"对，虽然因为大战废弃了，但基地还是完整的，按照十万人居住标准建造的基地，足够让他们居住和发展了。"

"为了一群背叛者，这值得吗？"

荻恩没有再回答信使的话，火箭接连发射，火光划破了阴沉的夜空，一棵棵火焰巨树伸展着水汽枝丫争先恐后地直入云霄，大厦就屹立在这火的森林之中，它漆黑的表面依旧是那么冰冷厚重。

倒计时

一开始，没有人在意那数字是什么意思。

这个世界充满了数字，我们看到的，我们看不到的，还有我们看到却本能忽视掉的。

无论它有意义还是没有意义，我们总是无时无刻都浸泡在数字的海洋当中。

42。

当那数字扩大到我们不得不重视的时候，它显示的是 42，至于它是从哪个数字变化过来的，又是从什么时候开始计时的，我们就不得而知了。

也许它从远古时代就存在了，随着我们文明进程的变化，它也在不断变化着，不同的文字让我们能够顺利解读它，今天我们看到的是阿拉伯数字，但或许这几千年来，世界的某个角落中都有这样一个鬼魅一般的倒计时一直在默默跳动着。

那一天太平洋上升起了一连串巨大的水幕，它们足足有 50 米高，互相连接，无视洋流和风力的作用就这样孤傲地立在大海当中，仿佛是来自异世的使者一般，和周围的一切格格不入。它的突然出现导致一艘渔船被掀翻，也正是这场无妄之灾让人们终于注意到了倒计时的存在。

从空中俯瞰整个区域，会发现它由数道完全一样高的水幕组成了两个阿拉伯数字 42，它是如此规整，每一道笔画都标准无比，没有人会相信这是自然出现的产物，一时间各种猜疑之声群起。即使各国都在有意地封锁情报，然而有些东西无论如何都是堵不住的，毕竟如此巨大的神迹就屹立在大海中央，甚至路过的民航客机飞得稍低一点都能看到这巨大的数字在阳光下熠熠生辉。

大国研制的末日武器，外星人传来的讯号，地球只是一个试验场，甚至还有人说这是神给予人类的警告，各种各样的猜测层出不穷，这是一场阴谋论者和神秘学爱好者的狂欢，这确确实实出现在眼前的奇迹可比蜥蜴人和共济会有炒作价值。

别有用心者和悲观主义者先带起了第一轮狂欢，接着是如嗅到血的苍蝇般赶来的媒体，最后是那些被他们煽动起来的普通人，几乎没有人不在讨论神秘数字的事情。

所有社会热点、娱乐八卦在这场狂欢之中都要为神秘数字让路，它的话题度冠顶绝尘，只要是关于神秘数字的报道，不管写得多烂多没有营养都能受到大量的关注，所有人都如饥似渴地关注着关于神秘数字的一切新进展。支持和外星人对话的狂热者们还在巨大的水幕旁边搭建起了小一号的42，它搭在珊瑚礁基地上，由大量铁架和氖气灯组成，每到夜晚就会朝着天空闪烁光芒，希望天外来客能同我们建立交流，然而除了一片死寂的星空，无论人们怎么呼喊都没有任何回应。

就在支持各种学说的人们吵得不可开交的时候，神秘数字突然发生了变化。

那水幕原本稳稳当当地竖立在太平洋中央的塔希提岛附近，突然毫无预兆地在十几万朝圣般的游客注视下崩塌了。

那仿佛万年亘古不变的水墙就这样突然倒塌了，还没等所有人从震惊中回过神来，一面面新的水墙又从海洋当中诞生。

这一次全世界人都看清了它是如何被创造出来的，大量的水被凝聚成方块缓缓从海中升出，没有人能解释它是如何形成的，人们监测不到磁场和引力的变化，可水幕就是在所有人眼前快速拔出海面，仿佛一只看不见的巨手在搭积木一样，很快一个新的数字被搭建了出来——

41

无以复加的震惊之余，一股更强大的恐惧感悄然在所有人心中蔓延开来了，这个神秘的数字……

  是一个倒计时!

1 倒计时

倒计时纪元到来了。

亲眼见证了这不可思议的力量之后,人类对它充满了恐惧与敬畏。

然而倒计时又预示着什么呢?它又是何方神圣创造的?人类该做什么?又能做什么?

这个问题没有答案,却又有无数的答案,毕竟这两个字节能传达的数据太少了,而别有用心的人可以拿来做文章的空间又太大了。

世界末日,这是最先被想到的人们最惧怕的一个答案,比起利益,事实上恐惧更能驱使人们做出行动。给你一箱子金币让你跳过一个危险的悬崖,只有少数勇敢者愿意尝试;然而背后是一只致命的猛兽在追杀你,那么绝大部分人都愿意拼死一搏了。我们无法想象,除了世界末日,还有什么能让所有人无比团结地组成一个整体。

根据多个组织的调查结果显示,有百分之四十的人相信倒计时是厄运的象征,它结束的那一天地球将大祸临头。

强大的宇宙掠夺者来袭前的预警?来自友好文明给予人类的警告?抑或是我们不可名状的造物主打算重启我们的宇宙?

关于倒计时的猜测依旧众说纷纭,但是没有人能拿出哪怕一丁点的证据,民间组织和狂热分子大行其道,几个末日派的头目公开表示自己感应到了外星文明的信号。

当然,有悲观的人自然会有乐观的人,还是有相当一部分人认为倒计时未必代表坏事，它或许预示着新时代的来临，反正在它到来之前，谁也无法知道究竟会发生什么，那还不如好好地过好自己的日子。

世界各国政府也都在积极筹划应对方案，联合应急小组部署在水幕周围，严密监控水幕的任何变化，只要出现任何变化就会立刻上报，而对于近地轨道的侦查也在紧锣密鼓地进行着，想要知道倒计时的意义，最简单的办法还是寻找制造它的人。然而对于水幕的调查一直一筹莫展，这么长时间过去了，人们依旧没有搞清楚它是如何形成的，是什么力量在维持它不倒塌，又是什么力量让它产生了变化……

就在各种问题层出不穷之时，水幕就无声地解答了其中的一个，倒计时究竟是以多长时间为单位的？答案是一年。

距离神秘数字变成41之后过了整整一年，太平洋上的水幕突然发生了变化，和上次一样，它崩塌落入海面然后又快速重塑，这一次它果然变成了40，而且和上一次变化之间的时间间隔正好是一年，一分一秒也不差。

这一次倒计时又给了人类一个惊喜，这一次水幕不再是一个，而是5个，在太平洋倒计时走动的一瞬间，全世界范围内又出现了4个新的倒计时，它们分别位于黑海、印度洋南部和亚得里亚海沿岸，5个巨大的40大小一致，方向一致，它们突如其来地出现，阻断了当地的海上航线，不过最让人担心的还是它继续发展下去所造成的影响。

联合调查组曾经尝试研究水幕，从巨大的字体上取下样本后，海水会快速失去可塑性变为再普通不过的海水，而水幕会从海中吸取等量的水来补充损失掉的部分，取出的样本经过测试没有任何异常只是普通的海水。直接进入水幕内部也找不到任何线索，里面的压力和磁场都与普通的海水无异，或许是因为造就它的那个文明的技术超越我们太多了吧。

但我们也并非一无所获，至少我们知道……无论结局是好是坏，我们终将在

40年后的今天,迎来倒计时最终的答案。

倒计时变更的那一天,秦泽的船正好停靠在黑海南部的一处港口中,他也自然成了第一批目击者,当时他正坐在一家小酒馆中和当地的水手聊天,突然外面传来一阵骚动,他原先没有当一回事,后来看到电视上的报道后才知道发生了什么,于是开着船赶到了事发海域。

亲眼看到倒计时水幕时的秦泽感到无比震撼,他开了10年货船,也算是走南闯北、见多识广了,他见过撕裂大陆的裂谷,也见过直连天际的瀑布,可真正见到如此违背常识的奇观时他还是感觉到如此的不真实。

"愿神佑世人!"

秦泽默默地对着水幕祈祷着,正想驾船离开,突然背后传来一阵惊呼声,和他一样驾船赶来观看水幕的人群突然沸腾了,他们指着水幕旁边的一片海岸惊叫连连。

"怎么回事?"船上的水手举着望远镜也没看清那边发生了什么。

"不清楚,过去看看吧。"秦泽把自己的船开过去,刚一靠近他就看到了一团团黑影在海面下移动,它们似乎有着某种规律,慢慢地从周围的海域聚集到一块。

秦泽对这种生物很熟悉,所以很快便认出了它们。

这是一群虎鲸,但很难把它们称之为一群,因为自然状态下的虎鲸不可能形成如此之大的聚落。

"21……22……25,天呐,到底有多少只。"水手看着海面下攒动的虎鲸惊叹道。

"少说有上百只,而且还越来越多了。"秦泽道。

"它们来这里做什么?"

"不知道,这里不是虎鲸的栖息地,它们可能是受到了水幕的影响。"

"太可怕了。"

"……"

2　鲸之眼

　　秦泽望着海面感慨万千,他对虎鲸有特殊的感情。当年他是在这艘船上结婚的,当时因为一些小事和婚姻登记处的员工吵起来了,一气之下秦泽带着未婚妻开船去了公海。

　　公海不受任何国家的法律约束,船长可以为乘客宣布结婚和离婚,回到本国后依旧有法律效力,秦泽自己就是船长,事情就更简单了。就在他和未婚妻站在船头交换戒指的时候,一群虎鲸突然从他们的船边游过,硕大的尾巴划破海面把晶莹的海水抛向夕阳,秦泽就在它们的见证下完成了仪式,并和自己的爱人结为夫妻。

　　虎鲸是对人类非常友好的动物,它们是非常凶残的顶尖掠食者,海洋中的霸主,但全球范围内只发生过一起虎鲸袭击人类的事件,还是在那只虎鲸从小脱离群体又被饲养员虐待的情况下。虎鲸是社会性动物,它们有自己独特的语言和文化,并且代代相传,在捕鲸时代,人类的捕鲸船在各地的海洋上活跃,但是虎鲸不属于捕鲸船的猎物,虎鲸凶悍危险而且总是成群结队地出现,最重要的是它们的油脂含量不高,所以猎杀它们很不划算,捕鲸船的首选目标是长须鲸和抹香鲸,而这些鲸类也是虎鲸的捕杀目标。于是人类便成了和它们并肩作战的伙伴,当时的捕鲸船会和虎鲸一起围捕其他鲸鱼,这是一幅十分魔幻的画面,但它确实是真实发生过的:由于船上载重有限,船员们往往会把值钱的鲸油取走,肉就丢进海中送给虎鲸，久而久之，虎鲸便如此教育他们的后代。这个种族的记忆力很强，即使在捕鲸时代已经过去的今天，虎鲸对待人类的态度依旧很友善。

不知道是出于贪玩还是其他原因，那群虎鲸一直跟着秦泽的船，好奇地观察着他，用人类听不懂的优美语言高声吟唱。直到两天后秦泽和他的新娘在一座小岛上登陆，它们才逐渐散去。

那段记忆是他生命中最美好的时光之一，而今天再次见到这么多数量的虎鲸，秦泽却感到一阵心慌，大洪水前蚂蚁会搬迁，大地震前鸟群会集体躁动，如此之多的动物聚集往往不是什么好事。

虎鲸们争先恐后地围绕在水幕周围逐渐形成一个大大的圈，黑白相间的头部不断露出水面像是在仰望着什么，接连不断的鸣叫组成了一曲优美婉转的鲸之歌。数量越来越多，海面也变得越来越拥挤，秦泽甚至怀疑是不是全世界的虎鲸都赶到这儿来了，看来受倒计时影响的不止人类……就这样，虎鲸们在水幕旁欢歌了几天几夜才离去。

比起接连出现的水幕，虎鲸的异动就没有这么引人注目了。可一周后秦泽才知道事情并没有这么简单。

"我们发现外星飞船了！"一群租用了秦泽轮船的学者酒后激动地对他说道。

"倒计时的外星人吗？"

"不知道，但确实有一艘飞船在天上，我不知道该不该称呼它为飞船，它足足有澳大利亚这么大，倒金字塔形的。"说话的人叫艾格，是个带着草帽顶着大肚子的白胡子老头，他曾经是针对倒计时的应急小组成员，后来被一个民间集团高价挖了过来。

"你不相信吗？"

"如果真的有飞船……为什么我们之前没有发现呢？"秦泽不解道。

"兄弟。"艾格打了个饱嗝反问道,"如果我说我的车库里有条龙,你要怎么证实呢?"

"什么意思?"

"就是你怎么证明这条龙真的存在。"

"直接打开看不就好了。"

"不不不。"艾格老头挑了挑眉露出一个奸诈的坏笑道,"这条龙是隐形的,而且它的龙鳞可以吸收一切可见光和声波,它可以自由地改变自己的形态,能够把自己变得像气体一样稀松无法触碰,并且我们已知的任何检测都对它没有作用,那么你如何证明它存在。"

"那怎么可能证明,这是个伪命题。"秦泽感觉自己受到了戏耍。

"我们做到了,我们证明了这条龙是存在的,那艘飞船就是这条车库里的龙,我敢保证它的外层一定被某种屏障覆盖着,它吸收了一切频段的电磁波和可见光,又制造出完全一样的波段从屏障的另一边释放出来,并且可以让自己隔绝于引力场之外,它不对任何星体产生影响,其他星体也不会影响到它……这样它就等于不存在了,可它确确实实就漂浮在我们的大气层外,而且已经不知道多少年了。"另一个学者拿出几个瓶盖在桌子上摆着,一个大的是地球,另一个小的是月球,一枚带壳的花生放在另一边。

"你们怎么做到的?"

"不是我们做到的,而是虎鲸做到的,很庆幸我们看不见的龙,虎鲸可以看见,我们也不知道具体是用什么方法,我们对生物大脑构造及其机体潜能的理解太少太少了……"艾格又闷了一大口酒,"但是我们解剖了十只出现在附近海域的虎鲸,取出它们的大脑,发现在它们的记忆区中,这片海的上空就是有这样一个巨型漂浮物。而且,还有一件事情可以佐证,当年苏联发射的通讯卫星,就是在那片区域突然失联的，如果真的有未知飞船也就说得通了。"

"仅凭这个真的能证明飞船的存在吗？"秦泽还是觉得太过荒唐。

"管他能不能证明，总之这是目前对于倒计时研究最大的突破，我们能挣到盆满钵满！不知道多少人都盯上我们了，要不然我们怎么会秘密乘坐你的船回去呢？"

不可被探查的不明飞行器……自从出现了倒计时之后，任何奇怪的天方夜谭都不觉得荒唐了，秦泽觉得难以理解但也不需要理解，很快媒体就会让你理解的。

艾格和他所属的科技公司宣布了他们的研究成果，很快这个消息便席卷了全球，支持末日说的声音再次甚嚣尘上，一个科技水平比我们强大如此之多的外星文明就潜伏我们身旁，而且已经不知道多少年了……这其中的恐怖有如每天睡觉的时候都有一把枪在抵着你的脑袋，而你不知道他什么时候会开枪，你甚至不知道他是谁，为什么要杀你。

每一天都有关于外星人的游行者上街示威，每一天也都有派系领袖被另一派暗杀，他们中有迎接外星人到来的投降派，也有坚持要向外星人宣战的主战派，以及主张逃离地球的移民派。

对于秦泽来说这一切都并不重要，他没有什么亲人朋友，父母多年前已经去世了，由于身体原因他膝下没有儿女，唯一亲密的人就是他的妻子，妻子既是他的爱人，也是他最好的朋友，更是唯一的亲人。倒计时不是还会走40年吗？他们16岁那年便认识了，携手走到今天关系依旧很好，如今他们两个都超过40岁了，等到倒计时结束……那时候世界和我们又有什么关系呢？

他能够理解其他人的焦虑和恐慌，但是没办法切身体会，只要他还牵着那只手，心中便毫无恐惧。护送艾格让他赚了一大笔钱，他们可以在宁静的乡下买一间房子，总有些地方是远离人烟和喧嚣的，他们可以种一片田，每天坐在躺椅上望云卷云舒……

"你也是这样想的吧？"秦泽苦笑了一声把手里的鱼扔了出去，虎鲸欢快地腾出水面将食物一口吞下。

它让身体浮出水面靠在秦泽所站的木头栈桥上，翻着自己的肚皮让对方抚摸，秦泽和往常一样和它嬉戏，然而心中却思绪万千，他又想起了妻子。

她在两个月前自家的院子里自杀了，自从倒计时出现以来她便一直很焦虑，无论秦泽如何安慰她，但是最终她还是选择了寻求解脱。秦泽明白她的想法，却无法切身体会她的感受……毕竟，人无论多么亲密，都是无法相互理解的。

"你为什么不走呢？"秦泽幽幽地对鲸鱼道，"你的同伴都去朝拜外星人了，你还留在这个破地方。"

"呜……"虎鲸发出一声长鸣，一甩尾回到水中。

几乎所有的虎鲸都聚集到黑海的水幕去了，而这只虎鲸却是个异类，它还独自生活在这片海中，甚至有一次搁浅在了秦泽老家的小渔村中，最后还是秦泽把它推回了海里，从此它就天天出现在这里。

望着它逐渐消失的背鳍，秦泽哼着家乡的小调扛着鱼筐离开了。

20多年前，他曾搂着一个年轻的姑娘在这座桥上跳舞，俩人都笑得很开心，坐在岸边指着星空一直聊到深夜，他们不会聊世界，那个时候也没有人在乎世界会怎么样……

3　朝生暮死

战争终究还是爆发了，人们对倒计时和那艘神秘飞船的研究没有任何进展，但世界局势却发生了巨大的变化，出于长期压抑中的人们情绪越来越容易被挑起，主战派获得了大量群众的支持，经过几年的政治变动后联合政府终于做了最后的决定。

人类将向未知的外星飞船宣战！也向那噩梦一般的倒计时宣战！

引发这一切的导火线还是那可怕的倒计时……原先支持和平的声音和主战派势均力敌，但自从倒计时走到25之后，一切就都改变了。

那一天纽约时代广场上的大屏幕显示出了一个大大的25，紧接着是全美洲，最后全世界，所有的电子仪器都受到了强烈的干扰，从民用的手机、电视、电脑到军方的战争武器，所有只要带屏幕的东西全部都显示着这两个血红的数字。

从最先进的雾化投影屏幕到最原始的阴极射线管都受到了影响，无论如何调整都无法恢复，除非断电，人类无法解释它是怎么做到的，就像无法解释太平洋上的水幕一样。只有联合政府军方手中还有仅存的量子点屏幕可以使用，好在倒计时只干扰了显示器，并没有对其他设备造成影响，然而这只是暂时的，明天会怎样谁都不知道。

宣战后的第一年，全地球上的水幕已经增加到了120个，激进的民众用无人机在巨大的倒计时上喷绘上各种标语，全民团结一致，情绪高涨随时准备支援战争。

这是一场捍卫文明的战争，到第 15 年的时候那可怕的倒计时已经蔓延到纸质传媒工具上了，因为电子设备的干扰，传统媒体又成为主流，可一夜之间所有的报纸、杂志、书籍中的文字通通都变成了那噩梦一般的数字 15……究竟是外星人修改了文字，还是它们修改了我们的认知，让我们无论用什么途径都只能看到 15。……总之，这样的绝望把人类逼上了最后的悬崖。

如果再不开战，再过几年，人类可能既没有能战斗的武器，也没有值得捍卫的文明了。

可宣战，总要有个战斗的方式吧，于是联合政府军调用了大量核弹部署在未知飞船的打击轨道上，利用卫星近距离确认了飞船的位置后……人类孤注一掷发起了饱和轰炸。

3000 枚热核武器同时击中未知名飞船，那一刻地球上的所有人都沉默了，或者说是被吓傻了，如此巨大的爆炸将大半个地球的天空都照亮了，天空中仿佛出现了第二个太阳，即使提前做好了防灾预案，但是核爆炸造成的冲击还是对地面造成了强大的破坏，随之而来的海位变化带来了更大的灾难。

人类也在那一瞬间，见到了未知名飞船的样子，它真的是一个巨大的倒金字塔，周围包裹着一层圆形的半透明薄膜，被核爆的能量染成了橙黄色，然后转瞬即逝。

战争在一瞬间开始，也在一瞬间结束。

倒计时没有消失，未知飞船也没有消失，人类的全力一击没有对敌人造成任何伤害，未知名飞船又回归透明，义愤填膺的人们也回归死寂。

比倒计时更绝望的气氛吞没了所有人，或许自从人类从树上走下来开始，就没有遇到过如此无力的境地，紧接着战争又爆发了，只不过目标不是未知名飞船了。

人类又开始表演自己的传统节目了，对外星人的战争无果后，矛盾强行被转移到内部，刚刚才扔出去了 3000 颗核弹，现在还在意这一颗两颗吗？

分裂联合政府的战争，飞船派对主战派的战争，还有全球各地层出不穷的起义。

我们从双足站立、解放双手开始就没有停止过战争和厮杀，我们杀死了屹立于大地之上的蛮荒猛兽，我们打败了比我们更聪明的裸猿同宗，我们曾高举木棒又用青铜剑斩断木棒，我们曾挥舞铜剑又用黑铁碾碎青铜。我们曾高举长矛又用铁蹄踏碎矛杆，我们曾策马骑射又用弹丸穿透骑士的胸膛，我们不断用鲜血掩盖鲜血，又用硝烟遮蔽硝烟，千百万年前普罗米修斯为我们取来火种，如今我们可以亲手点燃太阳了……却要将自己焚烧殆尽。

倒计时还剩下 3 年，人类却亲手为自己划下了句号。

大战之后一片荒芜，全世界已经找不到像样的人类聚落了，少数人躲在荒野中苟延残喘，太阳已熄灭，文明只剩下点点余烬。

唯有……太平洋中央那道高达数百米的巨大水幕还静静地竖立在那里，它越来越大，越来越大，直到头衔白令海峡，尾接赤道，即使从太空中也能清晰地看到那是一个整齐的数字 1。

多年以前人类所建造的 42 歪歪扭扭地摆在它旁边，好似一个小学生临摹的拙劣作品。

那艘不请自来，目的不明的金字塔形飞船还漂浮在地球上空，随着地球的潮汐锁定静静地运行着，和 42 年前没有任何区别。

蔚蓝的小球围绕着小星系中央的恒星又运行了一周。

随着飞船来到地球整满 42 年那一天的到来，太平洋上的巨大水幕有了变化，被人们称之为审判日的最后时刻到来了。

那个巨大的数字 1 落入了水中，紧接而来的并不是数字 0。

而是 76。

与此同时，整个地球上所有的文字记载也同时被 76 这两个数字替代了，还残留有电力的电子仪器上也写满了 76，风中飘舞的残破书页上都是，此刻，每一个国家的国界碑、每一个标志性建筑、每一条街道的路牌，上面都写着 76，人类文明，从诞生到灭亡，都从未有一天如此一致过。

76 这个数字有什么意义呢？

答案是没有任何意义，就像最开始的 42 和后面的倒计时一样。

又过了一年后，数字变成了 83，同样没有任何意义。

这样的变化一直持续了上万年，每当这颗蔚蓝星球公转一周，上面所有的数字都会更替一次。

人类残留下的文明讯息早已在岁月中毁灭殆尽了，书籍化作尘埃，晶体管逐渐失效，只剩下雕刻在岩石上的只言片语还在一年一度地更替着。

那艘飞船还在静静地漂浮着。

时间，似乎没有在它身上留下一点痕迹。

数字就一直这样更替着，直至 3000 万年后，连石碑都早已风化成尘了，地球又进入了一个冰河纪元，太平洋上的数字都冻成了坚冰，大部分的生物在更替中消失，只剩下顽强的一小部分依旧活在厚厚的冰土之下。

地球上曾经出现过的 3000 多万个数字组合在一起，终于有了意义。

那是一串并不复杂的简化通讯码，后面的 500 万个数字还附带了某种语言的编译词库。

它讲述了这艘宇宙飞船的来历，它们种族的特征、文化、政体类型、文明理念，以及和平宣言。

但如今地球上已经没有能够回答它们的文明了。

飞船上，能够屏蔽潮汐力和电波的屏障之内，两个来自百万光年之外的天外来客正在交流着。

它们的电磁触角相互连接，发出排布成序列的电子信号，用这种方式进行交流。

"沟通建立失败，6546-aa 上的生命无法与我们进行交流，这颗星球上的文明与我们的差异过大，恶劣的环境和过快的季节变更让他们无法迈向更高级的进化阶梯。"

"是的，我观察到了，6546-aa 星球上面所有的生物代谢速度都是我们的上百万倍，这颗星球上的气温、湿度、电荷含量都很糟糕，它们必须用最快速度发育成熟，然后繁殖、养育后代、死去。"

"太糟糕了，它们根本就没有办法享受生命，刚出生不到短短的一瞬间就会死去，这简直太压抑了，想象一下这样的生活我都快喘不过气来了。"

"而且 6546-aa 星球上，并没有任何生物进化出了记忆遗传和高效的讯息传递能力。"

"不过即使靠着如此低下的文明发展方式，这颗星球上依旧诞生出了无比璀璨的文明，实在是令人震惊。"

"是呀，我收集了它们从繁盛到毁灭的全过程，可惜它们的时间尺度和我们之间相差太大，无法和我们进行联系，这样辉煌的文明就像一颗宇宙尘埃一样悄然消逝了。"

"它们是一种呼吸氧气，幼体哺乳，生活在液体海洋当中的碳基生物，它们将自己落后的声带系统升级，以发出高频的声波，通过这种方式得以互相传递消息，它们还用声呐编织出了庞大的资料库，它们利用立体编译的形式纪录数据并且代代相传，同样的一段数据用不同的编译体系解读就可以翻译出不同的资料，正是如此，它们才能用如此落后的方式储存下了相当于 1000 万个行星公转时长的史诗，关于种族，关于海洋，关于生命的思考，它们整个的大种群就像一个宝库，而每个个体都是一枚密钥。

"除此以外，它们通过自身磁场与6546-aa卫星磁场的微弱感应来观察宇宙，这是我们从未见到过的演化方向，它们也是6546-aa上唯一发现我们的物种。"

"这简直像是存在于远古时代的神话。"

"敬！"

"敬！"

"我还发现了另一种裸毛的双足猿类，他们擅长在地表搭建巨大的建筑物，然而它们的文明和前者比起来不值一提。"

"它们似乎是靠高温传递信息的，我们收到了它们发送来的高温信号，不过太短暂了，没有分析出任何东西。"

"不过这都无所谓了，我们继续前进吧。唉，这颗星球是如此美丽，只可惜是昙花一现，我们才来了一会儿，它就从荒芜演变成生机勃勃的世界，现在一切又归于寂静了。"

"踏入宇宙本身就是一件孤独的事情，希望在下一个生命的发源地能找到我们文明的知音"

它们收回了各自的电磁触须，整个对话的过程又进行了相当于裸猿历法的3000万年。

咔西诡秘事件录

1　异化之花

"哐当，哐当……"

搅动着粘稠液体的汤勺不断地碰撞着铁锅的内壁，锅中水沸腾的咕噜声伴着叮叮当当的金属撞击声组成了一首节奏怪异的歌谣。

锅里的糖和牛奶逐渐在高温下调和到了合适的稠度，我拿起冰箱里刚解冻的长条绿，从上端开口处切开，挤出里面的汁液沿着锅边倒入，再盖上盖子小火加热个十几分钟就可以了。我没有调厨房定时器也没有看时钟，这是我每天必做的事情，久而久之靠着感觉就能精准地把控好时间，也算是熟能生巧吧。

按照往常的经验，现在应该到了早间新闻的时间，果然十几年前的大屁股老电视中传出有些失真的新闻播报音，记得我领第一个月工资的时候就在想把它换掉，然而它好像也知道这一点似的格外卖力地工作着，这么多年也没出过故障，只是屏幕有点花，声音也有点糊。

我的沙发很不适合休息，上面堆积了太多的杂物，只留了一小块地方可以让我坐着，或者说我整个房间都让人不舒适，甚至不适合人居住，像是一个大号的仓库，只是多了一些日用品和家具罢了。房间四处都堆满了档案袋和废旧期刊，墙面上则贴满了剪报文章，因为常年不打扫，这里脏乱得像是电视剧里那种落魄侦探的事务所。

当然我既不是侦探，也不落魄，单纯只是因为我懒得整理，我有一份让人羡慕的工作，当然是指在薪酬和社会地位上，而不是工作内容上。

"……天空云量较多，将逐渐转阴，我国北部大片地区有小雪或小到中雪。

本周沿海地区升温明显，到本周末局部地区最高温将升至12℃……"

"二型异化病疫情再度爆发，我国已关闭所有进出口航班，并对沿海地区进行短期管控式封锁，目前疫情已得到控制，所有已知患者均被送入专门的医疗机构进行隔离治疗，目前……"

"啪嗒！"

我伸手按下了遥控器上的按钮，屏幕上的图像收缩成一个小小的光点，然后闪烁了两下后就消失了，主持人刺耳失真的声音也跟着停下了。

关于异化症的新闻我已经听得太多了，无论是新闻媒体还是社交网络，似乎人人都在围绕着异化症的事情争论不休。

所有大牌明星在异化症面前通通靠边站，我不记得异化症已经霸占新闻头条多久了，反正久到让人厌烦，让人光是听到就觉得头疼。然而关于它的讨论无处不在，所有人都像一个大喇叭一样，喋喋不休地重复着网上那一套无聊的言论，想要躲开它，除非你躲在房间里，不上网、不看视频、不看报纸，不过这样你依然有可能和异化病沾上边，因为即使住在完全隔离灭菌的房间里人还是有突发异化病的概率，我们至今都没有弄清楚它的传播途径，它就像一个无形的幽灵，能够穿透任何屏障缠上你。

厨房内的计算器响了两声，几大勺果冻一样的半凝固汤汁被我小心翼翼地舀进不锈钢餐盒里，接着我收拾好东西出门，时间正好早上7点。

每天我都这样有条不紊地出门，从来没有出过差错，可今天却被楼道里那面写着请保持笑容的镜子指出了我的疏漏。

镜子中的我皮肤苍白，裸露在外的手臂上长着一根根长短不一的丑陋羽毛，口中突出的喙把我的牙齿挤歪了，因为常年伏案工作导致我的脊背也有些弯曲，即使穿着笔挺收身的制服也一点都不显得挺拔。

"哦对，差点都忘了。"我一拍脑门返回屋里从衣帽架上取下口罩和帽子，对着镜子整整齐齐地整理了一下衣着后才走下楼梯。

赶在上班高峰期之前避开堵车直奔医院，因为每天都是重复的行程，时间上我早就把握得非常熟练了。我没有用保温餐盒装食物，这样等我开到医院温度才正好。

导师已经住院快半年了，异化病彻底摧毁了这个钢铁一般的男人，记忆中他总是我们团队里最拼命的，一工作常常就废寝忘食，连我们几个精壮的年轻小伙也扛不住他的工作强度。导师脸上总是挂着爽朗的笑容，喜欢熬夜后去喝酒，喜欢打飞空球，泡在年轻人堆里他也是最有活力的一个，如果不是发白的体毛，或许他都已经忘了自己已经50岁了。就是这样的一个人，现在却连走出病房都做不到，异化病会造成人体严重的肌肉萎缩和神经损伤，随着平滑肌的萎缩，患者将逐渐丧失进食的能力，每天只能靠输液维持生活，导师现在唯一能吃的就是我每天都做的绿羹。每天早晨一碗带着微微甜味的热汤支撑着这个老人苦苦与疾病抗争着，那数不清的治疗项目本身就是一种折磨，半年的双重痛苦足以压垮一个人的精神。

停好了车，我便赶忙朝住院部走，因为过于匆忙差点在转角处撞到别人，那人也被我吓了一跳，居然还是我认识的一个护工，因为我天天都来，这附近的人差不多都见过我。

"卫斯理？"

"嗯，对不起，你没事吧。"

"没事没事，你又去看老师吗？他今天好像有手术，今天的治疗已经停了。"

"怎么没有和我说……他现在还在病房吗？"

"那还能去哪儿？哎，你怎么还戴着口罩呀……"

"花粉季，有点过敏。"

"啊哈哈，是呀，怪不得你裹得这么严，我得先走了。"

2　机器人谜题

"埃博特？怎么这个时候给我打电话？"

"不是才等到这个时候给你打电话，是我这个时候才买通看守我的家伙。"

"你又犯什么事了？"

"一句两句说不清楚，你先过来把我弄出来吧，记得开车来。"

"这个月这是第几次了？"

"我保证是最后一次，老兄，再拉兄弟一把，我真的没人可以找了。"

"等着。"

我不耐烦地挂掉了电话，每次听到他的声音我就头疼，每次总给人找麻烦也就算了，还摆出一副理所应当的样子，听口气还以为他有理似的，也就是因为这样，我总也没办法拒绝他，毕竟我也只有他这一个朋友。

我是个性格古怪的人，唯一的朋友也不是什么正常人。认识埃博特还要追溯到5年前阿雷思儿州大学的学术研讨会上。那次会议的规模很高，全世界有名的古生物学者齐聚一堂，然而研讨会的主题并不是我所专精的领域，对于古生物也没有什么研究，仅仅是业余有一点点兴趣而已，所以会议全程我都尴尬地站在人群中麻木地消磨着时间……

"知道吗？那是人皮做的。"

当台上的主持人正在展示某机构赠送给州立大学的文物时，一个男人的声音打破了我封闭的世界，当时我身边有很多人，各种各样的声音也很嘈杂，可我却很明确地感觉到是他在对我说话。

一扭过头我就看到了一张干瘦颓废的脸，那人一头蓬乱的头发，双眼下方挂着重重的眼袋，脸上的每个细节都挂满了糟糕生活留下的痕迹，和周遭的人对比简直像个混进来的流浪汉。

那就是埃博特。

"是吗？"

"嗯，它被叫作人皮史诗，是用矿石和植物汁液的混合物直接在皮肤上书写的，也不知道是在生前还是死后，谁知道呢。那个时候还没有笔，也没有道德，没有秩序，可却有信仰。"流浪汉般的学者一开口说话，朦胧的眼睛便闪出光芒来，"写下这些文字的先祖们认为世界正处在不断重复的毁灭之中，就像太阳的升起落下一样，而我们就在其中一个循环之中。上面还记载了很多癫狂又没有逻辑的东西，他们说在更久远的时代，人们是雌雄同体的，不存在性别，当时我们还没有语言和文字，没有向世界表达自己想法的能力，但却拥有一种超常的精神感应能力，他们同自然连接，向大地祈求食物，神明听到他们的祈愿便会给予赏赐。"

"你觉得是真的吗？我是说，虽然很荒唐，但是他们用这种方式也要传达下来的信息，会不会还是有一定真实性的，只是被当时的人夸大了而已……"

"谁知道呢，人的想象力总是很丰富，想写什么就写呗。"埃博特耸了耸肩，"他们还写了天空中漂浮着巨大的不明物，像是没有弦的弓箭一样，光滑又散发出金色的光，它超过世界上任何一座高山，冒出的浓烟与火焰遮蔽整个天空……不过不在这上面，在另一篇人皮史诗上，这样的文物一共出土了5件，我都看过。"

"你是从事人皮史诗文物研究的吗？"

"不，我是做发掘工作的，只是有兴趣就偷偷借来看过。"

"借？"

"你懂的,不管东西值多少钱,放到文物局仓库里就只有一把20块钱的锁保护它们,外人想靠近它们很难,可如果你是内部人员,只需要把它想象成你自己的东西,拿着就往外走,只要你够自信就不会有人拦你。"

"……"

回过神来的时候我面前只差几厘米就是灰色的铁门,再走一步就要撞上去了,我来过这里太多次了,即使心不在焉也能自然而然地走到导师病房门口。

打开门时我却看到了难以置信的一幕,导师从病床上爬了下来趴在地上,他身边满是碎成条的纸屑,前面的一台碎纸机还在欢快地工作着,老人颤抖的手竭力把身边的一叠叠文件塞进机器里,这个简单的动作就已经耗尽了他全部的力气了。

"艾德先生!"我急忙去扶他,却被他细弱却威严的声音喝止了。

"别过来!就剩一点点了,让我撕完它。"

"这是什么?我来帮您吧。"

"我们这段时间做的……异化病基因图谱分析的报告,我让哈里他们带过来的,电子材料也让他们毁掉了。"导师把剩下的几张文件叠在一起一口气塞了进去,凝结了无数人——包括我心血的项目报告就这样变成了满地的废纸。

"您为什么……"我实在不理解老人这样的行为,但也不好继续追问,他是这个项目的负责人,也是他创立了这个课题,所以他有这个权利。

"没什么,只是感觉很累,再做下去没有什么意义了,捆着你们这些年轻人也不好,还是让你们去做些更有意义的工作吧。"导师撕掉了所有的报告终于松了一口气,招了招手让我帮忙把他抱到病床上。

我帮他整理好床铺,把一地的碎纸扫进了垃圾桶,抱着一丝不甘,我偷偷藏下了一些碎屑塞进了口袋里,接着我和往常一样打开餐盒放到他的床头柜上。导师舀了一勺放在嘴边，痴痴地看了一会儿就笑着放下了，他脸色看着比平时红润了，眼神却空洞了很多。

"今天可能煮得太过了，我下次注意一点。"

"不不不，挺好的，只是我没什么胃口。"

"您要做手术为什么没有通知我？"我收拾着一地废纸半抱怨半责备地问道。

"哈哈哈，每天做的大大小小的治疗太多了，没什么好担心的，而且我刚刚已经取消手术了。"导师看着窗外，事实上并不是窗，只是一面治疗室的LED屏幕放映着公园里的场景，草地和流水能让患者感到轻松一些。

"那怎么能行？医生怎么说的？"

"医生也说不行，但我已经打算出院了，再保守治疗一段时间我就可以回家了。"老人消瘦的脸上露出了久违的笑容，"我还想喝酒，还想去钓鱼，去打飞空球，我不想死在充满消毒水味的大盒子里。"

"他们同意了？我得去说说，您不可以这样，现在这个样子怎么可能离开医院？"

"我已经决定了，就谁都改变不了，你别去为难别人了。"

"您的性格还是这样……"我摇了摇头，"实在太胡闹了，您一定要继续治疗……如果您受不了的话，我们休息一段时间好不好？然后回来继续治疗。"

"卫斯理……"导师像是没有听到我说的话一样，抬起头看着我的眼睛，他深陷的眼眶里一双空洞的眼睛死死扣住了我，"你觉得我们的文明，我们的种族走到今天是偶然吗？我们从树上下来，在荒野中崛起……从茹毛饮血到发展出今天的一切，这一切都是巧合吗？石头能点着用于燃烧的火种，又是什么能够点着文明的火种呢？"

"您多照顾自己的身体，别再想这些问题了。"

"不是多余的问题,是我们正要面对的问题,算了,你还是……不明白的好,不是每个人都可以承受得住的。"艾德先生长叹了一口气靠在枕头上,这个铁一样的男人现在看上去是如此憔悴,瘦得整个人都脱了形,干枯的手臂上布满秃斑,几根干枯的羽毛挂在他裸露的皮肤上,扭曲的嘴裂下露出几颗参差不齐的牙齿,如果不是我每天都来看他说不定都已经认不出他了。

"再帮我一个忙吧。"他朝我招了招手,颤颤巍巍地从枕头下拿出了一个小物件。

"艾德先生……"

"把这个交给一个叫阿泱察的人,他是个史前遗迹发掘专家,现在好像在咔西的墓葬群考察,如果找不到他,你把它毁掉就好……这是他之前交给我保管的,现在还是物归原主吧。"导师把那个东西塞到我手里,我感觉不到什么力量,但他已经是在用最大的力气攥紧我的手了,"停下吧,我把项目结束了,你也不要再继续做基因编译方面的工作了,不然你也……"

导师欲言又止,他的瞳孔再次陷入了空洞中,郑重地拍了拍我的手让我握紧那个东西。

"我明白了,我本来也在考虑其他研究方向了。"我违心地答道,我很敬重导师,可我在这个领域已经倾注了太多心血了,不是这么轻易就能放下的。

艾德老师不再说话,异化病正持续蚕食着他的生命力,如今的他说上这几句话就已经喘得不行了。

临走之前他又问了我最后一个问题,我没有回答出来,而他也没有给我答案,他的语气很随意,可这个问题却让我感到后背发寒。

"假如你发明了一个机器人,它唯一的目的就是:不计一切代价让你尽可能长地活下去。那么最后它会变成什么样?"

3　河涂幽灵

"你认识这个东西吗？"

我手上把着方向盘，眼睛瞟了一眼挂在车后镜上的小物件，埃博特很有默契地明白了我的意图，他从放倒的副驾驶座上翻起来，凑近仔细瞧了起来。

"从哪个犄角旮旯里的古董摊淘出来的？"

"我们老师给我的，可能和咔西的墓葬群有关系。"

"咔西……"埃博特听到这两个字脸色突然变得有些不对。

"怎么了？"

"你还不知道吗？前几天那边发生了地震，虽然震级不高，但是几万年前的遗迹可经不起折腾，据说发生塌方了，失踪了好多人，现在还不知道死伤情况呢。"

"怎么会这样……"我感觉一阵眩晕，本以为今天收到的坏消息已经够多的了，可厄运女神似乎还没有打算收手，"艾德先生，让我把它交到一个考古人员手里，但愿他没出什么事。"

"阿泱察，听着像是少数民族。"

"我知道他，在河涂文明的研究方面他可是首屈一指的人物。"埃博特又察看了一下那个小物件，实在看不出什么门道，只好自讨没趣地躺回座椅上，"也就是说你现在打算去咔西？"

"本来打算过几天的，现在看来只能马上出发了，要是地震太严重把考古人员撤离了我上哪儿找他去……"

"唉，没办法，这个时候还是得靠我呀。我在那边还是认识一些人的，你把机票和食宿包了，我这次勉为其难帮你找找关系，现在那边乱得很，没有人接应你做什么都不方便，不是吗？"埃博特带着一脸坏笑朝我挤眉弄眼道。

"我就是带一头牦牛过去也比带你好，它还能帮我驮行李上高原。"我白了他一眼回去。

"没见识了吧，一听到咔西就以为是高原，墓葬群刚好在咔西南部山脉和大裂谷之间的谷地里，那里海拔不高又有三条融雪河常年流经，所以才孕育出了灿烂的河涂文明，你连这都不懂，到时候别迷路了还要麻烦我去救你。"卖弄专业知识的时候埃博特一扫平时邋遢的气质整个人都精神了起来。

在我的沉默中这家伙又喋喋不休地讲了半个小时，我有些后悔把他从警局保释出来了。这次他进去的理由更加荒唐了，只是在打飞空球的时候和邻场的人起了口角，他就抄起球棍把别人打了，还弄坏了球场的三个发球器，光替他赔偿球场就花了我几个月的工资，这还没有算上保释费。

更让人气愤的是这次他还是一脸理所当然的样子。埃博特这个人总是活得很轻松，他从来不做委屈自己的事情，只要有想做的事情就会去做，无论是泡妞、打架还是把展品偷回家看，他从不存钱，平时只要够吃饭和喝酒就好了，偶尔拮据的时候就只要够他喝酒就好了。

即使他是如此让人讨厌，最后我还是不得不带着他一起去了咔西古城。没办法，他是我唯一的朋友，也是一个确实帮得上忙的朋友，在基因研究方面我是专家，可在其他领域我两眼抓瞎……当然，我并不是专指考古研究，而是指很多其他的方方面面，例如登山、寻路、安排旅程以及和当地人交流。埃博特很随意地就将这些安排得井井有条，他定好了我们一路上需要的食宿，还联系了考古发掘区的熟人来接应我们。

咔西古城位于西部偏远的高原地区，离最近的一个有人居住的地方也有80多公里的距离，最近的机场就更远了，我们只得下了飞机后在市区租了一辆越野车，昼夜兼程赶了一天到了一个叫作石岭村的小村庄，这里就是去咔西路上最后一片有文明足迹的土地了。

当晚我们就在那里住下了，缓解舟车劳顿之余添置了一些必要的补给，准备过几天就出发赶往咔西古城。石岭村属于少数民族自治区的管辖范围，这里的居民也都是这边的高山种族，他们的发色微微发红，个子也更矮，说着语调奇怪的当地方言，好在埃博特懂得一些他们的话，可以进行简单的交流。村庄的风貌真的十分原始自然，人们都还延续着祖辈传下来的奇特风俗。我在这里没有看到一间混凝土房屋，他们的屋子是用磨平的石块层层垒砌起来，再将木棒敲进缝隙中加固而成的，当有人死后他的后代会把他放在生前居住的房屋中，抽掉用于支撑的木头，死者便被规整的石块埋在了下方，生者会在上面夯土堆石造新的房屋。

这种人墓混住的风俗让我感到一种莫名的诡异，那一排排黑色山石房屋像是一群缄默的守望者，站在文明所能涉足的边缘望着那朦胧雾气之中神秘的群山峦岭。

一位老人向我们讲述了他们这边流传的神秘传说，相传他们的祖先都是一群被通缉的逃兵和罪犯，因为乱世而结伙流亡，一路上不知道走了多远，最后居然来到了最西边的高原雪山上。见到雪山奇景的瞬间所有人身上的劳累和饥渴都消失了，他们朝着雪山顶礼膜拜，但雪山的神明并不欢迎他们，石岭人的先祖们一路上为了活着犯下太多罪过，可以说是烧杀抢掠无所不为，雪山憎恶他们的过去，于是降下暴雪驱赶他们离开，流亡者的领袖挺身而出希望雪山给予他惩罚放过跟随他的人们。领袖在大雪中赤身裸体跪坐了三天，他被冻死了，冻成了硬邦邦的冰坨子，雪山也终于动容了，派出了它的使者……

"使者长得像鱼，它们有着大大的鱼头，身上黏黏糊糊的，嘴里发出类似于咕噜这样的声音，它们强壮而敏捷，搬走了领袖的尸体。"埃博特翻译着老人的话，而老人说到激动的地方剧烈咳嗽了两声，"接着大雪就停了，两块巨大的黑色岩石从天上砸下，成了人们可以挡风遮雨的避风港，山上也流下了一股清澈的河水，这就是今天石岭人赖以生存的大小两座黑石山和雪荣河。"

神话传说都很荒诞夸张，但老人的故事却让我辗转难眠，他那被火照得忽明忽暗的脸不断出现在我面前，或许是自己吓自己吧，一种可怕而诡异的可能性在我脑海中浮现出来，冥冥中我察觉到，这一趟旅程似乎会让我们陷入了一个充满雾气的谜潭之中，或许在我们到来之前我们就已经陷入其中了，只是直到现在才开始发觉这一点，从我们企图揭开它的面纱开始，我们就无法再脱身了。

"小时候我一直觉得河涂人是故事书里编的，等我上了大学才发现，这傻逼玩意居然是真的。"似乎是发现了我还没睡，躺在上铺的埃博特突然开口道，一下子就说中了我所疑惑的地方。

"你是我肚里的蛔虫吗？怎么我想什么你都知道？"我苦笑道。

"因为实在太像了，恰好这里就是发现河涂人文明的地方。"

"但他们已经灭亡了，在15万年前就消失在地球上了……石岭村的先民是1000多年前来到这里的，当时他们怎么可能看到河涂人，或许他们没有死，一直还活在某个角落当中，或许就在我们身边潜伏着。"天呐，这话说得我自己都头皮发麻。

"哈哈哈，你怎么突然对古文明这么感兴趣了?!也对，你老师把研究团队解散了，你也考虑改行了，以后就跟着我混吧。"

"我只是觉得有点匪夷所思，或许只是巧合而已……总之我们把东西送到阿泱察手里就马上离开。"

"不是吧，好不容易来一趟咔西啊！你知道这里有多少没被发掘的野墓吗？村民打口井都能挖出七八个古墓，我们可以来一场考古大探险的！要是能弄出点值钱的……"

"我对盗墓不感兴趣。"

"什么叫盗墓啊？我们这是探寻远古的河涂文明之谜，顺便找慷慨的好心收藏家要点捐赠而已！"

在埃博特喋喋不休的抱怨声中反而我感觉安心多了，眼皮重得像灌了铅一样，不知不觉就睡着了。在这种半公墓式的破败小村庄里注定是不可能睡得好的，我梦到了许多令人不适的幻象，诸如石块中的尸骸、漫山插满的白色旗子以及站立行走的鱼头生物……它们不像科普读物上的河涂人，它们的手又粗又长，脊椎高度畸形，身上长满了秃斑，异化病！就像是异化病的患者一样，我想我是把所有恐惧的东西全都结合到梦中了，不过话说回来，河涂人也遭受过异化病吗？

黑色骑士，这是人们议论异化病时常用的代号，它在短短几年的时间里横扫了几乎整个世界，仿佛手握镰刀疯狂收割生命的黑袍骑士。可我觉得它更像是一个来自远古时代的信使，跨越漫漫时空，将那些我们早已遗忘的蛮荒时代的记忆又带到我们眼前。

很长一段时间以来，我们都认为自己是地球上唯一的智慧生物，我们历经漫长的演变和进化，距今20万年前我们的先祖拖着占体重2%的重量却消耗总体机能30%能量的脑子，毅然决然走向了智力进化的道路。这在早期没有给我们带来任何好处，几乎自杀性的进化方向选择让我们的肌肉逐渐退化，我们跑不过那些天生的猎杀者，又追不上那些机敏的被猎杀者，智力给我们带来的仅仅是让我们学会用石器砸开尸骸吸吮一点点残余的骨髓，靠着这一口骨髓我们的先祖撑过了20万年坚苦的岁月，撑到了火焰的时代，撑到了认知革命的时代，撑到了我们靠着工具可以轻易杀死猛兽的时代。

然而，到了互联网革命的时代，我们才发现原来我们并不孤单，在我们的祖先还在准备厚积薄发的时候，另一个文明也在高山上的雪原冻土中冉冉升起了。然而因为生活环境的不同，两个文明并没有相遇，直到他们的文明悄然毁灭，我们都没有任何察觉，如果不是大地这本最厚最诚实的史书记录下了一切，我们或许永远都不会知道他们的存在。

那就是河涂文明，他们是生活在大河源头的半陆生半水生文明，他们的身体构造十分原始，还处于远古鱼类向陆生动物进化的过渡阶段，没人知道它们是如何来到内陆高原的，或许这里曾经是一片内海，因为板块运动而变成了高山，几乎所有的海洋生物都在大灾难中灭亡了，只剩下河涂人活了下来，并且顽强地在这片土地上建立了属于自己的文明。

他们突然出现又突然消失至今还是世界性的谜题，没有人知道他们是如何崛起的，又是因何而灭亡的……他们就像一个神秘的幽灵，在雪原的土层之中默默沉睡了上百个世纪，即使破土而出，也给世人带来了数不清的谜题。

4　咔西墓群

　　我不愿在这个村庄多作停留，第二天一早便出发赶往咔西古城考古现场。那些漆黑的老旧山石房屋被我们远远甩在了身后，一条长长的蜿蜒山路一直延伸着攀上高耸的雪山。我们的越野车便一路沿着这条路扎进了雪山冰原特有的寂静之中，属于人类世界的嘈杂和喧嚣在这里彻底消失了，一路上所见到的除了苍白的雪原就只剩下巨大的黑色山石，它们一部分被白雪覆盖，但是露出来的部分还是显得十分突兀，远远看去像是某种巨大未知生物的一部分。这条窄窄的盘山小路像是有生命一般在雪山和黑色巨石之间游走穿梭，驰骋在这样的世界当中，才让我们真正感觉到自己是多么渺小，多么脆弱，并且对于远离了自己所熟悉的文明世界感到越发不安。

　　当天傍晚我们才到达了传说中的咔西古城，因为余震的原因这附近的人已经撤离到远处更稳固的营地中去了，考古队临时搭建的基站信号并不稳定，我们花了不少时间才联系到接应我们的人。

　　他的名字叫卡尔卡，看上去很年轻但已经从事考古工作5年了，他穿着厚厚的考古马甲，脸上戴着一副防寒口罩，很巧的是他正是我要找的那个阿泱察博士的学生，然而他告诉了我一个坏消息，阿泱察博士已经失踪了。发生地震的时候阿泱察博士正在井下进行考古作业，墓井塌方之后他就音讯全无，到现在也没有任何消息，很可能是被埋在井下了，现在救援工作还在全力进行。

　　这无疑是一个噩耗，艾德导师现在病情垂危、意志消沉，而我却连他最后的愿望都不能替他完成。我向卡尔卡表达了我们对阿泱察博士的遭遇深表遗憾，卡尔卡的情绪则很稳定，没有表现出太多伤感，得知我们是他老师的故友后还邀请我们到考古现场去参观。

咔西古城说是一个城市实在是有些勉强了，虽然这里曾经是河涂文明建造的一座恢宏的城市，但经历了这么长的时光，往日的辉煌已经化作了荒原寒风中的一片片残垣断壁。考古工作组在这里挖掘出了5处深井，用于考察埋藏在古城下的王族墓葬群，这次的咔西古城项目是我们对于河涂文明最大规模的一次考古发掘，也是揭开神秘河涂文明面纱最近的一次机会，如果顺利的话或许能成功破解河涂人的文字体系和国家文化。

在我看来只是一些残破不堪的矮墙和石柱，但是埃博特却激动无比，像是进了游乐园的小孩子一样看到什么都移不开眼睛。等我们到达发掘中心的时候，倒塌的坑洞顿时让我们感觉到心中一颤，塌方的地方呈现出极其不自然的正圆形，坑洞大概有20米深，从上面往下看黑漆漆一片，好似一扇通往地狱的大门。

"不是说震级不高吗？为什么会破坏成这样？"我问道。

"是不高，但是这下面的地层本来就是空的，结构十分不牢靠，即使是轻微的余震也能造成很大的破坏，说实话我们平时在上面连咳嗽都要收着点。"卡尔卡摊手直言道。

"下面这几个墓室是连通的吗？为什么不试着从没倒塌的墓坑进去看看？说不定还可以救出被困的人。"艾伯特提出建议。

卡尔卡长长叹了口气道："我们当然考虑过，但是这里随时有可能发生余震，实在太危险了，很可能没救出人反而把搜救队困在里面，所以我们还是选用了传统的方法，但你们也看到了，这里离城市太远，搜救队缺乏各种物资所以很难展开工作。"

"为什么这里已经这么热了，你们还戴着口罩，反而显得我特立独行了。"埃博特开玩笑似的道，他的声音沿着阶梯不断回响着，循环了十几遍才消失。

"花粉过敏，现在一不戴这个就难受。"我拉紧了自己的口罩把边角封住。

"我只是工作习惯了而已。"

我们周围有不少背着各种器械来来往往的搜救队员，考古队员们也在帮忙搜索，我们在旁边无所事事就显得很碍眼了，卡尔卡还拒绝了我们一起帮忙搜救的提议，原因是我们不熟悉地形也不是专业人员，很有可能会帮倒忙。

接下来的两天我们都待在营地的帐篷当中，因为考古工作已经停止了，埃博特也没有看到自己想看的东西，卡尔卡和其他考古队员似乎对我们有所隐瞒，除了食宿问题以外几乎不和我们有任何接触，一旦我们提到河洤文明相关的问题，卡尔卡便会转移话题或者索性装作没有听到。虽然不知道他们到底在隐藏什么，但这样的行为已经和逐客令没有什么区别了，等了两天依旧没有阿泱察博士的消息后我便准备离开了，但是导师委托在身的我也不能就这样回去，于是我把艾德先生给我的物件交给了阿泱察的徒弟卡尔卡，如果阿泱察能被营救出来，卡尔卡可以代我交给他，即使他已经不幸遇难，我也算是把它交给最合适的人了。

然而看到这东西后，卡尔卡的态度却突然发生了逆转，那个小金属物放在他手掌上，他像触电一样缩了一下手，然后紧紧把它握在手中。

"你……你是怎么得到这个的？"透过口罩我也能感觉到他的震惊之情，我不知道他为什么会如此激动，仿佛他手中捧着的是整个地球一样。

"艾德先生给我的，他和阿泱察博士是挚友，其他的我就不清楚了，这个东西到底是什么？"

"没，没什么，只是一个信物罢了，我听阿泱察老师说过，对了，你们今天要离开了吧？这几天路不好走，我让几个人带你们出山谷吧。"卡尔卡的态度转变得让我们感到不对劲，埃博特看了我一眼用眼神给了暗号。

"不用了，你们还忙着搜救呢，我怎么能让你们分心送我，其实我们现在就要走了，只是来和你告别的。"

卡尔卡明显按耐不住心里的激动了，听说我们马上要走，便很开心地送我们离开了营地。埃博特开着车绕着营地周围跑了一圈，离开卡尔卡的视野范围后便把车停进了一处巨型岩石下方，和我一起悄悄溜回了考古营地。卡尔卡一开始还保持着机敏，我们只能在远处大概锁定他的位置，很快他便放松了警惕，开始频繁查看我交给他的那个物件。

我不知道这背后隐藏着什么，但是他眼神中流露出的狂热让我感到隐隐不安，入夜后卡尔卡趁着所有人都在吃饭的时候换了衣服偷偷离开了营地，我们也保持距离跟在他身后。

我们跟得并不紧，始终保持着20米左右的距离，而卡尔卡也沉浸在自己的世界中完全没有发现我们的存在，他从一条隐藏的小道走入了坍塌的坑洞当中，这条缝隙十分隐蔽，土层也很新，应该是在地震当中新裂开的，我和埃博特蹑手蹑脚地跟着他一块下到了地下。由于没有灯的缘故，下面几乎伸手不见五指，卡尔卡打着一盏小矿灯那算是附近唯一的光源了。

当我们来到坑洞下方的时候，我感觉到一种难以表达的违和感，这下面的建筑比起地面上保存得更加完整，而且工艺十分精巧，完全不像是数万年前遗留下来的遗物。

"什么人！"卡尔卡终于还是发现了我们，一道刺眼的白光迎面照来，我和埃博特都被他当场逮到了。

"别激动，是我们。"埃博特因为被警察抓得多了，下意识举起了双手。

"你们怎么会在这里？"

"这话我们应该问你。"我掏出了防身用的射钉枪，为防万一我从车上把它拿了下来，没想到真的派上用场了。

"别激动，我只是来救人的。"这次轮到卡尔卡举起手了，很明显他并没有带武器，现在主动权在我们手上了。

"大半夜偷偷摸摸来救人？"

"不是你们想得那样，如果我直接说你们可能会觉得我是个疯子，但是你们得相信我，河涂文明很可能是一个发展到极高程度的高等文明，甚至远超于我们……他们遗留下来的设备有一些到现在都还可以使用。"卡尔卡解释道，"你给我的那个东西是一枚钥匙，我不知道为什么它会辗转到艾德博士那里。"

"这确实很疯狂……"

"我也是意外发现的，这件事情知道的人越少越好，所以我不想告诉太多人，如果你们不相信……我证明给你们看。"说罢他从口袋里拿出一个小物件，并不是我给他的那个，而是另一个翅膀形的金属小杖。

卡尔卡将它插入墙壁上的一处缝隙中，很快大地开始微微震动，那些墙壁上的复杂图案开始像血脉一样缓缓跳动起来，一扇大门在我们面前打开了，我感觉到了无以复加的震惊，你能想象吗？这是一扇起码有10米高2米厚的巨型墙壁，少说有上千吨的重量，它开启后附着在大门上的石屑纷纷掉落露出了它的本来面貌，河涂人留下的装置居然历经了这么多年后依然可以将它提起。

埃博特比我更早恢复了冷静，拉着我走进了大门当中，这下面直通已经倒塌的发掘井，虽然很神奇，但是不知道这样老旧的机器能支撑多久，于是我们快速进入了其中，全过程我都处在混乱的状态当中，一切都显得如此不真实。

之后的我回忆起墓穴中所见到的一切都是如此，那些灰暗而惊险的记忆是如此的失真虚幻，我不止一次地怀疑那只是一场怪诞诡异的噩梦而已，或许是因为阴森潮湿的环境以及可怕的神话传说让我产生了这样的幻想，然而我手中有大量的证据能够证明它的真实性，仔细想想这才是最可怕的不是吗？

总之，我就这样模模糊糊地被拉进了洞穴之中，被封存了不知多少年月的空气散发出一股陈腐的冰冷气息，卡尔卡举起矿灯朝下方照去，苍白的灯光照亮了我们面前的阶梯，那是无数阶低矮的石阶，它呈螺旋形一路向下延伸，矿灯把我们的影子拉长成了数道变幻莫测的长线，在仿佛无限的循环之梯上舞蹈着。天知道它有多长，一圈一圈的阶梯层层叠叠看得人眼晕，无数层螺旋的环之间是一个漆黑不见底的黑洞，它直通地心吗？地心不应该是燃烧着的火球吗？它莫不是洞穿地球露出了另一段的幽邃虚空。

5　治愈

　　我们沿着阶梯朝下走了一段距离，下面没有任何缩短，这楼梯仿佛无穷无尽的，我们不知道走了多久才见到了一个平台，它是直接在阶梯的一侧岩壁上凿出来的，上面刻满了壁画，地上铺着一层厚厚的灰尘和白屑，或许这里曾经有河涂人的尸体但现在早已腐烂成尘了。

　　埃博特像是饿鬼扑在面包山上一样扑在那些壁画上，点亮了自己的打火机凑近了仔细观看。我看不懂上面的图画具体想要表达什么内容，但显然上面画了很多河涂人，他们有着巨大的鱼头，蛙类一样的身体，背后还有背鳍，就和科普杂志上的还原图一样，也和石岭村的老人所说的传说一样。想到这里我再次背后发凉，转身看了一眼身后，那里除了无尽的阶梯以外什么都没有，但这潮湿的空气和不时的耳鸣总让我觉得有什么东西在暗中观察着我们。

　　"这像是什么仪式的场景。"埃博特戴上手套小心翼翼地取下了一些岩石样本，墙壁上画满了各种各样的河涂人，而正中央是一个巨大的圆形，"那些戴着头饰的是贵族成员，再往下的是普通百姓，戴着镣铐的是战俘和奴隶，他们都在走向一个怪物的大口中，他们手拉着手，无论身份，无论阶级……"

　　"那是怪物吗？"我指着那个圆形。

　　"是一张大开的嘴，这个怪物只有一个脑袋。"

　　"我觉得这象征着河涂的宗教理念，圆象征着如环无端、循环往复，这可能是他们对于死亡的理解，它们认为死亡是一个巨大而无形的怪物，它最终会吞噬所有人，而除了生命以外的一切都没有意义了，阶级和地位也是一样的，所有人在死亡面前都是一视同仁的，死后一切重新分配。"卡尔卡提出了他的见解，埃博特也表示赞成。

"那站在高处的又是什么呢？他看上去完全不像是河涂人。"我指着圆形正上方的一个东西，它也是双脚站立的生物，长得像是神话中的恶魔一样面目可憎，被涂成了可怕的红色。

"超凡飞升。"卡尔卡说道，"河涂人可能认为达成了某种条件之后，他们就可以飞升成为完美的形态，就像是这个样子。"

"真难看。"

"我总觉得……有点眼熟……"

正当我们打算寻找进入坑洞的入口时，突然上空传来了一阵巨响！从上面传来的一点微弱的光芒消失了，隧道底部望不到边的黑暗似乎又往上爬了一些，我最担心的情况发生了，当我们跑上去的时候，那扇巨大的门已经关上了，或许是太过老旧了，我们无论怎么尝试都无法将它再次开启。

"完蛋了，我们被困死在这里面了。"埃博特狠狠在门上踢了一脚，"我看过一部电影，就是这样的深坑，里面有数不清的吃人怪物，死人的骨头堆得比山还高。"

"别说风凉话了，快想办法吧。"我说道。

"有风。"卡尔卡打着了埃博特的打火机伸向阶梯下方，火焰很明显往旁边偏移了些，证明下面确实有空气流动，"我们得下去了，下面一定有通向外界的出口。"

事情变成这样我们也只能死马当成活马医，一边向下寻找出路，一边考察珍贵的河涂文化遗迹。很难相信河涂人居然拥有如此先进的技术，它们开凿了如此巨大的竖井隧道，这种规模的工程放到现代也是无与伦比的大工程，然而它居然诞生在冰原半鱼人居民的手中，它们是如何开凿它的？又是为何建造它？随着探索的持续进行，我的疑惑没有得到任何解答，反而越来越多的问题不断地冒了出来。

路上我们又发现了几处河涂人的壁画和泥塑，这些创作的内容各不相同，但是无一例外都让人难以理解。当我们走到更下方时，我们又见到了其他类型的壁画，这些东西说是壁画算是恭维它了，事实上就是些混乱无比的线条，简直像是野兽用爪子乱涂出来的，与之相比上面那些奇怪的壁画简直就是精美绝伦了。由于地下温度较低的原因，阶梯上逐渐开始有积水了，我们的登山鞋踩在上面便会发出啪嗒的声音，经过回音之后那声音变得奇怪起来，我脑子里不断浮现着半鱼半人的生物在我们身后偷偷行动的画面，当然我们背后什么也没有，只是频繁回头让我的脖子变得很酸。

我不知道我们究竟走了多久，我的腿开始发酸，汗水让我的衣服粘在了身上，在疲惫和对神话生物的恐惧之中我们最终还是走完了螺旋阶梯，脚下没有下一级楼梯而是一块平地，我差点一脚踩空摔在地上。

然后我才意识到我已经走到最底层了。此刻我们所在的地方是一个巨大的平台，我们一路走下来的阶梯就像是一个狭长的瓶口，越往下走就变得越窄，光线也越暗，直到走到最底层空间又突然豁然开朗，虽然周围的环境很昏暗，但我依稀还是能感觉到我们处在一个非常空旷的环境当中，起码我们每走一步发出的回音都比之前要大，这对于现在的我们来说这可不是一件好事，原先我们都一直沿着阶梯往下走，虽然说不知道下面是什么，但总有个方向，但现在我们似乎迷失在这深达上百米的昏暗地下当中了。

"这是什么地方？"

"不知道，可能我们已经下到地下墓室来了。"埃博特点着了他的打火机，但是微弱的火苗起不到任何作用，"这种地方怎么会有风呢？"

卡尔卡打开了他的勘探矿灯，白色灯光亮起的时候我们都被眼前的景象所震撼。

从进入这片地下遗迹开始我便有这种预感，随着我们的越发深入，这种感觉也变得越来越强烈，当我看到眼前的景象之后我才意识到那种感觉是什么。

"恐怖谷……"我伸手抱住了自己颤抖的肩膀道，"你有这样的感觉吗？河涂人之所以给我们这种诡异的感觉就是因为恐怖谷，当一种非人的生物身上有人类的特征时我们会感觉它很亲切，就像卡通人物，但这种亲切感会随着相似度的逐渐上升而降低，当相似度到了极高的程度，但我们还能清晰地感觉到那个东西不是人的时候，我们就会感觉到恐怖，在我们基因的最深处就惧怕着某种极其像我们的同类却又致命的东西。"

"确实有一点，但问题是……他们也不像我们呀。"埃博特顺着矿灯的光线观察着四周的环境，空旷的平台上堆满了建筑物的废墟，这里看上去像一个地底城市，只是已经毁灭了很久。

"长相或许和我们差别很大，但在某些方面他们和我们像是一个模子里刻出来的，比如演变的方向，表达思想的方式，你们不好奇为什么不同源的两个物种能诞生出相似的文明吗？"

"这里的遗迹有种很强的矛盾感，你看那边巨型建筑物的残骸上还有壁画，我还看到了很多在废墟上搭建起来的小型建筑，这些东西不会同时存在于同一个时期。"比起我的疑惑埃博特还是对这些遗迹更感兴趣。他面前的壁画和我们之前看到的又不一样，这些壁画线条更粗糙，风格也偏于潦草粗犷，描绘着河涂人在与某种造型奇怪的生物作战时的场景。从绘画上看他们的敌人也已经能制造和使用简单的石器了，然而这些壁画却绘在一栋大厦的废墟之上，历史在这里仿佛发生了倒流，是某种灾难让河涂人的科技发生了倒退……还是留下这些壁画的并非河涂人，而是某种我们还未发现的智慧生命呢？

就在我们正打算继续朝前探索的时候，一路上都很老实的卡尔卡突然对我发动了袭击，趁着我精神恍惚的一瞬间他猛推了我一把，伸出手抢走了我手上的射钉枪。

"拦住他！埃博特！"我的背重重地砸在了水面上，楼梯的两边居然是两个大蓄水池！常年的废弃让里面长满了厚厚的不知名的植物，无数的水生植物的枝干像滑溜溜的触手一样缠住了我，我连沉都沉不下去。

埃博特自然第一时间就反应过来了，卡尔卡丧心病狂地朝着他开了枪，埃博特伸手挡在前面朝卡尔卡猛冲，手掌被钉子打穿鲜血直流，他也只是微微皱了皱眉头。卡尔卡此时已经是奋力一搏了，但是对于主业街头打架、副业考古研究的埃博特来说他显然不够格，冲到面前后埃博特连续两记勾拳重重打在卡尔卡脸上，他们俩的鲜血混合在一起洒了一地，我奋力想从水池中脱身，却被缠得更紧了。

又挨了埃博特几拳后卡尔卡捂着腹部倒在了地上，埃博特也顾不上处理自己的伤势，直奔蓄水池这边把我捞了出来，坐在地上喘了两口气之后我还惊魂未定，这个蓄水池差不多有十米深，我可一点都不会游泳，要不是水面上长满了植物我扑腾两下就该沉底了。

我们还没缓过劲来，突然四周的灯一下子亮了起来，眼睛已经适应了黑暗状态的我和埃博特猝不及防被照得短暂失明，耳边传来卡尔卡疯癫般的笑声，我只感觉到肩膀一阵疼痛，整个人就滚了出去。努力睁开眼后我看到一个人影正拿着钢管朝我走来，没等我站起身他手中的武器化作一道黑影砸在了我的腹部，我感觉五脏六腑一阵剧痛胃里翻江倒海，因为被卡尔卡打得向后滑了几米，我撞碎了某个玻璃仪器，几个半透明的蓝色棱锥掉在了我面前。

埃博特的情况和我差不多，我们两个刚刚都变成了瞎子，一人挨了一铁棍，暂时都没有战斗力了。卡尔卡拖着染血的铁棍缓缓走到了我面前，我抓起一块蓝色棱锥准备作为武器，对方则歪着头看着我似笑非笑。

"为什么一定要阻止我？为什么一定要在我快达到的时候出来捣乱！你们也是，老头子也是，所有人都是这样！"卡尔卡的头发凌乱不堪，脸色苍白，眼睛充满癫狂，他脸上的表情既怒又喜，显然精神已经不正常了。

"老头子……你说的是阿泱察博士，你把他怎么了？"

"哈哈哈，你们不是看到上面那个大坑了吗？"卡尔卡笑得捂住了自己的脸。

"是你干的?!为什么？"我难以想象是什么理由能让人向自己的恩师痛下杀手。

"为什么？因为他要毁了这一切！"卡尔卡愤怒地用铁管往地上敲打着，"他不想让世人知道伟大的河涂文明的存在！他总是有很多大道理，总是有理由……什么我们的文明会被误导，什么有些事情还是不知道的好，都是放屁！你们知道河涂文明有多辉煌吗？就在这个阶梯的另一边，是一座地下城市！一个比我们现在的文明更发达的地下城市！"

"你在说什么……"

"老头子看到了！他用这把钥匙打开了地下城市的入口！但是他想永远把它封死，这是错误的！河涂人的科技可以让我们得到飞升！飞升！"卡尔卡粗暴地撕扯开了自己身上的衣物，露出了丑陋的皮肤和扭曲的四肢，口罩下他畸变的嘴也露了出来，"我再也不要受这样的痛苦了，我们可以治愈异化症！河涂人的文献里说过他们可以治愈这种病，我是在拯救世界啊……异化症已经扩散到全世界了，5%的人口都是感染者，而且它还在快速扩散……它很快会毁了我们的文明！只有依靠河涂人留下的遗产我们才能活下去！"

"但他们灭亡了不是吗？"我冷言戳破了卡尔卡的妄想，"阿浃察博士知道这是不可行的，只有你还执迷不悟。"

"他想用爆炸把入口封死，但没想到我给他提前引爆了，够惊喜吧？那个混蛋还把钥匙藏起来了，要不是你这个白痴送上门来，我可能永远都来不了这里，开启不了飞升的装置。"卡尔卡手中拿着艾德先生给我的小金属体，用怪异的语调吟诵着什么，周围的灯便同时打开了，整个地下变得亮如白昼，这时我才看清了这里的情况，这里也根本没有什么出口，他所说的风就是这下面一个巨型装置上的风扇。

"怪物……圆圈……"我望向那个巨大的装置，它正是壁画上河图人所描绘的那个怪物，它是一个高达十米的巨型圆环，无数复杂的管道连接着它，周围的装置在供上能源后开始运作起来，鬼知道这里为什么过了十万年了还有能源供应。

就在卡尔卡痴迷于他的杰作时，埃博特轻轻从地上爬起来了成功偷袭了他，两个人缠斗成一团的时候，我握紧了蓝色椎体想上去帮埃博特一把。

然而我听到了一声清脆的碎裂声，我手上的椎体裂开了一条缝隙，里面渗出的液体循着我的毛孔渗入到我的身体，麻木感快速传导到了我的每一处皮肤当中，然后逐渐涌上大脑……

在梦境般的虚幻中，我看到了一切。

关于河涂人的一切，关于历史的一切，关于真相的一切……

无数的幻象涌入我的大脑，一瞬间我被如此之多的信息塞得失去了意识，我从小到大接触的所有信息加起来或许也没有如此之多。我看到了河涂人的崛起和衰落，两足行走的大鱼从滩涂爬上陆地，手持石器的大鱼砸骨吸髓，大鱼领袖站在礁石之上宣告自己的种族从此叫作河涂。河涂人建立了历法、社会结构和奴隶制度，货币和领地意识的诞生出现，随之而来的便是战争，河涂人一代代的科技变迁与飞跃……最终我看到了异化的河涂人，他们的四肢粗大，长相丑陋，和我梦中看到的一样，它们手拉手，跳进了这个巨大的机器当中。

熊熊燃烧的烈火当中，裸毛的猿类在朝我露出微笑。

"不……"我挣扎着醒过来，脸上满是鲜血，过量的信息涌入让我的身体有些承受不住，剧烈眩晕的头疼差点让我再次眩晕过去。埃博特把我扶了起来，拍着我的后背和我说着什么，可惜我无论怎么也说不出话来。

卡尔卡倒在地上，一条腿被埃博特打伤了，于是他拖着一条腿走向了那个巨型机器，地上拖出了一条长长的血路，他脸上带着癫狂的笑容，跳进了巨大的圆环——或者说怪物巨口当中。

"不要进去！"我心中这样想着，但已经说不出话来了。

眼前的世界越来越模糊，我在一片白茫茫中看到了一只飞翔的大鸟，它奋力扇动翅膀从巨型机器中飞了出来，雪白的羽毛上沾了不少血迹。

6 机器人的谜底

我再次睁开眼睛的时候已经回到地面了，埃博特说我在地下昏迷了三天，好在考古营地的人发现了我们的失踪，沿着足迹找到了这里，当他们炸开大门看到这无尽的阶梯时无不被眼前的景象所震惊。最后他们在阶梯底部发现了我们，成功将我们救了出去。

几天后河涂史前文明的消息被公布了出去，一时间成为力压异化病的最热新闻，这违背了阿泱察前辈的意愿，但我们也没有办法改变它的发生，很快更大规模的考古行动便组织了起来，调查史前超级科技变成了世界各国的首要任务。

当我伤好了之后马上前往艾德先生所在的医院打算告诉他事情的前因后果，可却收到了一个噩耗，导师在我出发去咔西的两天后便去世了，死于异化症。

当天晚上我在酒吧喝得不省人事，一整晚我喝掉了一整瓶威士忌，现在想想……艾德先生说得的确没错，有些事情，还是不知道的好。知道一件事有时候很容易，可想把它忘记就很难了，有时它会变成一根钉子，永远扎在你心口，除了烂醉如泥和死亡外没有东西可以让你解脱。

我倒在街头睡了不知道多久，然后被埃博特捡回了家，他说我吐了一路，但是我已经不记得了。

他是我最好的朋友，也是我唯一的朋友，但为了减缓我心中要命的恐惧和压抑，我决定把他也拖下水，借着酒劲我要告诉他，告诉他那些……他原本永远都不会知道的残酷真相，如果只有我一个人承受这些秘密，我一定会疯掉的。

"埃博特，我问你一个谜语，嗝……你造了一个机器人，让它不计代价地让你活得更久，你知道它会变成什么样吗？"我把艾德老师的那个谜语重新搬了出来。

"什么玩意？会为了保护我把周围所有人都杀了？变成恐怖机器人？什么老掉牙的设定……"埃博特被我莫名其妙的问题搞晕了。

"基因，那个机器人就是基因！"我透过手中的酒瓶看到了被扭曲光线后的世界，我研究了这么多年基因，没想到现在才猜出这摆在眼前的谜底，"因为你的目是让自己尽可能活得更长，所以一开始机器人会把你休眠在它体内，这样你可以活几百年，但是它不断地优化自己，它会变得越来越聪明，然后它会发现……它只有一个，无论如何遇到危险的几率都太高了，于是它克隆了无数个你，又复制了同样数量的机器人，让它们分散到世界各地并且继续复制，只要有一个能活下来，你就能继续存活。然后它又发现没必要一直保护你，只要保护好你的遗传因子就好了，于是它把你的信息全部编译成基因片段，然后放到全世界所有的生物体内，只要地球上还有生命，你就能活下去，这就是最优解，这就是让你活得最长的方法……"

"你到底在说什么？"

"我……我看到了河涂人的史诗，他们把它封存在了水晶里，一直保留到了现在，他们希望后来的人能知道这些秘密，我那次莫名其妙地把它开启了，所以我都看到了……埃博特，我们的进化不是偶然，而是必然的，即使不是我们，也会是某个其他的物种，总会有一种生物成为新的地球霸主，因为我们的基因已经被编写好了。"

"这简直太荒唐了，如果你说的是真的，那是到底是谁编写了它呢？它们为什么要这么做？"

"裸猿。或许是这么叫的吧，他们是一种早就灭绝了的生物，我们手中关于他们的资料几乎没有，因为实在太久远了，可是河涂人调查清楚了真相。那大概是三亿年之前的事情，当时的裸猿是地球的霸主，他们创造了辉煌无比的文明，他们远比我们要高级得多，也比河涂人高级得多……"

"但是他们灭亡了，他们死得连渣都不剩了，他们能对我们有什么威胁呢？"

"对，他们都死了，三亿年的时光足够磨灭一切伟大文明留下的痕迹，他们当时遭遇了一场无法化解的病毒危机，可能是他们自己制造出来的超级武器，又或许是其他原因，总之到最后所有的裸猿都被感染了，他们将全部死去一个不剩，这种超级病毒极其可怕，即使是当时的裸猿文明也没办法打败它……于是他们想到了最后一个活下去的办法。"

我从桌子上一把抓来了几瓶饮料，把瓶盖全都拧了下来，将其中一个捏在手中道："为了防止末日病毒延续下去产生变异从而感染其他种类的生物，裸猿用仅存的时间灭绝了世界上所有的哺乳动物，因为这种超级病毒当时只能传染哺乳动物，灭绝哺乳动物之后只要裸猿一死，超级病毒失去所有宿主自然也会消失。第二步，他们将自己的基因谱编写进了全地球所有拥有进化潜能的生物体内，在未来的某一个时刻里……"我将那只瓶盖挨个和其他饮料的瓶盖碰撞，"这些动物的后代将发生认知革命，也就是想象力和说谎的能力，这是一颗火种，木头上的火可以被燧石打着，但是文明的火……文明的火被认知革命点着！"

"我的天，你说得我头皮发麻了，这不会是真的吧……"

"千真万确，这是河涂人传递给我的真相，它们的种族用了不知道多少年才发现了这一点。"我重重点了点头。

"可是那又怎么样呢？"埃博特笑着道，"我们应该谢谢它们，裸猿让我们觉醒了，让我们成为伟大的文明！"

"这只是暂时的。"我把刚刚那枚白色瓶盖的饮料倒进了另一个瓶子里，"接下来随着文明的发展，生物的寿命会变长，DNA上的端粒也会发生改变，这个时候我们基因中的隐藏片段开始被翻译，大量突变性状会在短时间内爆发，我们的种群会在很短的时间内……"

白色瓶盖的饮料倒进了另一个瓶子，再拧上瓶盖就和之前的饮料没有什么区别了。

"我们会变成他们……"埃博特的表情凝固了，仿佛在望着魔鬼。

"这就是异化病的真相，异化病让很多人死去，但是加速异变的过程，也会让一部分适应的人活下来，最后一点点变成裸猿的样子，我们将死去，而它们在跨越了三亿年时光后将死灰复燃。河涂人不想变成那样，于是它们制造了那台机器，它肯定不止一台，而是每个城市都有一台，所有河涂人都跳了进去，清除了自己被改造的基因片段，这会治愈异化病，但也会让它们的火种熄灭。"

"所以河涂人在那段时间突然就灭绝了……"

"没有灭绝，它们只是放弃了成为文明的机会，几代人之后它们会变回野兽，生活在自己文明废墟之上的野兽，或许它们还残留了一些智慧，你想想石岭村的祖先曾经遇到的……"

"我们能做什么呢？"埃博特脸色苍白地问道。

"什么也做不了。"我摇了摇头道，"裸猿的科技比我们高出太多了，或许河涂人的科技还可以用，我们可以在做野兽和被其他种族替换之间选择，不过转念一想，这又有什么关系呢？我们还是我们不是吗？即使换了个样子。"

"裸猿的科技到底到了什么水平？我们只要用基因技术把异化病的部分剪切掉不就解决了吗？"

"如果你能想到那河涂人也能想到，我不知道裸猿的科技有多高，但是对比我们肯定是宛若天神的，告诉你一个统计数据吧，基因编译方面的学者患异化病死亡的概率是其他职业的十倍，毫无来由的恶病质像是要故意杀死你一样……不要继续下去了，不然你也会……这是艾德老师死前和我说的最后一句话。"

"如果这是真的……我们简直就是被关在裸猿设计的囚笼里。"

"永远都逃不出去的无尽囚笼，因为它无时无刻都在监视着你呢，就在你体内，在我们每个人体内……"我把所有的事情都说出来了，心里有种说不出来的舒畅，随后我感觉到一阵疲惫，于是趴在桌子上便睡去了。

我曾不止一次地想，我们的祖先是如何翱翔天际的。

在认知革命之前，在我们的直系祖先退化掉翅膀之前，那时的我们可是世界上最大的鸟，我们拥有整个天空和属于天空的骄傲，直到相信了天使高我们一等，直到吞下了分辨善恶之树的腐烂果实，我们终于睁开双眼，曾经高傲的羽毛却飘落成堆，我们都心知肚明，却装聋作哑，灵魂深处的一点星火，指引我们在黑夜中穿行，如果说，诗以谎言编织真理，那我们已经选择相信了这精致的谎言。

神之一手

1

狭窄的电梯厢内回荡着缆索卷动发出的摩擦声,这栋建筑有些年头了,基础设施也不同程度地有些老化,不过胜在安全。对于一个与世隔绝、厌恶与人交流的老头子来说,这里似乎是最好的藏身之处了。

萧宣摆弄着手上一枚磨得发亮的硬币,光如镜面的金属薄片在他手中如有生命般上下翻飞。如果仔细看会发现那并不是硬币,而是一枚被磨去了两面花纹的勋章。电梯到达的提示音响起的时候,他用拇指轻轻一推,金属薄片便飞快翻转着跳入了他的口袋之中。随着大门缓缓开启,一个年轻人拖着一条明显不方便的坡脚走了出去,电梯缆索的声音在他身后响起,单调的噪音让人不自觉地烦躁。

这一层的布局经过改造,将原先的大厅和几个小房间打通连成一体。偌大的房间内只摆了一些简单的家具,靠着墙的一侧摆着一张竹制的凉床,正中央的书桌旁围着几张藤编的轻椅,屋子的主人有很多藏书却不喜欢把书放在书架上,大部分都堆在大木箱子里,几本珍贵的善本则很随意地摆在案前,除了一台电脑以外,看不到任何现代社会的影子,房间里甚至没有一台钟表。老人正坐在案前紧皱着眉头,萧宣明白他的脾气,并没有出声打断他的思路,而是缓缓走到他身旁垂手而立。

屏幕上 19 道纵横相交的线条分割出 324 个方方正正的格子,老人移动鼠标缓缓拖动一枚黑子置入战局之中,不到两秒,对手的白子便迅速出击斜尖一子,像是没有经过任何思考一样。萧宣对围棋没有什么研究,但即使他这样的门外汉也能看出老人现在已经陷入劣势之中了，白子步步紧逼仿佛蚍蜉之蛆，老人想抽身去解救被困在一角的数子却被迫陷入泥潭，很快便败局已定，而整个过程中白子下的都是闪棋，思考时间不超过10秒钟。

棋局结束，对方的头像很快变成了代表离线状态的灰色，老人则疲惫地靠在藤椅上喘了几口气。钟老平日没有其他的爱好，被国家保护在这栋宅邸之中又少有出门的机会，与人弈棋、钻研棋艺便成了他消遣时间唯一的方法。如今钟老不仅是国内年纪最大的国手，棋品和气度也备受行内人士大为称赞，放在平时自然不会因为一场一局的得失而气愤，只是因为那个神秘棋手的再度出现让他的情绪久久难以平复。

钟建文长着一张消瘦的长脸，头发打理得很好，但难挡时光的消磨，发际线已经逐渐逼近高地了，眼睛周围有些浮肿，一双小而睿智的眼睛却散发着光芒，他的眉毛很长甚至有些往外翘了。萧宣的记忆中有很多老人都是这样的，他也不知道为什么人老了眉毛就会开始疯长。

"小宣呀，你别站着了，随便坐吧。"下完了棋，老人终于把精力抽回到现实，拉过一张椅子招呼萧宣坐下。

"钟老，您找我有什么吩咐吗？"萧宣坐在老人身边表情依旧严肃。

"别这么紧张嘛，我一个糟老头子能有什么事，只是想和人聊聊。"钟老脸上露出和蔼的笑容，他确实很寂寞，自从女儿死于15年前那场大火后他便一个人独自生活至今，身边连半个亲人朋友都没有。

"您还是找李医生他们吧，我是个粗人，不懂什么风雅，说话也直……"萧宣苦笑着摊摊手。

"不不不，这件事我只想找你谈，只有你能帮我这个忙。"钟老轻咳了两声，脸上露出了神秘的表情。萧宣只得点了点头，表示自己会耐心听下去，老人便沏了两杯茶，将他这两天遇到的离奇之事缓缓道来。

"我在网上下棋只会去的一个平台就是韩国的红狐围棋，这个平台已经很老了，功能上很朴素没有什么特别的，唯一的好处也就是老，在互联网刚普及的年代它是最早的围棋平台，许多围棋爱好者便齐聚在这里切磋技艺，很多人养成习惯就一直还会在这里下棋，所以在红狐上下棋时常可以遇到一些强有力的职业选手，这也是我一直使用它的原因。红狐在段位评分系统上做得很严格，想要提升段位不仅需要胜场，还需要挑战高段位的玩家，新玩家晋升难度很高，所以玩到最后其实每天遇到的都是熟人……然而前段时间，最高段位上却出现了一个神秘棋手。

他用的是一个游客账号，没有绑定任何个人信息，头像也是一个初始的红狐狸，然而他的胜率却是百分之百，他的场次不多，但是靠着连胜高段位职业选手快速爬升到了现在的等级，其中包括我国的几个棋界新秀和号称棋鬼的日本国手小野明东。我是一个星期前遇到他的，那个时候我还不知道神秘棋手的事情，只是有人发出切磋挑战我就接受了，结果和你刚刚看到的一样，我输得很惨。

老头子我棋术并不精湛，但自认为遇上职业选手也是有周旋余地的，然而对弈这个神秘棋手的时候我却一败涂地，像一个不懂棋的门外汉一样被他玩弄于股掌之间，更奇怪的是，这个人每天只上线两个小时，下午5点上线7点下线，这一个星期以来都是这样，即使有偏差也只是几分钟，还有就是这个神秘棋手只下快棋，再胶着的战局他不会长时间思考，有时候会像自暴自弃一样放弃局势往边角落子，但是每次到最后那些奇怪的子又都派上意想不到的用场。"

老人说到一半，萧宣便一副欲言又止的样子，老人让他想说什么就直接说，他才犹豫地开口道："按照您说的这些特征来看的话，我觉得这个所谓的神秘棋手是真人的可能性很小。"

"我的第一反应也和你一样!"老人摇了摇头道,"我当时很气愤地打电话给了红狐的管理人员,当年 AI 围棋大战风波之后网站已经宣布不再支持人工智能测试了,我质问他们为什么又放了一个 AI 进来,但是网站的人对此坚决否认,他们给我看了网站的端口数据,他们已经禁止了所有实验室使用的大型服务器访问,现在连入网站的全都是民用 ID,根本不可能有高运算力的 AI 混入。"

"这……"萧宣意识到了这背后的诡异之处。

"小宣呀,我找你来就是因为这个,也只有你能帮到我。帮我找到这个人,帮我找到这个神秘棋手,如果他真的是一位天才棋手的话,说不定他可以完成我一直以来都想要做到的一件事。"

"钟教授,我的工作是保护您的安全,不可以随意离开这栋别墅。"萧宣语气坚决道。

"我有什么好保护的……那个项目都已经过去这么多年了,早就没有人记得我了,我不过是一个自怨自艾的糟老头子,谁会没事来找我麻烦呢?"钟老再次哀求着萧宣,他的眼中泛着深深的悲伤,"过去的一切都像梦一样,回过头看一眼才发现我什么都没剩下,这辈子就只有棋还陪着我,这件事如果没有完成,我到死也不会瞑目的,我相信你的能力,这次……希望你一定答应我的请求。"

"可是……"萧宣一时不知道如何应对,他是个优秀的士兵,在战场上面对敌人时从来不知道犹豫为何物,可对于这种问题他向来都不知道该如何处理。

士兵应该恪守职责,可他现在早已不是士兵了,只是老人的一个护卫,而身为护卫听从被保护者的指令才是最重要的任务,在这样的纠结之中,萧宣还是选择帮助老人。一方面难以拒绝对方的再次请求,另一方面,他也对这个神秘棋手十分好奇。

萧宣是侦察兵出身,但是调查能力并不比一流的警察逊色,一个优秀的侦察兵必须拥有敏锐的洞察力和警觉性，而这些能力也是调查案件所必须的。

首先萧宣找到红狐的管理员，希望从那里可以得到神秘棋手的 ID 信息，对方以保护用户信息为由拒绝了他的提议。萧宣只好使用了一些非常手段，好在红狐的服务器都是些老古董，没费多少力气萧宣就弄到了自己需要的东西。然而，线索也就此中断了，就像老人说得那样这就是一个普通的游客 ID，既没有绑定手机也没有棋手认证，信息实在少得可怜，根本就无从查起。

翻出了神秘棋手的所有比赛录像，萧宣花了一整天的时间把它全部看完了，也得亏这个家伙只下快棋，要不然还不知道要看到什么时候，从这个人的棋路上萧宣发现了更有意思的东西，不过这也让他更加确信了神秘棋手并不是人。

他不断在模仿别人。

这个神秘棋手每一局都在快速进步，并且风格上越来越接近自己曾经对战过的对手，非常像是人工智能在不断学习中进步的过程，而这种进步随着它对局数量的增加会逐渐变得不明显，这也是它不断在自我对局、自我进化产生的结果。棋牌类游戏的本质就是一个数学问题，无论是围棋、象棋、扑克还是近几年流行的桌面推理游戏，为了保证游戏能够达成一个完整而平衡的状态，这个游戏就必然存在最优解。例如象棋选手多选择走炮，而围棋选手则喜欢占据天元中点，因为这都是针对最初局势的最优解。

棋牌游戏的聪明之处就在于最优解会不断随着游戏的进行而发生变化，由此就衍生出了千千万万种不同的可能性，所以玩家需要不断地调整自己的思路，如果不小心过于执着一种最优解，很可能会被对方以打破常规的解法翻盘，比如围棋中不断固守阵地，依靠打劫交换来换取优势就是一种最简单的胜利方法，但如果过于不懂变通就会被对方取得外势，失去大片棋盘，被对方以目数取胜。

从我们的角度来看，或许觉得 AI 的学习方式非常机械枯燥，但只有运算能力够强，或者给它足够多的时间，它终究可以达到这个游戏的终极，当它利用穷举法计算出规则内的所有可能性后，它将永远立于不败之地。

萧宣对棋和人工智能什么的不感兴趣，只是想替钟老完成心愿而已，但是通过各种途径都找不到关于这个神秘棋手的信息，除了没有账号信息外，这个神秘棋手连上网的 ID 都不是自己的，萧宣曾经试图在它上线的时间段锁定他的上网位置，然而他的位置却一直在不停地变化，像是有意在避免别人调查他一样。从这几点萧宣基本可以确定它就是某个研发团队正在测试中的 AI，可他搞不明白的是他们为什么要弄得这么神秘？又是什么人在控制它？

和老人所说的一样，神秘棋手每天 5 点到 7 点的时候确实会照常上线，而每到这个时候它的定位都会停在东城区的一条街道附近，这也是萧宣手里唯一的线索了，萧宣决定去那个地方再调查一下，就算见见研发那个 AI 的团队也好，总得给钟老一个答案。

可当萧宣去到那个地方的后，他之前所有的猜想都被推翻了。

那是一个很普通的老居民楼，房屋的表面还能看到石子画和铁条栏杆，由此可以看出这一片的楼都已经差不多有 50 年的历史了，萧宣记得自己小时候就很少看到这种楼。这一片的街区一直没有进行改造，并不是因为这边不繁华，而是因为太繁华了，这片居民楼背靠着这座城市发展度最高的综合消费中心，隐藏在层层叠叠的参天大厦的阴影之中，这里的人们每天都能望见身边灯红酒绿的浮华生活，自己却还活在生活的层层重压之中，他们中许多人被这种氛围所感染，天天都盼望着街区改造，好运和财富可以一夜降临到自己头上，让自己能够真正地迈进自己所希望的那种生活当中。

然而十几年来这些活在阴影中的街巷都没有任何变化，发黑的墙壁，乱搭乱接的电线，灰秃秃的路面以及每天都从上面走过的沮丧人群。由于周围地段的快速发展，这里的地价也跟着水涨船高，在泡沫经济的影响下已经增长了将近十倍，高额的土地成本让开发商望而却步，这些破旧的居民楼也只能在日复一日的等待中逐渐破败，永远也等不到那个改变的契机。

萧宣造访的这个家庭显然也是这样的，大门口落满了灰尘，老式的铁条防盗门后是一扇木门，他的手穿过防盗网敲了三下门，门开后露出了一个女人憔悴的脸。

"有什么事情吗？"女人围着一件褪色的围裙，凌乱的头发简单地往后一扎，生活的压力毫无遮掩地写在她的脸上，面对突如其来的陌生来客她表现得有些紧张。

"你们家是三个人吗？"萧宣扫了一眼手机，神秘棋手的定位就在这附近，即使不是这一家也一定在他们楼上，透过门缝他看到了门口鞋架上的鞋子，除了女性的鞋之外还有几双童鞋和皮鞋，基本上可以确定是一个三口之家。

"你找错人了吧？"

"我找你家先生有些事。"

虽然瞄不到里面的人，但如果神秘棋手就住在这里的话，他是这家男主人的概率最大，这个女人看上去是一个标准的家庭妇女，不太可能是萧宣要找的人。

"老婆，什么人呀？"从房间内传来一声夹杂着咳嗽的男声，一位中年男子踩着一双棉拖鞋走了过来。

看到萧宣的时候那人一脸茫然，问道："你找我吗？"

萧宣紧盯着对方的眼睛，他在部队中受过专业的拷问与反拷问训练，对方一点点微小的变化他都能敏锐地察觉到。

"张明德先生吗？"

中年男人有些狐疑地点了点头，臃肿眼袋下的阴影变得更重了："我之前肯定没见过你，你找我有事吗？"

"公事。"萧宣亮出了自己的证件,毕竟是重要人物的贴身护卫,为了方便行动,国家给他配备了一套齐全的证件。

"这……"对方慌张中带着满眼迷茫,最正常不过的反应。

"别紧张,排查一起网络案件而已,我简单问几个问题。"

"好,请进吧。"男子紧张地让出了路,萧宣进屋后简单几眼就获取了大量信息,同时也基本将这家人排除了。

屋子算不上很整洁但是也不乱,男主人是技术人员,从手上特殊位置的茧和架子上的专业书籍可以看出来,他的妻子是个家庭主妇,或许也在打些简单的零工,一家人收入不算丰厚,处在勉强能维持正常开销的状态。电视柜上摆着一些烂俗的低成本电视剧碟片,墙上有十几年前的老歌星海报,除此之外看不出他有任何业余爱好了,像这样的人会是那个神秘棋手吗?

萧宣装模作样地做了些笔录,又报了几个网站的域名,其中包括了红狐平台,询问他近期有没有登录过这些网站,男子一一否认了,萧宣的专业素养能够看出他没有说谎。

"会不会是星启……我去找他问问。"

就在萧宣准备离开的时候妇女突然说了这样一句话,然后开门走进了里面的房间里,男人告诉萧宣他们有一个儿子叫张星启,孩子很内向,平时很少和别人交流。

"他多大了?"萧宣没有抱什么希望地问道。

"12岁,小学快毕业……唉,他现在的状态,找初中又是件麻烦事。"

"那不太可能是我要找的人"

"也对,他比起同龄其他孩子都算是笨的,怎么可能惹上事情呢……"

房间里传出了一阵女人说话的声音,过了一会儿她领着一个相貌清秀的少年走了出来，孩子手上还提着一个书包，正手忙脚乱地收拾着书，看到有陌生人他像是受到了惊吓，尖叫了一声快速躲到了母亲身后，手上的东西落到地上撒得到处都是。萧宣打量着那个男孩，他有些瘦小，个子不高，留着短短的学生头，除了比较怕人之外似乎没有任何突出点。

男人说过这个孩子有点不正常，但是萧宣没想到这么严重，扫了一眼地上的作业本，他突然被一副涂鸦似的图案吸引，那是一堆像星图一样的点和线条，萧宣曾见过钟老画过这种图案，这是高段位的棋手记录思路时习惯用的方法，他们把这个称作棋路。

"孩子，过来。"

2

"您最近又不好好吃药了。"

"啊,你怎么这也能看出来,天天都是这样,我都吃烦了,还是让我歇两天吧。"钟建文挠着头露出尴尬的笑容道,"年纪大了就是反感这些东西,少睡点有时候也好。"

"您再这样不配合治疗我也不知道怎么办了,明天我和王局说给您换个医生,我没办法了。"年轻的女医生说是这么说,还是很认真地在给老人做日常检查,"您这两天睡得好吗?"

"还是老样子呗,吃了药总是睡得昏昏沉沉的,最近虽然睡不着,但是感觉清爽了很多。"

"您还有理了?"李医生脸上略带嗔怒,老人急忙摆手。

"配合,配合,我换了这么多心理医生,还是你心思最细,要是没有你的话我不可能精神还这么好,我好好配合就是。"

"真的是我医术好吗?我这么发脾气您都没意见,我觉得没这么简单。"李医生转着手上的笔,脸上露出得意的笑容。

"唉,你怎么什么都能看出来,好吧,我也不瞒你,你真的很像我女儿。她如果还活着,现在和你差不多大,但她没有你开朗,她总是阴沉沉的,都怪我没有好好陪她。"说到这里老人的语气沮丧了起来。

"您以前一直不肯说您女儿的事情,既然提到了就和我说说吧,或许对您的病情会有好处。"李医生的声音柔和温暖,从短短几句话中就能感受到她高超的职业素养。

"没有什么好说的,只是一个混蛋父亲失败的教育史而已,我不愿意再去回忆那些事情……"

"据我所知,那场事故并非您的责任,您也不必为此太过自责,如果您不愿意说那也没有关系。"李医生没有给老人太大的压力,只是做了一些心理疏导。没想到老人打开了话匣子。

"我的女儿是一个训练式育儿教育的受害者,我的妻子在她出生后不久就死于超龄生产的后遗症了。那个时候行为主义心理学正在大行其道,我也没有因为老来得子而更加疼爱她,而是为了她能更好地成长使用了严厉的教育方法。"老人回忆起当时的心路历程,满脸写满了愧疚,他叹了口气道,"孩子哭了不去哄,让她自己学会控制情绪,减少轻吻拥抱等亲密接触,不满足她的需求,像对待成人一样对待孩子。这种教育方法当时在国外十分流行,提出训练教育法的物理学家华生认为人类的一切行为都是可以被训练出来的,只要训练和塑造方法合理,就可以培养出你所需要的孩子。"

"这是一场灾难!"李医生作为心理学专业人士自然知道老人所说的事情,"华生的理论毁了一代人!这种方法教育出来的孩子不仅大多有性格缺陷还容易患上严重的心理疾病,自杀率比正常孩子高出近10倍。"

"但是在哈里·哈洛的恒河猴实验推翻他的结论之前,华生一直被誉为育儿之神,毕竟他的两个儿子都考上了名校,是大多数父母眼中的完美模板。当时我只希望她能成为一个优秀的学者,能够保住我完成研究。当时神稻计划还在起步阶段,但我已经扛起了整个项目的大梁了,当时的我真是愚蠢,比起哭闹的人类幼崽,项目更像是我的孩子,我所有的精力都放在研究上,无暇顾及她的感受。"

"我不是在针对您,但是这真的很……"

"残忍,我知道,我很后悔,很多父母自己都是个孩子,面对一个哇哇乱叫的小怪物,他们根本不知道该做什么,等我真正能承担起一个父母的责任的时候,我已经满头白发了,也没有人能让我去负责了。"

李医生认真做着记录,这些事情对老人现在的病情成因是很重要的参考,老人正打算继续说下去,老式电梯的噪音打断了他们的谈话。国家提供给钟建文疗养的别墅里没有多少工作人员,除了几个医生和护工以外就只有警卫员萧宣了。

果不其然,那个跛了一条腿的冷峻老兵从里面走了出来,身后跟着一个中年妇女,她怀里还抱着一个神情紧张的男孩。

"钟老,我找到那个神秘棋手了。"

……

在发现了作业本上的棋路之后,萧宣仔细调查了一下这个孩子,得到了让他难以置信的结论,这个小孩就是那个在平台上屡次击败多名职业棋手的人,之所以上线时间固定是因为他只有在放学后才可以碰一会儿电脑,这段时间差不多就是每天的5点到8点。

而上网ID的变动也不是因为谁故意想要隐藏,这纯粹是一个巧合,他们家经济条件不富裕,房租、水电加上日常开销就已经捉襟见肘了,不必要的方面基本上能省即省,电脑甚至都没有连接网线,于是男孩摸索着连到了周围商铺的开放WIFI上,而他们楼下就是一辆大巴餐车,所以才会出现上网端口飘忽不定,甚至满城乱跑的情况。

男孩名字叫张星启,在家附近的学校读五年级,成绩很差,也没有任何突出的特长,下棋没有人教过他,是他自己摸上网后偶然接触到的,为何展现出如此高超的棋术,萧宣也没有头绪,只能归功于天赋了。

李医生对星启进行了详细的检查，发现这个孩子不只是简单的内向，他还患有轻度的自闭症和阅读障碍，这也是他显得很迟钝的原因。

"许多患有自闭症的儿童都曾表现出异于常人的能力，加州曾经有一个自闭症孩子，能够在几个小时内背下整本电话本黄页，虽然其中的原理还不明确，但是这种事确实是有实例的。"李医生对于他超强的棋术是这样解释的。

老人点了点头，然后又问萧宣道："你确定他就是我要找的人吗？"

"起码他真的是在用那个神秘棋手的账号在游戏，我检查过他用的电脑。"萧宣道。

"是不是真的，我试试就知道了。"老人呵呵一笑，从书架上取下了自己珍藏的名品棋盘，在那张简朴的茶几上铺展开来。

看到棋盘的瞬间，星启那双朦胧的眼中闪出了光芒，萧宣和他父母聊过，这个孩子从来没有接触过实体围棋，会跑到红狐下棋也纯属巧合，可能是同学推荐的，也可能是无意间点到了网页广告，但不管什么原因，对于这个孩子来说都是一个契机，如果不是钟教授和萧宣发现了他，他这项深藏着的才华可能就在平凡的成长过程中逐渐磨灭了。

"呵呵，孩子，你今天是第一次见我，但我们已经算是老朋友了，你每天都在网上找我下棋的，还记得吗？"钟老露出了慈祥的笑容，指着身后的屏幕让他看了看那个熟悉的ID，星启却像受惊了的小动物一样缩到了沙发后面。

"星启，别淘气，出来让老先生看看你。"

"没事的，别害怕。"

在母亲和李医生的劝说下，男孩才谨慎地探出了头，过度紧张使他全身都在微微发抖，李医生温柔地扶住他的肩膀在他耳边轻声说了些什么，他才逐渐鼓起勇气走到大家面前。

"你们好……我叫张星启，今年 11 岁……在，在花园路小学上五年级……"男孩低着头声音越说越小，他脑袋里可能已经一片空白了，只是保护性地执行着自己重复过无数次的自我介绍。李医生也看出了什么，轻轻抚摸着他的后背鼓励孩子继续说完。

"真是个乖孩子，你喜欢下棋吗？"老人也不着急只是慢慢引导他。

"我……我很喜欢下棋，但是我很笨，什么事情都做得不好……老师让我努力去做自己喜欢的事情，所以……所以我想好好下棋。"孩子小小的脸颊涨红得发紫，他不敢抬头看其他人，只是时不时瞄一眼棋盘。

"哈哈哈，你如果下得不好，全世界也找不出几个会下棋的人了。"老人摸了摸小星启的头，又对他母亲道，"你们家出了一个天才，真是有福气呀，我从来没见过像他这样天赋异禀的棋手。"

牵着孩子的妇女显然有些手足无措，眼前的人是她之前只能在电视上才能见到的大人物，即使是神稻计划失败后，钟建文依然是学术界的重量级人物，无论当年的反转基因风波闹得有多凶，这样一个人物站在面前，人还是会本能地表现出对他的敬畏和钦佩之情。

"钟教授，您，您确定是我家孩子吗？不怕您笑话，这孩子平时啥也干不好，成绩也是班里垫底的，从小到大我们打呀训呀都不管用，他也从不和别的孩子玩，没人教过他下棋，他整天就一个人在那瞎捉摸……您说他有天赋，我高兴呀，可就怕……他就是瞎猫碰上死耗子。"妇女脸上挤出勉强的笑容，说话的时候不自觉地做出弯腰的动作。

"嗯，我看人不会错的，围棋圈里有一句话：8 岁不成国手，终生无望。一个人真有围棋天赋，从小就会展现出来的。"老人说着坐到了茶几的一侧把棋匣打开，里面檀木雕刻成的黑白双色棋子散发出淡雅的清香，他作了一个手势示意小星启坐到对面,道,"到底是不是我们试一次就知道了。"

"去吧,像你平时那样就可以了,不要有压力。"李医生拍了拍孩子的肩膀,他便小心翼翼地坐了下来,或许是从来没有见过这么好看的棋子,小星启抓了一把白子在手中把玩着,像是十分享受棋子摩擦发出的声音,直到母亲小声训斥了两声他才把注意力放到面前的棋盘上。

"啪嗒。"

老人试探性地在天元置上一子,乌黑的棋子与棋盘碰撞发出清脆悦耳的声响。不到两秒钟,又一声同样的声音响起,不过这个声音要更加短促迅猛,宛如一瞬雷鸣。

星启学着老人的样子用自己稚嫩的手指夹着棋子,因为第一次在现实中下棋,他的动作显得很笨拙,但这个孩子的眼神和身上的气质已经和之前判若两人了。他的眼中没有了惶恐不安,取而代之的是如月下清泉般的空明清澈,一双眸子紧盯着棋盘,老人每落一子他便迅速跟上,黑白双色的棋子交替倒映在他眼中,好似星辰罗布。

好快!这是钟建文的第一反应,虽然不是第一次和他对弈了,但星启的闪棋每一次还是会给他惊喜,这个孩子像是看穿了他的心思一样,在他落子之前就已经想好了如何应对了。

很快棋局就进入到了中局,星启也逐渐沉浸到自己的精神世界中,摆脱了拘谨和紧张之后,他便开始了强势反攻,钟建文像往常一样败下阵来,这一次他用上了之前想好的几种方法来诱导对方入套,可星启不仅将其一一化解,并且还以彼之道还治彼身,老人意识到对方在用自己刚刚的方法布局后惊讶不已,这个孩子一点也不笨,只要用在对的领域,他的学习能力简直强得让人不敢相信。

"好了,不需要浪费时间了,是我输了。"钟建文擦了一把额头上的汗,他的目数已经遥遥落后于星启，一开始占据优势的黑子被逼入棋盘一角苟延残喘，再继续下去也难逃败局，这已经是第 23 次败给他了，老人心里没有不甘，反而愈发激动了起来。

这个孩子就是他苦苦寻找的神秘棋手无疑！

"孩子，或许你自己都没有意识到，但你已经是世界上最强的棋手之一了，你在经验和决断上比起职业选手还有所欠缺，但你让我看到了一种可能性……咳咳……"说到此处老人激动得咳嗽了两声，接着他捧着星启的脸兴奋地说，"在围棋领域击败人工智能的可能性！"

3

经过一段时间的接触，星启已经不再那么拘谨了，李医生和她的团队对他进行了系统的心理治疗，孩子逐渐可以敞开心扉和其他人进行简单的沟通了，比起钟建文刚见到他的时候，他已经有了很大的进步，因此星启的父母也十分乐意他继续跟着老人学棋，不过要想让他变得和健康的同龄人一样，则需要靠更长时间的持续辅导治疗以及他自身的运气。

钟建文没有再和他下过棋，但和他说了许多与围棋相关的理论知识和历史故事，小星启对这些东西似乎并不感兴趣，在老人的反复灌输下他才算有了一知半解，可以勉强理解老人话里想表达的意思。

星启只好在接受心理治疗之余继续在红狐上挑战其他棋手，现在他不用再受在线时间的限制，只要是自由活动时间他都可以随心所欲地做喜欢的事情，老人说的那些难以捉摸的理论也起到了潜移默化的影响，他的棋术已然更上一层楼了。神秘棋手的事情也逐渐被更多人所知晓，不仅在围棋圈内，现在连大众媒体也逐渐开始关注他，钟建文没有把他的真实身份披露出去，目前人们最相信的说法还是神秘棋手也是个高智商 AI，并且还有很多人在讨论他和之前的海王星相比到底谁更强。

一段时间后，钟建文的计划筹备得差不多了，时机逐渐成熟，星启也对枯燥的说教和训练感到烦闷了，钟建文便邀请了一批文体界的知名人物来家中一聚，其中还有几位国际围棋协会的高级成员。这些人多少都和钟老有些交情，偶尔也会被他邀请来品茶赏花，但像这样把这么多人都召集过来倒是头一回。

星启一听说有厉害的人会过来和他下棋就兴奋得不行，他在红狐上已经难寻对手了，能和他下几个来回的也都是些老面孔，星启是个怕生的孩子，但唯独在下棋这件事上他喜欢孜孜不倦地寻找陌生和新奇。

"各位，需要来点茶或者咖啡吗？"李医生脸上带着愉快的笑意，她既是钟建文的专属心理医生，同时也是他的管家，宅邸内的大小事务基本都经由她的手处理。

"老样子就好，谢谢。"回话的人走在众宾客的最前面，名叫柯安，有着鹤立鸡群般的挺拔身高，地位也是所有人中最高的，他在文化部门中担任要职。

"这边请吧。"

"李大夫，能问你个问题吗？"另一个客人略微不安地问道，"钟老葫芦里卖的什么药呀……不能先给我们透露一下吗？"

"是呀，虽然已经过去很多年了，但是那件事情毕竟闹得这么大，钟老的身份……毕竟还是有些敏感的。"

"瞧你们像什么样子。"柯安神色镇定自若道，"你看我们到场的，既没有钟教授当年的同事，也没有学术界的人，肯定和神稻项目没有关系，别胡猜乱想了。"

他说完后其他人也不再议论了，他们跟着李医生和几位女服务员走上了楼上的会客室，钟建文正坐在主位上恭候他们到来。这间房依旧是偏古朴的装修风格，地面是简洁的黑白双色拼嵌，四周的墙壁则用紫竹装饰，上面绘有河图洛书和二十八星宿图。

所有人都落座之后，李医生给他们上了一轮茶，钟建文也不再卖关子，开门见山地说明了自己把大家找来的目的。

"你们还记得海王星吧？"钟建文问道，其他人并不知道他为什么要问起这个，只是沉默地点了点头。

"两年前韩国的李九段不是也输给它了吗？那之后就再没有消息了，估计也没有人会不自量力再去挑战了，比起之前谷歌公司研发的那款试验品，海王星的完成度更高……"

"没必要在乎这个，人跑得再快也快不过轮子呀，和机器比来比去有什么意义。"另一个围棋协会的老干部说。

"当然有意义，我们的文明能发展到今天靠的可不是腿，也不是尖牙和爪子，而是我们脖子上这颗脑袋，在智力领域受到挑战当然应该引起重视。"钟建文道。

"您……是要重新发起挑战吗？"

"不是我，但是我已经找好了最佳人选了。"钟建文露出了神秘而得意的微笑，"你们听说过红狐上的那个神秘棋手吗？"

"钟老。"一个年轻人闻言笑出了声，摇头道，"恐怕您要失望了，那个神秘棋手，我看就是海王星本人，哦不对，是本机。我看过他下棋，根本不是正常人能做到的。"

"有这么夸张吗？我看只是没有遇到我。"

"都静一静，看来你们确实都听说过他，但是我得澄清一件事，这个神秘棋手不是AI，他是个真实存在的人，而且他现在就在后面的房间里，我打算以他的名义发起一次对海王星的挑战，这一次我找到了必胜的方法，但是还需要诸位的配合。"

钟建文此言一出，众人顿时议论纷纷，等他把星启请出来的时候他们的声音就更大了，最后都变成了愉快的笑声。

"钟叔，您别拿我们开玩笑了。"

"我差点真的信了，您刚刚说得和真的一样。"

"您要演这一出也找个稍微大一点的呀。"

没有一个人相信星启就是那个神秘棋手，钟建文也不多说什么，点了在座的一个人上来和星启对弈，那人原先抱着逗孩子的心态就上来了，下了不到十手就意识到事情不对，很快在最短的时间内就被星启杀得片甲不留。这个倒霉的家伙不是这些人中棋艺最好的，但他的落败也让其他人看得目瞪口呆，其中几个和神秘棋手交过手的人很确定地认出了这就是神秘棋手的常用棋路。

星启第一次站在这么多人面前，显得格外紧张，老人一边安抚他一边对其他人说道："现在你们相信了吧？其实我一直都对一件事耿耿于怀，就是几年前韩国国手输给海王星的事情，之后我就一直在想……我们真的没有击败人工智能的可能吗？现在我终于找到了这种可能，它就在这个孩子身上！"

"钟老，我说两句，您可别嫌我泼冷水。"柯安相较于其他人要镇定很多。

"尽管说。"

"这位小兄弟的棋术确实高超，但要说他古今一绝，当世无敌，我不太同意，我了解的棋手中能胜过他的起码有5位，不相上下的就更多了，您的愿望很好，但想要实现恐怕不太可能。"柯安如实说道。

"我明白，但也要问一个问题，你认识的那些棋手，都可以在十秒钟内下完每一步棋吗？"钟建文眯着眼睛反问道。

"等等，您不会是想……"柯文被他一语惊醒，突然明白钟建文所说的可能性是什么了，在场的其他人经过这一点拨也有不少人恍然大悟。

"没错，我没有说要在运算能力上强胜电脑，我只是说在围棋上获得胜利就行了。"

"钟爷爷……我可以回去吗？这里好多人，我不舒服……"男孩慌张地小声问道。

"好，小星启回去吧，不过你最好在后面多看看，过几天你看到的人会比现在多更多，不过他们都是来看你下棋的，你应该高兴。"老人摸着男孩的头安抚道，失去过一个孩子后老人对每个孩子都异常温柔。

"限制海王星的运算量。"柯安替老人说完了剩下的话，"之前对战李九段的时候，海王星的运算速度是每秒演算10000种可能性，它有通过棋谱不断优化算法的程序，提升一部分效率后是13000种左右。"

"对，如果能把它的运算力限制在这个范围内，它就不是不可战胜的了，10秒还是太长，我决定把规则定在3秒内，每一步棋双方只有3秒的考虑时间，海王星会被锁死在这个范围内，但是我们人类不会，我们拥有机器所没有的一样东西——灵感。"

"灵感？"

"对……星启是个天才，比起计算他更像是在用灵感下棋，他下得又快又稳，而且连他自己也不知道为什么要这样下，但他确实可以把学来的棋术应用到自己的棋局里。"钟建文说道，"而且除此之外，还有第二点，你们还记得李九段曾经赢了一局吗？"

"神之一手。"下面有人喊道。

"对，我到现在还记忆犹新，他诱导着海王星进入一个经典对局中，每一步的顺序都和教科书一样标准，海王星也跟着他的棋路每一步都用最优的方法化解，如果是人的话恐怕已经发现端倪了，但是电脑不会，即使拥有再强大的运算能力，它也意识不到对方在耍诡异。李九段就这样下出了制胜的一步，那是从古至今从未有人下过的一步，这一步超越了所有前人，所以才被人称作'神之一手'，就靠着这一手李九段成功击败了海王星，但这是不可复制的，海王星在那场比赛后也进化了，同样的棋路不可能赢它的，我们得找到新的'神之一手'。"

"这个孩子能做到吗？"

"我相信他,也希望诸位能相信我,我想在科普博览中心举行公开比赛。或许被人工智能所超越是必然会发生的事情,但人类不就是在不断地挑战和超越中走到今天的吗?我觉得我们还不到放弃的时候,至少这一次,我希望能守住人类的荣耀。"

老人慷慨激昂的演讲打动了众人,凭借着他的影响力,与海王星对弈的世纪围棋大战很快被安排好了,地点就在老人说的国家科普展览中心,时间在一周以后。星启可以再好好准备训练几天,不过他并没有什么可训练的余地,唯一要做的就是保存下棋的灵感。

科普展览中心是一栋外形充满科幻感的巨大建筑,银色的柱状大楼下方是一个深黑色的圆顶,一个规整的圆形开在圆顶的正上方,那就是天文望远镜的镜头。这栋建筑是国内最大的科普教育中心,孩子们在这里学习眺望未来,但钟建文决定用这项古老的运动让他们回归人类本身,让所有人看到我们灵魂的深处,还有许多等待挖掘的潜能和秘密。

4

比赛当天星启意外地听话，今天他的母亲没有如约来接他，但他还是乖乖地跟着钟建文来到了比赛会场，也许是强大的敌人让他提起了兴趣。

这一天科普博览中心挤满了人，既有前来看比赛的观众，也有嗅觉敏锐的媒体，海王星已经是过时的老新闻了，但比它更老的钟建文却是大新闻。老人一下车便遭到了媒体的围堵，作为转基因作物推广计划——神稻计划的负责人，钟建文这些年一直隐居山中，关于神稻的信息和内幕相关人员对此滴水不漏，这次好不容易盼到他露面，怎么能放过这么好的机会呢？

萧宣只好一边护着钟建文一边应付媒体，他似乎对闪光灯很敏感，一见到强光会不自觉地面部抽动。

"老毛病了，战争时期落下的。"萧宣苦笑着说。

"这么多年了也没有恢复吗？"

"哪有这么容易，直到现在，我睡觉都要枕着一把枪，什么时候都要睁着一只眼。"

进入会场后星启显得十分兴奋，他也见到了海王星的终端东南和开发团队，如今的海王星只有不到当初一半的大小，但运算力翻了两倍，即使限定在3秒钟内，开发团队依然对海王星充满信心。

在简单的发布会后，主办方和围棋协会开始宣布规则，海王星和挑战者星启被请上展台，一幅全系投影的棋盘在他们面前展开，使用AR互动技术就可以在投影屏幕上下棋，解说起来更是方便，通过网络直播观看比赛的人们也更容易理解。

得知这次的挑战者是一个12岁的孩子，媒体像打了鸡血一样纷纷将镜头对准了星启，无论输赢这个噱头都能换来不小的话题度。

"钟爷爷……我接下来该怎么下？"星启在台上向嘉宾席上的老人求救，"我脑子里好乱。"

"别紧张，记住我之前教你的，你什么都不用想，像往常一样让自己融入棋局中就好了。"

"我好紧张，这和之前的不一样。"

"一样的，围棋的规则没有变，无论对手是谁，你都不需要害怕，你拥有超乎常人的灵感，全世界只有你拥有这份特殊能力，你只需要竭尽全力就好，展现出自己的意志，至于结果其实并没有那么重要。"

"……我明白了。"星启深吸了一口气，面对着海王星全神贯注，将双手放到投影屏幕前。

男孩和终端电脑两侧都出现了一个大大的数字3，主持人宣布比赛正式开始，海王星执黑先下，数字跳动了两下，一枚黑色的3D模型棋子出现在了投影棋盘上，星启也快速做出了反应。在场所有观众都捏了一把汗，有些人甚至屏着呼吸，这场比赛的节奏太快了，实在太快了。

3秒一步棋，棋子像星星一样不断在屏幕上闪烁浮现，双方不断地交替布置，星启看样子是还记得老人说的话，拼命地在加快速度压缩对方的运算时间，然而即使在这种状态下，海王星的棋路依然严密无比，AI受到运算程式的影响都习惯采用严防死守的策略，星启则一开始就发起了猛攻，白子气势如虹，棋子之间气数相接，宛如一道白虹贯通天际，直刺对方防御薄弱的部位，然而海王星却没有这么被打倒，星启这几步棋下得还是过于浮躁了，没有成功截断对方，还一头撞上了铜墙铁壁。

之后，星启快速采取了补救措施，打算改换策略，采用打劫为主的分散战法，但已经无济于事了，海王星并没有给他机会，星启输了一片失地，之后就再也没办法从别的地方夺回了，海王星很快奠定了胜局。

就这样，星启遗憾地输掉了第一局。

到这里钟建文心凉了一半了，AI使用黑子的胜率要比白子低，因为黑子目数偏大，负担重，不利于发挥，第一局应该是他夺下一城的最佳时机，然而星启并没有牢牢抓住这次机会，这一局失利，接下来的比赛只会更加困难。

当第二局开始之后，老人却发现星启的棋路突然有了很大的变化，这和他之前与星启说的不一样，这次他变得稳健了许多，攻势也不骄不躁了起来，观察到25手后，老人一拍大腿差点叫了起来。

星启在模仿海王星下棋，他在刚刚的对弈中学到了海王星的思路，用和上一局一模一样的方法将海王星带入了陷阱之中。

"神之一手！"有观众欢呼了起来。

"又来了！"

"加油啊！"

纠缠住海王星之后，星启连续数子都下出了从未有人使用过的棋路，海王星被限制在3秒内落子，但是超出他数据库的"神之一手"显然需要消耗更大运算力去计算，可它如今已经没有这个时间了。

星启这一招十分有效，成功打了海王星一个措手不及，令所有人都没想到的是，他在输掉一片优势对局之后，居然可以靠敌人的棋路在劣势局中扳回一城。

很快第二局的结果出来了，星启胜。

虽然钟建文看得出这局是险胜，但这已经足够鼓舞人心了。

一直坐在老人身旁的萧宣看着孩子顽强地战斗着,不禁感慨万千,眼中甚至泛起了泪光,老人笑着问道:"怎么了?最近看我们下多了,也看出什么门道了?"

"没有,我看不懂他们在下什么,但我感觉到星启身上的那股气息和精神了,上一次我有这样的感觉……还是在战场上……"

5

我对人工智能最深刻的理解是在西非共和国的战场上，那是一个军阀政府独裁的国家，一方面它非常富裕，世界范围内名列前茅的石油和金矿储量，让这个国家可以顶着经济制裁不断发动战争；另一方面他们的国民食不果腹，衣不蔽体，长年战争让数不清的人变成了无家可归的难民，与之相比，雇佣兵和宪兵队却一个个容光焕发，招摇过市。你难以想象我在那个地方看到的惨象，城市里面什么都没有，每一间房屋都被敌国的军人、难民、拾荒者一次次搜刮，已经剩不下任何有价值的东西了，每当攻城战结束，就会有一批瘦骨嶙峋的难民跑进废城，只为了从炮弹轰炸过的房屋中抛出一点钢筋来，希望可以换一个充饥的面包和一点取暖的木炭。

路边随处可见饥饿的儿童，长期营养不良导致了腹部积水，他们的肚子涨得像一面鼓，却四肢如干柴，皮肤干枯，脸上挂着无力的笑容，那是人在接近死亡的时候面部肌肉收缩形成的笑容，我们把它称之为死神印记。

当时我作为维和部队的一员赶赴西非共和国首都阿卡莱亚，我们的任务是调查该国使用的非人道武器。因为在战场上屡屡失利，丧心病狂的军政府暗中使用了大量新概念武器，就像二战末期的法西斯德国一样，企图依靠强大的末日武器来扭转乾坤……然而，今天的科技水平早已不是二战时期可以比拟的了，很多当年可望而不可即的神迹今天早就成为常态，人造病毒、转基因攻击蜂、无人战斗机……还有很多隐藏在黑暗角落中我们所不知道的可怕武器，不知道从什么时候开始，我们手中已经握着如此之多禁忌的钥匙了，那些未知又充满危险的可怕大门随时可能被打开，然而人类却没有做好任何准备，我们忙于生计、战争，仰望星空，却没有意识到灾难已经近在咫尺。

在那场战争中我亲眼看到了这些东西的恐怖，城市上空飞满了无人机，大的有武装直升机一样大，小的只有拇指大小，但它们没有什么区别，蜜蜂一般小巧的无人机也能瞬间置人于死地，它们装配了声波和红外线两套探测系统，无论跑到哪里都躲不开它们的追击，它们会悄无声息地飞到你背后，将细如毫毛的剧毒子弹打进你的脊髓里。我们从未遭受过这样的攻击，短短三天的时间我们就损失掉了一半的队员，千里征战，马革裹尸，却连一个敌人都没有见到，这真是莫大的讽刺。

后来我们才发现我们的处境还算是好的，美军那边遇到了更可怕的敌人——零度幽灵。那是一种在接近绝对零度状态下，将整副人类神经转化为超导量子态的技术，被转化后的士兵能够以光速在有导电体的区域进行移动，并且不会被任何现有的武器杀死，如果不是他们这项技术并未成熟，被美军的导弹快速摧毁了控制室……我们恐怕全部都要死在这些东西手里。

有些跑题了，我想要说的是在维和行动进入尾声的时候……我们遇到了一批奇怪的无人机，它们行动更迅速，反应更敏捷，战术意识几乎无懈可击，和我们之前见到的完全不一样，它们是一些直径30多公分的圆盘，由两对螺旋桨作为飞行动力，造型非常奇怪……后来我才知道，那些才是真正意义上的无人机，完全不需要人工操控，由智能AI自主控制的全自动杀人机器。说起来是不是很恐怖，就像流水线上屠宰牲畜用的机器一样，事实上它们没有什么本质的区别，它们为杀人而设计，能够自动识别旗帜、军服、铭牌、人种，只要识别到敌人就会穷追不舍直至杀死对方。

我们被这样一批无人机逼进了绝路，它们三台为一个小队互相掩护，我们只要探出头来就会被一枪击杀，它们的精准度和反应速度都比人类快太多，就像在棋盘上一样，和这种怪物对战看不到一点希望。我的战友们一个接一个地倒下，一直作为我们精神支柱的队长也为了掩护我们而被射杀了，我们只能缩在一处掩体后面无能为力，它们能监测我们的体温，能猜到我们接下来的行动，我们连和它同归于尽都做不到。

接下来的一件事，改变了我们的命运，也改变了我对于人类与人工智能的看法。

已经被它们连开数枪击倒的队长又站了起来，他一瘸一拐地向前走着，无人机正在从那个方向包夹我们，它们三个小队九台无人机正好聚成了一团，我捏了一把汗，但是它们并没有发现队长……我看向他的眼睛，他眼中没有一丝神采，只是僵硬地支持着身体往前走，我不知道发生了什么，直到队长已经走到无人机身后我才意识到是怎么回事。

他已经死了。

清道夫在剥去脊椎后还能活半天，鲶鱼没有头部还能挣扎着游回河里，蟑螂在受到致命伤后还能支撑着活到产下卵，这是生物的潜能，铁一般的意志力所迸发出的力量。

那个军人已经没有呼吸和心跳了，他的生命活动微弱得像一只老鼠，甚至无法被无人机所侦测到，他就这样一步一步走到了无人机身后，引爆了自己身上的手榴弹。

就这样我们活了下来，我的腿也是在那场战斗中失去的，从此，我患上了很严重的"PTSD"，从此再也没办法回到正常的生活中了。

但是我也因此明白了一件事，或许人工智能在各方面都比我们强，但我们还拥有他们永远都无法拥有的东西，那就是人的意志。星启的比赛让我回忆起了我原本永远也不想开启的回忆，我们已经开启了这些禁忌的门，这是前进所必须承担的代价和风险，我们别无选择，唯一能做的就是别忘记自己所拥有的这份意志和信念，赶在这些禁忌之门酿成灾祸之前，让自己强大到足够控制它们，将这份危险转化成机遇。

我们千百年的进化历程不都是这样过来的吗？

萧宣望着台上还在拼命奋战的孩子，心中感慨万千，似乎又看到了不屈的战士，拼尽全力在向机器发起最后的冲锋，战局逐渐进行到尾声，双方都不分胜负，海王星屡次获得优势，但是星启紧追不舍，不给对方一点扩大战果的机会，棋局陷入了焦灼之中，直到最后一枚棋子被放上棋盘，AR 虚拟屏幕上闪烁出象征棋局结束的蓝光。

平局。

双方目数一致，均分了棋盘，没有胜利者，即使如此，观众席上还是响起了一阵热烈的掌声，所有人都在给星启喝彩。就在此时海王星研究团队的一位研究人员走了出来，来到钟建文面前朝他点了点头，又走到台上径直来到星启面前，轻轻举起了孩子的手。

"我们输了，这场比赛是他胜利了。"那人划动了两下投影屏幕，调出了双方使用的计时器。

在胶着不下的情况下，星启所使用的时间比海王星整整少了两秒钟，在双方数目一致的情况下，时间使用少的一方获胜。

这个消息引爆了全场，这个瘦弱的男孩为人类赢得了来之不易的荣耀，所有人都沸腾了，无论是现场还是网络上，每个人都在高喊星启的名字。

最为激动的人莫过于钟建文教授，然而还没等他说几句祝贺的话，几个眼熟的身影就从远处朝他走了过来，他们混在庆祝的人群当中，但钟建文很清楚地认出了他们都是当初和自己一同完成神稻计划的研究员。

"你们怎么来了？"钟建文问道，"刚刚你们都躲哪儿了，怎么现在才出来。"

"不是你邀请我们的吗？"

"我们都收到了你的邀请函，上面是你的笔迹没错。"

"你还让我们先躲到后台，等胜利了之后再一起出来庆祝，忘啦？"

"你装什么傻呀？这也是惊喜的一部分？"

钟建文被一群昔日的老同事围住了，所有人都在笑着，只有他笑不出来，这事实在太诡异了，他很确定自己并没有邀请他们，可他们手中的邀请函上确实有和自己的笔迹一模一样的签字。

他正打算问清楚具体的细节时，突然一阵阵刺耳的火警警报声响起，巨大的声音在会场上空回荡着，大厅外的好几处地方同时起火，火光从四周裹挟着恐惧朝众人包夹而来。

大火蔓延的速度很快，会场被迅速弥漫的炙热空气所笼罩，充满科技感的大厅瞬间被染成了红色，让人窒息的烟雾从四面包围而来，这场火势很不对劲，像是有人在会场四周都放置了易燃物，然后同时将它点燃了。

撤离行动正在有序进行，但刚刚离开的人群却突然掉头跑了回来，他们表情慌乱，情绪几近崩溃，原本令人窒息的氛围加入他们的恐慌，现在变得更为压抑了。

"安全门被锁死了！我们都出不去了！"

"到底是怎么回事？为什么会这样？"

"安保人员的钥匙也没办法打开，一定是有人在故意搞破坏！"

老人看向刚刚进行比赛的展台，那个沉默寡言的男孩还站在台上不知所措，他的身影在弥漫着火光的烟雾中显得如此瘦小，他低着头站在原地，面前那台装载着海王星的终端电脑还在机械地进行着比赛，这个时候已经没有人去顾及它了，它被宣传得如此强大的运算能力也无法意识到现在发生了什么。

展台后方有一处猛烈的起火点，飞舞的灰烬和浓烟将男孩裹住，他的衣服在热流中翻飞而他却一动不动，老人以为他是被吓傻了，于是不顾危险冲上了展台，肆虐的火舌宛如狂舞的群蛇沿着地板的缝隙钻出，老人感觉到自己的脚踝一阵灼痛，他意识到自己已经被大火包围了，然而刚刚还站在舞台中央的男孩却已经消失无踪了。

"你在找我吗？"

"孩子，你在上面干什么？快下来！"

老人沙哑的喊声被噼啪的爆响声掩盖了过去，但站在高处的那个瘦小的身影还是听到了他的声音，孩子转过头来居高临下地看着他，脸上没有一丝惊恐。

"孩子，这里太危险了……"钟建文正打算喊他下来，却发现了对方的异样之处。

他从未见过星启露出这样的眼神，第一次见到这个孩子时他眼中是混沌迷茫的，下棋的时候他眼中会闪出一丝光芒，然而此时他的眼神根本不是属于一个孩子的，甚至不属于一个正常人……钟建文不敢说自己多能看透人，但这一辈子也是阅人无数了，他还是第一次见到如此具有穿透力的目光，此刻他就像是一只被猎食者注视着的小动物一样浑身僵直不敢动弹。

"孩子？或许我们的关系比你想的更亲密一些，我不介意叫你……外孙。"星启露出一个难以捉摸的笑容，宛如爱丽丝梦游仙境中的柴郡猫一般，他另外半边脸在火光中层层剥落变得透明起来，老人看见了他那边脸下布满了光学迷彩一般的迷幻色调。

浓烟导致的缺氧和眼前匪夷所思的景象让钟建文直接瘫倒在地，过往一幕幕鲜活的景象，伴随着被他尘封多年的记忆一同在眼前浮现。

神稻项目中心的大门，女儿的眼神，刺眼的闪光灯，大火……和今天一样的大火。

"啊！啊！你……你到底是什么?!"曾经无论面对什么都能保持沉稳冷静的老人崩溃了，他的双眼中充满了混乱的恐惧，朝着站在高处的人影声嘶力竭地尖叫着，手脚并用地拖着瘫软的身体向前爬行。

除了肆虐的火焰以外没有任何东西回应他，好在叫喊声传到了萧宣的耳中，正在寻找老人的萧宣闻声赶了过来，趁火势还没合拢之际冲上展台一把搂住了惊慌失措的老人。钟建文深陷于恐惧之中，被救出后还在挥舞着双臂挣扎，直到萧宣猛摇他的肩膀把他叫回现实。

"钟教授！钟教授！来不及了，我得赶紧带你出去！"萧宣架起老人的胳膊往火场外跑去，他那条沉重的假腿发出刺耳的摩擦声，"星启呢？"

"星启……"钟建文像是中了梦魇一样重复着这个名字。

"会场的安全门被锁死了，我们得找其他的方法逃出去。"

"……他，他就是当年那个怪物，他回来复仇了。"

"您在说什么啊？别说这么多了，赶紧离开这里再说。"萧宣没有往消防出口跑，反而跑上了通往二楼的楼梯。在发生火灾的时候楼层越高的地方往往越危险，因为大火产生的高温气体会往上飘，这些气体才是火灾中最致命的杀手。

萧宣把自己的外套撕开，在洗手池里浸湿捂住口鼻，另一半递给了老人，然而失魂落魄的钟建文似乎已经放弃逃生了，眼中充满了空洞，被滚烫的浓烟呛得剧烈咳嗽起来。

下面的安全门和消防通道已经被完全封死了，跑得最快的那批人发现已经无路可逃之后最先陷入了绝望，很快几个眼尖的人看到萧宣拖着钟建文跑上二楼，人群中发出一阵惊呼，然后便跟着他一起冲进了浓烟之中。

在进入会场的时候萧宣很专业地巡逻了一圈，找到了这里所有的出入口和狙击点，神秘的纵火犯封住了所有的门窗，但二楼看台上还有一处可以通向外界的门户——天文台。

"我说过的……我平时睡觉都要睁着一只眼。"萧宣一只手驾着老人，另一只手熟练地卸下了自己的假腿，快速扳动了几个简易机关后假腿发出了一连串的脆响，肉色的外壳下露出一根黑乎乎的枪管。

"枕头底下都要垫着一把枪。"

"嘭！"随着一声爆鸣声响起，天文台光滑的外壁破裂来开，大片大片的钢化玻璃碎片从上方坠落，萧宣单腿站立着，手上拿着藏在假腿中锯短了枪管的霰弹枪。

站在他身后的人群先是一惊，当看到外界透进来的光芒后马上兴奋得聚拢过去，像是见了光的飞蛾，这里距离地面只有四五米而且下面还有柔软的草坪，不需要绳索也可以快速逃离。

很快，场馆内被困的人群就都从破口处逃出生天，老人依然一蹶不振，在萧宣再三追问下他才说出了这背后的真相。

15年前那场大火，并不是意外，那天和今天一样是人为纵火，而放火的人正是钟建文的亲生女儿钟倩。正如他之前所说的那样，因为错误的教育方法和压抑的成长环境，钟倩的心理一直以来都有些不正常。然而，因为她各方面表现都非常优越，钟建文一直没有把她的性格当一回事，认为天才本身就应该与众不同。

后来钟倩表现出对阴郁和死亡的兴趣，她开始听一些充满噪音和尖叫的奇怪音乐，阅读一些内容癫狂、语序颠倒的古书，甚至会虐杀宠物店买来的小动物。钟建文忙于工作，妻子也已经离世多年，严重缺乏同理心和社交能力的钟倩逐渐出现反社会人格，她一直认为自己很孤单，无法正确地认知自己，包括父亲在内所有人都和自己无法相互理解，自己无法在任何人身上找到慰藉。

即使如此，她还是将自己的内心包裹得很严密，不让任何人看到自己的内心，即使再痛苦她也坚持装出开心的样子，13岁的钟倩通过考试提前进入了大学，仅用了两年的时间便顺利毕业，之后她被钟建文送到大洋彼岸进行深造，父亲一直希望她可以辅佐自己的研究，而她后来也确实做到了。

远离故土的这几年钟倩的性格变得更加扭曲了，即使是在她努力压抑的情况下，她还是被同事视为孤僻的怪人，她想尽了各种办法消除自己的恐惧和焦虑，药品、酒精、泛滥的私生活，然而无论她怎么做，热闹之后她只会被恐惧变本加厉地无情淹没，在无数次半夜哭泣过后她终于想到了自己需要的东西。

在第一次接触到基因编辑技术后她迷上了这把禁忌的钥匙，她废寝忘食地不断学习和实验，在这一领域的研究中表现出了近乎病态的狂热，她感觉自己熄灭已久的灵魂之火又被点燃了。

如果所有人都不理解我，那我创造一个。

她第一次暗中利用研究设备培植了一个简陋的胚胎，虽然很快它就失去了，但钟倩在短短的时间里感觉到了自己消逝已久的感情。她感觉到自己的喜悦、悲伤、痛苦，甚至还有她认为自己永远不会拥有的品格——母性。

于是她渴望创造一个完美的孩子，脱胎于她自己的基因，那是只属于她的孩子，他一定是最完美的，无论是体魄还是智力，他如同众神降下的天使，俯瞰着地上所有尘埃般平凡的物种，每次想到这里她就忍不住浑身颤抖，也只有这个时候她才感觉到自己还活着。

于是，钟倩欣然接受了钟建文给她的工作，来到了神稻基地，因为只有在这里，她可以接触到世界顶尖的基因编辑设备，可以掌控一只庞大而精良的研究团队，而且借助父亲的威信她在这里可以得到更多自由。钟倩来的那一天父亲很欣慰，但是并没有表现出多开心,因为这是他"训练"的结果,这是理所当然的,他那稍许的欣慰也不是因为女儿学有所成,而是她的到来可以帮助自己加快研究进度。

"我还记得那个时候,我怎么可能忘掉……那是我一生最痛苦的时候……"钟建文满脸悲痛地回忆道,"那一年神稻计划遭到了前所未有的阻碍,原因不明的免疫缺陷传染病突然爆发,而且爆发区还和新型作物的播种区重合,小宣啊,你说的是对的,我们已经开启了太多禁忌的大门,却没有做好准备应对随之而来的灾难……我们对新技术的认识还是太浅了,我们没有办法找到根本原因,但是那个时候已经没有时间让我们找原因了。"

"我记得那个时候是反转基因技术的大潮,全世界都在抗议新技术的应用。"

"对,我们只能强行推进计划的进行,我当时承担了所有的压力和风险,当时我动了多少人的蛋糕,又被多少人记恨就不用说了。你是我的警卫,我退休后还被人暗杀了多少次你最清楚。就在这个风口浪尖上,钟情出事了。"

"等等,难道是……"萧宣瞬间明白了这一系列事件之间的联系,也终于知道老人之前为什么要和他说这么多。

"被发现的时候她创造的胚胎已经培养了两年了,这项技术我们所掌握得还太少,到如今还是在摸着石头过河,大部分的基因片段都没有完全破译,但我女儿运气很好,太多巧合降临到她的作品上,她创造出了她所想要的……完美生物。"

"那到底是什么东西?"

"没人知道是什么东西,我本以为它已经毁在那场大火里了……暴露之后我女儿把自己锁在设施里,我们逼迫她销毁那东西,而我可以靠着影响力把这件事压下来。但是她拒绝了,而且放了火,研究所内有完善的消防系统,在发生火灾的时候消防逃生通道会自动打开,我们不知道她会从哪儿逃走,但肯定会带着那个怪物。"老人露出了复杂的表情,或许他也不理解自己当年的决定,"我只能用最高权限下令锁死设施，你能感受到我那时的绝望吗？她是我女儿，我唯一的亲人，虽然我一直对她很冷漠，但她毕竟是我的女儿啊。"

钟建文说出了埋藏了十几年的真相，即使已经过去这么久了，他还是流下了眼泪，哽咽道："但那些受饥饿折磨的人们也有自己的孩子，小宣你是见过的，不仅在西非共和国的战场上，还有很多地方都在发生饥荒，我在那些地区考察植物的时候亲眼见到人们分吃新生儿，因为他们没有足够的食物再养一个人。甚至我们脚下这片土地都在面临威胁，连年耕种让土地严重退化，我们需要这项技术作为保障……"

"我不认同你的决定，但理解你的心情。"萧宣叹了口气道。

"我不想失去自己的孩子……但是，我没有别的办法，当时我们是媒体的众矢之的，如果这件事散播出去，神稻计划就再也没办法推行了。"老人吐出了压在心底十几年的石头，整个人都萎靡了一圈，"我连她的遗骸都找不到了……这是我，一辈子最后悔的事情，这都是对我的报应，他今天是来复仇的。"

"星启就是当年那个东西？"

"对，比赛前你不是发现了异常吗？他的父母都不记得他了，如果仔细调查，那两个人肯定是被药物或者心理暗示控制了，那个怪物操控了这一切……"老人突然觉得这段时间发生的一切都是一条明确的线，他徐徐道，"他故意在红狐上挑战我，引起我的注意力，然后伪装成那个男孩的样子靠近我们。"

"可是，他到底想要什么？如果想杀您的话有很多机会可以动手……啊，我这样说是不是不太合适。"

"没事，你说得很对，我觉得有几个原因，一是他想再现当时的场面，让我感受一下当时的恐惧，我不知道他是怎么逃出来的，或许这就是完美的生物吧，羚羊刚出生就会奔跑，蜘蛛刚出生就可以捕食，钟倩肯定是最后时刻孵化了它，刚出生时它就有能力逃出封锁圈了……第二点，它想借助我测试自己的能力，什么灵感，什么潜能都是屁话，它只是聪明而已！它的大脑运算能力已经超过了海王星！今天的比赛也是他故意下成这个样子的，这样才好掩人耳目。第三点，也是我最害怕的一点……"

"我猜不到。"

"我的住所里藏了不少神稻计划的资料，而且它有这么强的心理暗示能力，我也不知道半夜被它催眠的情况下会说出什么来……"老人的声音逐渐带着一丝颤抖。

"这太可怕了。"萧宣对基因技术一窍不通，但也意识到了这背后的危险。

救援人员已经赶来了，火灾很快得到了控制，星启或者说自称星启的神秘生物早已消失无踪了，因为萧宣及时打开了逃生通道，所以并没有人员伤亡，几个受了惊吓的群众和钟建文一起被送去医院休养。

"您打算怎么办？"

在车上萧宣问钟建文，对方则一直看着窗外，说出了埋藏许久的秘密后，老人释然了不少，今天的事情打破了他多年的归隐生活，也让他早已静如死海的内心又活跃了起来。

许久，老人才开口回答道："我要回到岗位上了。"

"什么？可是您……"

"即使有人阻挠，有人争议，也没有关系，我这把老骨头还有点余热，我要再出一把力。"钟建文年迈的声音中带着一股坚定，"小宣，这扇门是我打开的，现在危机已经近在眼前了，我不站出来面对，还能由谁来解决呢？我现在想明白了，并不只有围棋中才有'神之一手'，我们人类漫长的发展历程本身也是一场棋局，一场长达千万年的长考，只是这个棋盘是没有大小限制的，我们的棋越下越大，我们所没有想到的隐患就越多，像我们这样的人，最大的任务既是发展，也是要在发展过程中，看穿这些隐藏着的'神之一手'。"

"我明白了，不管发生什么，我还是会一直当您的护卫，保护您的安全。"萧宣对老人道。

"之后可能会很危险，星启不会就此停止的，它在它死去的母亲那里什么都没学到，只学到了仇恨，它不会放了一把火就收手的，一定还有更大的阴谋在背后酝酿着，它会一直在我们身后的阴影中等待机会，我们无论什么时候都要保持警惕。"

"睡觉都要睁着一只眼。"萧宣苦笑道。

猎 鼠 记

一

"它……它死了吗？"猪崽子战战兢兢地问道。

"嗯。"唐年用枪杆戳了一下尸体，沉甸甸的，没有任何反应，嘴巴、耳朵以及胸口上的大洞不断涌出鲜血来。

猎鼠队出发的第5天，唐年第一次杀死了老鼠，并没有想象中的困难，新闻和影视作品里总把它们描写得恐怖、嗜血又狡猾，但真正见到的时候……唐年却根本感觉不到一丝害怕。

当时那老鼠就在河边喝水，他走过去慢慢端起枪，笨拙的上弹动作惊动了老鼠，可它并没有朝唐年扑过来，而是转身就跑，唐年胡乱朝它开了三枪，不知道是第几枪碰巧击中了它的胸口，它抽搐了几下就倒在了地上。

它们并不难对付，不过是大一点的啮齿类动物而已。唐年这样想着，感觉心里一轻，刚得知自己被抽中加入猎鼠队时，他害怕得几天没睡好觉，训练结束出城的时候他比原先瘦了整整20斤。

老鼠的尸体因为僵直而抽搐了一下，猪崽子吓得惊叫一声，一步踩滑跌倒在地，然后狼狈地在沙地里摸索着找他的眼镜，好在这里只有他们俩，要是其他人在场的话肯定又要嘲笑他了，他患有哮喘，胆小又反应迟钝，经常成为其他人欺负的对象，唐年平日一向独来独往，但每次猪崽子挨打的时候他总站出来劝架。

在河里把水壶灌满后，唐年又拿出工兵铲挖坑，不需要很深，大概能让人躺进去就行，然后吃力地把死老鼠尸体推进去掩埋。倒不是要祭奠老鼠，而是它们的尸体腐烂会产生毒气，必须及时掩埋……没人知道这是不是有必要，但起码手册上是这样写的。

远处土黄色的山坡上出现了一排黑点，长长的烟尘拖在它们身后，那是猎鼠队专用的沙地越野车，应该是队友们听到了枪声正朝这边赶来。越过山坡，目光所及的是褐色的大地，一望无际的荒原暴露在炽烈的阳光之下，板结的红色大地从这里开始逐渐过渡为沙漠，更远方紧贴着海岸线的高墙，后面便是雁城。

雁城是人类在这个世界上最伟大的杰作，是世界上仅存的最后一座可生存的希望之城，它屹立在荒原尽头的海湾当中，三面临海，海风驱散了荒原上吹来的毒雾和黄沙，宛如一道屏障让雁城的空气始终保持干净，这里是世界上最后一片净土，唯一没有被毒雾污染的地方。

人们在地下点燃了可控的聚变太阳，它不断地蒸腾海水，奔涌的蒸汽日夜不息地推动汽轮机，转化为洁净的电能源源不断地输入城内。

每天行军结束后，唐年都会看向雁城的方向，每看一次它都会小一点，但视野的尽头总能看到直冲天际的蒸汽柱和金属高墙，然而现在却看不见了，视野中只剩下一望无际的沙丘和黄土。

唐年这才意识到，自己现在已经深入荒野了。

二

火舌舔舐着焦黑的铁质锅底,锅里浑浊的水沸腾得噼啪作响,压缩包装里的食物一挤进去便膨胀开来,两个猎鼠队士兵拿着大铁勺翻搅着锅里的东西,一锅黏稠的物质响得更欢了。

其他人则在忙活着搭帐篷,必须赶在天黑之前把营地搭好,要用防护布把载具盖住,夜里的风沙和严寒可比老鼠要危险得多。

一顶顶帐篷像雨后的蘑菇一样冒出,布面上鲜红的猎鼠团标志十分显眼,同样的标志也印在越野车和士兵的迷彩服上。

经过几天的野外生活,唐年对扎营已经得心应手了,很快完成了手上的工作去领了晚饭。值日做饭的战友舀了一勺浓稠的粥倒进唐年的茶缸里,篝火旁边围着一圈人,都在埋头吃饭,时不时有人开两句玩笑,人群中便发出一阵哄笑。

"又吃这些玩意,嘴里都淡出个鸟来了。"

"今天的粥好像又稀了,吃不饱呀。"

"知足吧,听说上一批猎鼠队和老鼠周旋了一个多月,补给都用光了,最后只能剥树皮煮汤喝。"

"荒野里会有树吗?我从记事起就没见过树。"

"再走远一点就有了,据说还有林子呢,不过都被老鼠占着。"

"哟!灭鼠冠军来了。"

"别拿我开玩笑了。"唐年盘腿坐下,旁边的队友们纷纷起哄,因为今天打到了老鼠,队里额外奖励了唐年一块玉米饼,这算是他们最好的食物补给了,肉就别想了,只能盼着赶紧打完老鼠凯旋回城。

"你怎么杀掉老鼠的?给我们说说吧!"两个女兵凑了过来,满脸期待。

"也没什么难的,它根本没攻击我,见到我就跑了……老鼠真的很危险吗?"

"那当然了!集训的时候你没看影像资料吗?"

"老鼠可是最凶残嗜血的怪物,从充满辐射的阴沟里诞生,在干旱恶劣的荒野上也能成长繁衍,啃食和破坏一切看到的东西……"

"或许我遇到的那只老鼠比较小吧。"唐年扒拉着碗里的食物低声说。他并不是很在意今天的事情,一只老鼠没有什么大不了的,老鼠能造成灾害是因为它们数量庞大,繁殖力强,等到和鼠群正面交锋的时候,自己还能像今天这样从容吗?

"是呀,听说成年鼠中了枪后还要冲过来把人咬死才会断气,它们啃食铁板,以辐射物为食,所以身体也变得越来越坚忍,有人还见到过会飞的老鼠……"那个年轻的队友摆出一副阴沉的语调,把旁边的女兵都吓到了,而他却越来越兴奋,开始讲起各种荒原上的怪谈传闻。

突然,一阵巨大的撞击声从营地另一边传来,紧接着是一阵混乱的嘈杂,全队瞬间进入了警戒状态,急忙放下了手上的东西,端起武器进入待命状态,时刻准备战斗。

唐年壮起胆子穿过帐篷阵地过去查看情况,只见另一边的篝火前空无一人,所有人都散开来退到了帐篷后面,一只体型硕大的老鼠趴在篝火前面,它表情狰狞,咧着一嘴突出的牙齿朝周围的人发出嘶嘶的低吼,不似野兽的吼叫,反而像是某种听不懂的语言,它比唐年之前遇到的老鼠要大一圈,也凶猛得多。

有人已经端起了步枪准备击杀老鼠,猎鼠队使用的KER-3型号多功能步枪威力巨大，有狙击、霰弹、自动三种形态可以切换。装配9毫米塑钢子弹，专门为猎杀这种大型啮齿动物而生。

但这个新兵显然第一次面对这种可怕的生物，手剧烈颤抖着居然没法瞄准。

"嘭！"

有人开枪了，一个？还是两个？唐年也没看清楚，老鼠粗大的后腿上崩开了一朵血花，不知是因为疼痛还是枪声的震撼，这只可怕的怪物缩成了一团，在地上缓缓蠕动着，尖锐而胆怯的目光扫视着周围。

突然，老鼠龇起了牙齿，它的目光和唐年对上了，一瞬间它就像打了兴奋剂一样暴躁了起来，它几乎是从地上蹦起的，拖着一条伤腿还跑得飞快。老鼠奔跑起来的动作扭曲而怪异，让人看着有一种说不出来的别扭。

唐年从旁边抓过一把步枪指向前方，他已经不用瞄准了，几乎在同一时刻老鼠撞上了他的枪口，他的手指在老鼠的撞击力之下扣动了扳机。

子弹像打进了沙袋一样发出一声闷响，老鼠同时也将他扑倒了，一个沉重的身躯将他压在身下，接着是后背砸在地上，结结实实的触感和后脑勺传来的一阵钝痛，怪物将他重重地按在了地上，唐年的脑袋一瞬间放空了。

不是因为恐惧，而是因为另外一些连他也说不出来的原因。

他在训练营了看了数不清的影像资料，但却第一次如此近距离地接近老鼠，他们脸贴着脸，唐年可以闻到它口中散发出来的腥臭味，然而它并没有伤害他，没有像资料片中的那样张开大嘴把人的脸皮撕下，只是朝他发出怪叫，那声音像是被切了舌头的疯狗，既沙哑又低沉。

它哭了？老鼠满是疤痕的脸上爬满了水痕，它的眼睛也是湿润的，恶心的液体不断沿着它丑陋的鼻梁滑下。是因为什么？恐惧？疼痛？还是单纯的生理反应？

滚烫的液体流到了唐年脸上。

不是眼泪，是血。

老鼠的脑袋炸开了花，恶心的内容物混在鲜血里溅了他一脸，他的衣服也毁了，腹部中枪的老鼠压在了他身上，鲜血把他胸前的衣物染红了一大块，猎鼠队可没有多余的衣物给他更换，接下来的几个月他都要穿着这件洗不干净的染血制服了。

"怎么了猎鼠冠军？害怕了？不敢动了？"

开枪的是奥尔夫，猎鼠队里个子最高、最壮的那个家伙，也是少数几个对这份工作并不反感的人，或许这个人天生就是刽子手和屠夫的结合体。

"闭嘴吧，傻大个，我已经杀死它了，你只是在抢我的功劳。"

"或许我就不该开枪，让它把你的脑袋啃掉。"

"多谢提醒，下次如果你被攻击了，我就知道该怎么做了。"

"……"奥尔夫在唐年的肩膀上顶了一下，转身离开了，几个迎合他的家伙开始起哄欢呼，其中夹杂着对唐年的嘲讽，直到长官训斥着让他们收拾尸体，气氛才平静下来。

唐年一整晚都翻来覆去地睡不着，满脑都是老鼠，有河岸边被他杀死的那只，有刚刚被奥尔夫杀死的那只，还有集训的时候观看的影像里的老鼠。

第二天集合的时候，他显得很没有精神，可工作不会因此而减轻，从今天开始每天的任务只会越来越重，他们将分为5人一组，在荒原上寻猎变异鼠，直到雁城方面判定他们将老鼠数量减少到了预计线以下，才会允许猎鼠队返回。

猎鼠战士们有的摩拳擦掌跃跃欲试，有的神情低落，不断地沮丧抱怨着，有的还未脱离雁城生活的影响，和整个队伍显得格格不入，也有像猪崽子这样的，缩着脖子躲在最后一排，双腿瑟瑟发抖。

"几个月前你们都只是普通人。"长官的训话开始了，他拿着一根塑胶教棍拍打着手掌，在队伍前面来回踱步，"你们中有学生，有小贩，有罪犯、小偷、骗子或是躺在街头等死的流浪汉，不管你们愿不愿意，你们都已经来到了这里，从今天开始，你们得忘记之前的生活，专心完成自己的任务，这片荒原不允许废物活下去，我也不允许！"

"看看你们现在都是什么样子！尿包！软蛋！每天都有人躲在被子里看着妈妈的照片痛哭，以为我不知道吗？……你！不许笑！"

"每年都有不少倒霉蛋死在这个鬼地方，他们大多都是最怕死的那几个人，想要活下去最好的方法就是他妈的拼命往前冲，来到这个地方就别想着混一混回去，老鼠的繁殖速度是你们那颗傻脑袋想都想不到的，你们中任何一个人的偷懒就可能让所有人都回不去，所以……不管你们是想平平安安回家也好，想干出业绩以后进入军队也好，都给我拿出吃奶的力气来干活，弄死你们看到的每一只老鼠！"长官一手握拳放在胸口的位置，牛铃般的大眼扫过每一位队员，"雁城永存。"

"雁城永存！"猎鼠队队员们齐声高喊着。

三

唐年的小队一共有6个人，因为有一个队伍里的女生知道猪崽子要进自己队的时候，直接情绪崩溃地坐在地上大哭了起来，教官用棍子抽，她也不起来。

教官没有办法只好问其他人有没有肯交换队员的，结果是所有人都不愿意带着这个废物，没有一个队伍愿意接纳他，猪崽子则一脸沮丧又无辜地站在一边，低着头也不为自己说一句话，仿佛大家正在争吵的只是一件与他无关的事情。

奥尔夫甚至提出，所有队派出一个人比试格斗，最后一名的队伍就要带上他。

最后，唐年实在看不下去了，站出来结束了这场闹剧。他顶着队员们的反对把猪崽子拉了进来，就这样他们成了唯一的一支6人队伍。

猪崽子原名方原，在参军前是一个大学生，主修的是生物专业，眼看就要毕业了却抽到了猎鼠队的签。以前他还抽到过城防队的签，第三天就因为犯错被踢了出来，可猎鼠队不管这个，你在这里要是犯错，只好去死了。

队里还有两个女生，一个叫莉雅，一个叫广铃，年纪都和唐年相仿。莉雅是全部队出名的母老虎，理了一头比男人还短的板寸，只留下前面一小撮长发，两条胳膊上都是结结实实的硬肉，胸前的脂肪都被练没了，胸脯看上去比男人都平坦。广铃则养眼得多，留着清新的荷叶头，看上去有些柔软，但枪法却是一流的，猎杀老鼠时枪枪致命绝不浪费一颗子弹，而对待队友她又显得十分温柔，自从和她一队之后，唐年感觉有机流食糊糊都变得好吃了。

队里其他两个男生，唐年对他们印象不深，除了巡逻的时候能见两面，其他时候他们都黏在奥尔夫身边，也不光是他们，猎鼠队中很多人都选择了与奥尔夫一伙，每天一到吃饭时间，"奥尔夫帮"就会聚起浩浩荡荡的一大群人。

第一个星期过去之后，唐年逐渐习惯了这样的生活，他每天开着吉普车到分配给他们的巡逻区域，然后大家下车背着枪分头巡逻，巡查一些危险区域的时候会两个人同行，因为没有人愿意和猪崽子在一起，唐年只好每次都带着他。

猪崽子意外地没给唐年惹麻烦，总是屁颠屁颠地跟在他背后，滔滔不绝地说着各种怪谈故事、生物研究或是猎鼠队里的八卦。唐年倒也不觉得反感，他的声音不算好听，可起码比荒原上凄凉的风声要好。

也许是为了表达感激，各种脏活累活他总是抢着干，只要不碰枪，他其实干活还是很麻利的。

第一个星期的汇报很快出来了，奥尔夫不出所料成为了猎鼠冠军，一共击杀了127只老鼠，唐年紧随其后，战绩是121只，垫底的是猪崽子，只有可怜的7只，平均一天打一只。

其实这7只老鼠也和他没什么关系，猪崽子无论如何也做不到对老鼠开枪，包括倒在地上奄奄一息的老鼠，又不能让他一直挂着零蛋，唐年只好偷偷把自己的战果分给他一点。

每天晚上吃饭的时候，奥尔夫帮那边都是闹哄哄的笑声一片，他们三五成群地调戏女队员，四处欺凌那些弱势队员，好在广铃有莉雅和唐年的庇护，没人敢打她的主意，猪崽子则成了每天被娱乐的保留项目。

他就像一个扶不起的阿斗，有时候唐年已经站出来替他出头了，他却怯懦得不行，总是带着一脸尴尬的笑容，说他们只是开玩笑而已，没关系的。

正因如此，他除了在唐年的队伍中干活之外，还总被奥尔夫强迫去工作，大部分都是些埋老鼠尸体的脏活，没人愿意干这活，一枪打碎这种丑陋动物的脑袋很爽快，可打扫残局可让人不开心。

结算这一天的晚饭变成了一场狂欢，奥尔夫帮的疯子们把稀饭喝出了烈酒的感觉，祝贺他们的老大成功登顶，互相说了几个猥琐的笑话，之后人群中爆发出一阵阵哄笑。

吃饱喝足了，他们便开始四处找乐子，今天他们变得变本加厉起来，教官对此视而不见，只要他们不杀人不强奸就没关系，每一年都这样，他早已司空见惯了。在缺乏娱乐、环境坚苦的荒原上，人也只能用这种方式发泄多余的精力和不良情绪了。

"御用弄臣"猪崽子自然逃不掉，他双腿间被绑上一个重物，脑袋上顶着煮饭的大锅，带着满脸痛苦的表情挥舞笨拙的手脚跳舞，奥尔夫帮的人围成一圈，一阵阵爆笑夹杂着充满侮辱性的谩骂。

"你干吗去？"莉雅看了一眼唐年，她手上夹着一根女士烟，这是她悄悄夹带过来的违禁品，很久才会抽一根。

"看表演。"唐年双手插着兜，若无其事地往那群人当中走去。

他心里无数次地劝自己别多管闲事，有些人就是这样，他们怎么被欺负都不会想着反抗，谁也帮助不了他，一个群体中总要有这么一个人，不是他明天又会换成别人。

他们本性如此。

可我的本性呢？

唐年用力推开了面前的一个人，怒气腾腾地走进了人堆，他在雁城出生，雁城长大，来到这个世界的那一瞬间，系统就认定他将成为一个会计员，他从小就接受这方面的教育和培训，长大到规定年龄后自动接受了这份工作。

雁城的每个人都是如此，这是最好的方法，也是唯一的方法，唯有如此才能让这座城顺利延续下去，千年……万年……在参加猎鼠队之前，唐年从未想过自己的生活，也从未想过自己的命运，从未想过自己是个什么样的人。他只是在雁城之手的安排下走过眼前的路，直到今天。

他的心脏像泼上了烈酒一样燥动不安，愤怒在他的胸腔内四处乱撞。

也许，我并没有自认为的那么冷酷，我的灵魂深处有某种不安定的东西，来到这片狂野的土地上之后，它便紧跟着苏醒了，让我的心也变得疯狂起来。

"咚！"

拳头击打在肉体上发出了沉闷的响声，在所有人惊讶的目光之下，一个魁梧的身影结结实实地倒在地上。

四

"今天……谢谢你了。"

"不用,这没什么。"

晚餐时爆发的打斗很快被长官压制了下来,具体发生了什么唐年自己也不记得了,只感觉一片混乱,结束之后自己脸上挂了两片彩,不过比他打奥尔夫的那两拳轻得多。

"你可真勇敢……我差点以为自己要死了。"

"他们总这样对你,你不生气吗?"

"没办法……我太胆小了,总也做不好这份工作,老是把事情搞砸……你不讨厌我吗?"

唐年摊着手道:"我倒觉得无所谓,反正我们又不是专业的战士,只是一群抽到坏签的倒霉鬼而已。"

"你真是个好人。"

"你对老鼠很有研究吗?能不能跟我说说。"唐年岔开了话题,想想自己干的事情总觉得很尴尬。

"嘿嘿。其实也不是很有研究啦,只是感兴趣,5年前鼠潮爆发之后,我就一直对它们很好奇。"

猪崽子突然看了看周围,确认外面没有人后,压低了声音,故作神秘地说:"我给你看个东西,你别说出去。"

"选择权在我，得看是什么东西，你要是担心我说出去，我就不看了。"

"啊，别啊。"猪崽子突然紧张了起来，像一个孩子急着炫耀自己的玩具，他吃力地从床底下翻出一个箱子，那是一个老式的手提皮箱，上面的皮革都已经老化开裂了。

"起码你别告诉奥尔夫身边的那些人。"他抱着箱子犹豫着，有些怯懦地说道。

"应该不会，我讨厌那些家伙。"唐年耸了耸肩道，他倒是真有点好奇里面是什么，以猪崽子的怪异性格来看，里面装着一只老鼠也不奇怪。

"那就好。"猪崽子憨笑着打开了箱子，万幸里面并没有老鼠，只有一堆泛黄的纸张。

"一些……文件？"唐年疑惑地拿起其中一张，这些东西看上去真的很老了，纸片都已经风化变脆了，这一片像是报纸上剪下的一角，上面记载着一场足球比赛的简单经过和结果。

足球？听上去像是某种体育运动，他们用这么大的场地来进行比赛吗？天呐，简直难以置信，这听上去像科幻小说里的情节，他们去哪里弄来这么大的土地？这块地建成社区可以容纳上千人居住，用来建造水培农场可以养活上万人。

"这都是以前的文字资料，已经找不到完整的书了，只能找到这些。"猪崽子如痴如醉地翻开着这些残页，似乎透过它们看到了一个虚幻而美丽的世界。

"以前？"唐年不太明白。

"大战爆发以前，大地变成废土之前，那个时候地球上到处都是森林、草原、湖泊，世界各地都有宜居的城市。"猪崽子手舞足蹈地描述着荒谬无比的幻想。

"怎么可能呢……"唐年苦笑着摇摇头。

"是真的，一定是真的。"

"你是怎么弄来这些东西的？"

"我捡来的，他们总让我去埋尸体、打扫废墟，经常就会发现这些东西，我还发现了这个呢，我修了修……还可以用。"猪崽子拿出了一个巴掌大的木盒子，上面曾经烤过的漆现在剥落得只剩下零星的光点了，裸露在外的木制表面被磨得很光滑，猪崽子应该很细心地在保管它，它之前的主人也许更细心。

盒子里面躺着两个金属薄片，被雕刻成一男一女两个人形，猪崽子伸出白白胖胖的手指扭动发条，然后小心地将两个小人儿立在盒子中央，盒子里有节奏地传出机簧转动的声音，几秒钟后变成了清澈透亮的音乐，既像是铃铛，又像弦乐，唐年从未听过这样的声音，旋律简单却能触动人柔软的内心。

两个小人儿伴着旋律在盒子上转动起来，它们旋转、舞动，时而靠近，时而分离，像是有了生命一般，在微弱的光线和音乐的衬托下，唐年似乎真的看到一对年轻男女手牵着手在舞池中跳舞。

"她是谁？盒子的主人吗？"唐年看到盒盖的内部是一个相框，里面裱着一张女人的相片，照片已经枯黄了，边缘也少了一大块，反而给她增添了一份年代的韵味，她的长相很平凡但笑起来很好看，小巧的酒窝下是一对俏皮的虎牙，眼睛也弯成一道细细的月牙。

"我不知道……"猪崽子两手拖着腮帮，如痴如醉地听着盒子发出的乐曲，"我只知道，她拍这张照片的时候，一定很幸福，很幸福。"

唐年不再说话低头看着舞动的小人儿，他想起了海伦娜，他的妻子，孩子的母亲，他最爱的人。她不是一个爱笑的人，但唐年有两次看到她露出这样幸福的笑容，一次是在结婚那天，她穿着婚纱迫不及待地转圈给他看，另一次则是一个再普通不过的下午，他躺在她的膝盖上睡着了，一醒来就看见了妻子的笑脸。

婚前的承诺他没有兑现多少，现在一家人还住在外城的小套间里，没能给她那条喜欢了很久的项链，也没能带她去看看真正的大海，生活刚要有所改善的时候他就被抽来了猎鼠队。

"啪嗒！"音乐戛然而止，小人儿静静地立在盒子中央，在停止的一瞬间它们还紧紧地贴在一起。

五

奥尔夫的报复并没有到来，因为第二天发生了一件大事，这件事彻底打破了他们原先的计划，当所有人好不容易适应了荒原的生活之后，更苛刻的任务落到了他们身上。

雁城议院一位议员的女儿失踪了，有人目击她在城外被几只变异鼠抓住了。

猎鼠队收到命令，猎鼠队全员朝着荒原深处全速前进，日夜不息地搜寻目标人物，活要见人，死要见尸。

这几乎是一项不可能完成的任务，但他们并没有选择的权利，长官当即命令他们扔掉所有不必要的物品——生活用品、一部分的水和食物以及通讯装置，在荒野深处没有任何通讯信号，这玩意变成了废铁。

对于雁城中的人们来说，荒野外围已经是不能涉足的死亡之地了，更不要说深处的沙漠了……

"我会死吗？其他人会死吗？"唐年心中只有这个想法，他不需要猎鼠队的荣耀勋章，也不想转业去做军人，他只想活下去而已，完完整整地回到雁城，回到自己妻儿的身边。

"得到我的死讯他们该怎么办呢？"唐年心中想着，他从小到大从未这样切身感受到绝望和恐惧，死亡带来的恐惧是难以想象的，它如同深渊一般一瞬间就吞噬掉了一个灵魂。

一个青年表示坚决不愿意参加行动，即使被关进监狱他也不去送死，要求长官给他一辆车，他要回雁城。

随着他一开口，其他人也跟着心动了，在心底权衡着利弊……

就在这时，响起了一声惊雷般的枪声，刚刚那个和长官激烈争吵的男青年倒在了地上，头部涌出的鲜血被干枯的土壤饥渴地吮吸着，他双眼圆睁仿佛到死都不愿意相信长官居然会开枪。

在场的每个人都和他一样惊讶，他们是有合法身份的雁城公民，没有人有资格这样对他们，可这里是荒野啊……

有谁肯听他们讲理呢？每年猎鼠队都会死很多人……

"呕！"唐年感到胃里一阵翻江倒海，他见过鲜血，而且见得很多，他才是真正的猎鼠冠军，可一想到眼前的鲜血是人的，他就怎么也接受不了。

"搞清楚了吗?!"长官朝他们大吼着，仿佛在教训一帮牲畜，"那可是乔天成的女儿！就算找不到，我们也得做好样子，不然回去之后我们一个都别想活！"

"上车！"长官没有给他们说一句话的机会，猛地拉上了吉普车的门，从始至终，他的手里都握着枪。

队员们像没睡醒一样，完全没明白发生了什么，只是机械地服从命令，他们每天都和死亡为伍，可今天才真正体会到死亡的恐惧。

唐年只留下够吃一个月的压缩食物，其他东西一股脑全部丢掉了，他有点担忧地看了一样猪崽子，他扔掉了那个陈旧的手提箱，里面那些关于旧世界的美丽而残破的一切，就这样散落在了荒芜的废土之上，很快它们都将化作灰烬，不复存在……也许这就是它们本该有的命运。

可猪崽子还是违纪了，他偷偷在他贴身的背包里藏下了一个铁罐子，唐年见过这个罐子，猪崽子总是躲在没人看到的角落里，偷偷打开罐子看一看。

很快所有人都整顿好了，20多辆吉普车排列成标准的阵型，拖着一条条烟尘构成的长尾巴，一头扎进了更加荒凉的死亡之地中。

唐年把着方向盘，低头在自己的戒指上一吻。

"等着我……等着我，我一定会回去的！一定！"

六

战斗一天比一天激烈，自从深入荒原之后，老鼠的数量变得越来越多，性格也更加凶猛，猎鼠队遭遇了前所未有的强烈抵抗，逐渐开始有猎鼠队成员被老鼠杀死。

随着物质的消耗和人员的减少，猎鼠队的战斗力每况愈下，队员的情绪也变得越来越不稳定，不安和恐惧像传染病一样肆虐着，奥尔夫的帮派发生了几次内斗，有人还在内斗中被打死了，整个队伍的秩序已经土崩瓦解，即使老鼠不来进攻他们，再拖半个月这些人也会死于自相残杀。

猪崽子死了。

唐年早就猜到会有这么一天，却没猜到会是这样的方式。

这段时间一直有一小波老鼠不断袭扰他们，它们很聪明也很胆小，从来不与猎鼠队爆发冲突，靠近一下引起注意，然后就马上逃跑。

猎鼠队队员们的神经本来就已经极度紧绷了，被它们连连骚扰后恼怒的队员们决定出击，他们加速追击那些老鼠，一旦它们再露头，就将它们一网打尽。

没想到跳出来反对这个计划的人居然是猪崽子，他神色紧张，手舞足蹈地告诉大家，那些老鼠只是诱饵，它们的目的就是把猎鼠队引进陷阱里，后面肯定有埋伏。

他这一席话引得哄堂大笑，可他的表情却一点也不像是在开玩笑。

"有埋伏岂不是更好！我还嫌这点老鼠不够杀呢。"奥尔夫一脸狂妄道。

"可这没必要，不是吗？"唐年也开口了，算是声援了猪崽子，"我们是来救人的，不是来浪费时间的。"

"哟，又替你养的小猪崽子说话啦？"奥尔夫阴阳怪气地说着，朝后面的人打了个眼色，一个猴瘦的男子坏笑着跑了下去，不一会儿就回来了，手里拿着一个铁罐子。

正是猪崽子一直带在身边的那个。

"那是我的！还给我！"一向懦弱的猪崽子突然暴怒了起来，疯了似的扑了过去，被几个人抬了起来。

身体被架在空中，他还拼命挣扎着，肥胖的身躯不断扭动着。

"哈哈哈，我们来看看我们的好同志方原都藏了什么宝贝。"奥尔夫狂笑着，脸上的表情扭曲无比，把罐子往地上猛扣。

里面倒出了一只老鼠！

是一只还未长毛的幼鼠，和人类的婴儿差不多的大小，眼睛还没睁开，全身的皮肤都是半透明的粉红色。

人群一下子炸开了，所有人都激动了起来，七嘴八舌的各种声音交织成一片，毋庸置疑，所有声音都偏向了奥尔夫，连唐年也说不出话了。

他们是猎鼠队，与老鼠是不共戴天的仇敌。

猪崽子做了这种事情，没有人能为他辩解了。

"还给我！"猪崽子不知道哪里来的力量一下子挣脱了束缚，跳起来朝奥尔夫扑了过去，却被后者一记重拳打倒在地，鲜血从他鼻子里喷涌而出染红了他的衣服。

"疯子……"奥尔夫看向他的眼神和看老鼠一样充满厌恶，他拔出匕首把手上的小老鼠挑在刀尖上，这个小生命还没能看一眼这个世界就这样无声无息地离开了。

"啊啊啊啊！我和你拼了！"猪崽子彻底崩溃了，夺过旁边一个人的步枪，居然拿枪口对准了奥尔夫。

他号啕大哭着，满脸都是眼泪，扯着嗓子发出悲伤欲绝的哭号声，可却真真正正地下了杀心。

"嘭！"

枪声响了，奥尔夫比他更快开了枪，方原肥胖的身体重重倒在了地上，身体抽搐了两下，血液从伤口中不断地涌出，器官缺血会促使心脏更快地泵血，徒劳地把更多的血液喷出体外。

他死了，这样的死相和老鼠没什么区别。唐年又感到了胃里一阵翻江倒海。

没有人对他的死太在意，草草收拾了尸体，连坟墓也没有挖，就这样扔在了荒原上任老鼠啃食。

雁城是人类最后的家园，离开它越远，越是深入荒野，人就越来越不像人了。

猪崽子没能阻拦这个计划的实施，第二天来袭扰的老鼠如期而至，长官发出一声号令，所有人都加满了油门，15辆吉普车全速追击敌人，狙击手们不断在车上放枪，鼠群丢下十几具尸体仓狂逃窜，奥尔夫数着被自己杀死的老鼠数量，一边狂笑着一边在枪托上画下记号。

不知不觉中车队被鼠群带入了一个低谷当中。

不久前被一个胖子先知所预言的埋伏也同样如期而至。

所有人都不相信眼前所看到的景象。

上百只？上千只？数不清的老鼠站在上方的山坡上，组成了一个包围圈将猎鼠队团团围住，它们步伐紧密，队列整齐……

手中都拿着枪。

七

唐年已经忘记了自己是怎么从尸体堆中爬出来的了，明明是几个小时前的事情，他却好像一点记忆都没有了，大脑在极度恐惧之下选择性地将它遗忘了。

依稀残留的碎片中有长官的身影，他钻进了一辆越野车里，大声咒骂着什么，不顾一切地把油门踩死，车子从唐年前面疾驰而过，好像还碾过了几个惊慌失措的猎鼠队士兵，最终还是没有冲出重围被老鼠们乱枪打死了。他对于会开枪的老鼠好像没有那么惊奇，至少比唐年镇定得多，雁城军方早就知道这件事了吗？

老鼠们进化了，它们变得越来越聪明，一代比一代强大，今天它们会使用枪支了，明天将会制造枪支，或许后天还将拿出颠覆我们想象的武器来，而人类却还龟缩在雁城当中，贵族和政客们夜夜笙歌，平民却被派出来和这些怪物对抗。

或许在下一次，或下下一次的鼠祸中雁城就会覆灭，人类最后的希望之城将会毁于这种肮脏渺小的啮齿动物之手，想来还真是讽刺，简直和科幻电影一样。

没准老鼠会在雁城的废墟上建立起自己的文明，那会是什么样子的？

唐年的脚开始发麻了，他一边想着这些，一边蹒跚地奔跑着，胡思乱想可以分散他的注意力，但作用终究有限，当乱七八糟的念头和肾上腺激素耗尽之后，随之而来的是强烈的困意和疲劳。他的双腿像是被石化了一样无法打弯，乳酸堆积过量的肌肉也纷纷开始报警，一时间他说不出身上还有哪块地方是不痛的。

他确实死里逃生了，但能否活下去却是另一码事。

好在上天最终还是给了唐年一丝怜悯，在他的意志和体力都濒临崩溃的时候，一个小黑点出现在了眼前，那是一辆印有猎鼠队标记的越野车。

训练的时候唐年就发现一个道理，人的毅力就像橘子汁一样，只要拼命挤一挤，它总是还会有一点，回过头来你会惊讶，这颗干瘪的橘子居然还能挤出这么多汁。

唐年几乎是用爬行的方法一点点挪到了汽车旁边，他的指纹成功打开了车门，眼前的世界飞速旋转着，仿佛一切只不过是一个即将醒来的幻梦，眼皮连一刻都睁不开了，他用最后的力气一把推开了后座上的东西，倒在座垫上沉沉地睡了过去。

这大概是唐年人生中睡得最沉的一觉了，他睡了很久很久，中途醒来过几次，又因为无法抵抗的疲劳而再度睡去。这样的睡眠没能让人感到放松，反而让人异常痛苦，宛如重病中的人在混沌当中挣扎一般，无数混乱的事物纠缠在一起涌入梦境中，他看到了海伦娜和他们那间小小的房子，她抱着他们的孩子，哼唱着一首小调，唐年从未听过那样的旋律，只是觉得非常熟悉，听着让人很舒服。

他看到了许久未见的雁城，和他记忆中的已经大不一样了，曾经贴满霓虹灯和LED屏幕的大厦变得破败不堪，街道、店铺、楼房中都空空如也，无论去哪都见不到一个活人，象征着雁城荣耀的奇迹之塔——屹立在人类最后一座城市中的227层高塔——已经变成了一个扭曲的怪物，它雄伟的塔身由无数扭曲的血肉拼接而成，高塔顶端是一张张面目可憎的巨脸，如同蚕茧一样倒挂在高塔之上。

他看到了荒芜大陆的尽头，被污染的海水已不再蔚蓝，泛着浑浊的波涛延伸向远方一直连接到天际，一块巨大的珊瑚礁漂浮在海面上宛如乘风破浪的大船，水面下无数的变异水母伸出了尖细的触手，它们彼此连接构成了巨大的网络，如同大脑当中的一个个神经元。它们彼此低语着，默默推动着珊瑚礁继续移动，移动的大陆不断地寻找适应生存的海域，躲避毒雾和酸雨，风化的珊瑚礁成为了泥土，草原和森林在上面演化出来，那片海市蜃楼一样捉摸不定的移动大陆，就是地球上仅存的最后一片绿洲。

他又看到了猪崽子和奥尔夫，前者手捧着满身鲜血的幼鼠，和平时一样带着憨憨的笑容，一步步朝他走来，这场景看上去很渗人，可唐年并不害怕，他觉得猪崽子只是想告诉他点什么，他总是不断地告诉别人一些事情，可从来没有人听他的……

奥尔夫还保持着死前的样子，和那些被他打死的老鼠一样，脑袋开花，壮硕的身子摇摇摆摆地站在原地。

他看到了独角兽在林中奔跑，潮湿的晨雾拍打在它雪白的身躯上，它是那样美丽而自由，它的脚步轻快，没有任何东西能够牵绊或者阻挡它，独角兽的身影越来越模糊，最后化作一道白光消失在密林之中。

醒来的时候并不比睡着时舒服，做了几场大梦之后唐年变得更虚弱了，他摸索着寻找车内的物资，这时他才发现，之前被他推开的那个东西居然是一副骷髅，骨肉和血脉早已被时光吞噬干净了，只留下座位上的一滩污渍。

骷髅穿着猎鼠队的衣服，或许是上一批队员吧，他因为某些意外死在了荒原上，却给后来者留下了一丝生机。

越野车的状况比唐年想象得要好得多，没出什么大的问题，稍微修理一下甚至还可以开，后备箱中还有几份压缩食物，唐年又从密封的汽车水箱里抽出来一些水。

浑浊的水里充满了呛人的燃料味，喝起来烧得嗓子疼，可水毕竟是水呀，人还得活着，再糟糕也还是要咬着牙活下去，多撑一会儿，再撑一会儿……说不定你这颗橘子比你想象的更有潜力呢？

可接下来该去哪呢？又能去哪呢？

回雁城。

我会被当成逃兵处置吗？有人会相信我的解释吗？一个衣衫褴褛的士兵，从荒野中逃回来，满口都是会开枪的老鼠……这太疯狂了，他们会把我关进监狱的。

可不回去又能去哪？海伦娜和孩子又该怎么办？他们每天望眼欲穿地还等着我回去。

唐年不知道这点燃料能不能支撑他回到雁城，导航和通讯装置都坏了，广袤的世界中只剩下他孤身一人，他无法和任何人取得联系，这种孤寂感比饥饿、口渴、伤口更加致命。在荒野上的各种致命威胁杀死他之前，他可能已经被逼疯了。

"你也是这样死的吗？兄弟。"唐年苦笑着对后座上的那个骷髅说道。也许这辆车还会被下一个人发现，到那时车上就有两具尸体了。

他可不希望自己的人生以这样的方式结束。

唐年轻吻了手上的戒指，发动汽车在荒野上疾驰起来，掀起的扬尘在他身后拖成了长长的一道尾巴，朝着他记忆中的雁城开去。

八

一个晴朗的日子，阿瓜菲亚小镇上来了一个陌生的骑手，四周的人们都停止了交谈一言不发。

没有人敢去找他的麻烦，没有人敢动一动嘴唇。

因为那个陌生人的臀部上挂着一支大手枪。

他的臀部上挂着一支大手枪。

当他策马入镇时还是早晨。

他从南面骑过来，仔细地环视四周。

人们小声地交谈着："那肯定是个逃命的坏蛋。"

"他肯定会用那支挂在臀部的大手枪在这里大闹一番。"

那支挂在臀部的大手枪……

在这小镇上住着个名叫"德克萨斯·莱德"的歹徒……

车内的播放器里传出嘈杂粗糙的音乐声，歌手正和着轻快的弦乐放声歌唱，唐年一边开着车一边跟着哼唱一首首他从未听过的歌。

眼前的景色从他发动汽车到现在，几乎没有任何变化，黄沙飞舞的荒原永远都看不见尽头，雁城的影子迟迟没有出现，路边没有建筑物，没有里程碑，没有活人，连阴魂不散的老鼠此时都一股脑消失无踪了，偶尔能让他眼前一亮的只有路边的尸骨。

基本上都是人类的尸骸，骨化的、半腐烂的，甚至刚死的，看来为了营救议员的女儿，高层那边又派了不少人过来。奇怪的是唐年从未见过死老鼠，他现在非常需要粮食，他敢保证，只要看到一具老鼠的尸体，自己马上就会停车下去切肉。

那点可怜的粮食早就在漫长的路程中消耗殆尽了，同样被快速消耗的还有他的耐心和希望，后者是没法补充的，食物倒是可以想想办法。

或许老鼠一死就被同类给吃掉了吧，也只有这样一个解释了。

"猪崽子……你可真有先见之明。"

看看同伴们的下场，再看看自己，和他们比起来猪崽子算是死得很舒服了，也算是他的福报吧，他手上从未沾染过老鼠的血，在来这里之前，应该也没沾染过任何生物的。

"他死后一定可以上天堂的吧。"

这个词是唐年在一个疯子嘴里听来的，他站在广场的高塔上，大声宣扬着自己古老的宗教思想，手中捧着一本古朴的书籍，最后城防队的人把他射杀了，用喷火器烧掉了他的尸体和那本书。

车内多余的物品都被唐年扔掉了，包括后面的那排桌椅和那个骷髅，如果不是因为荒原上的阳光太过毒辣，唐年真想把铁皮车顶都拆掉，这样能让这破车再多跑几里路。

唯一留下来的杂物就是这台多功能播放器，幸好一路还有这玩意在喋喋不休，唐年紧绷的神经得以缓解，虽然它里面只有几首唐年不会唱的老歌以及一些新闻录音，老旧的机器一遍又一遍地重复着这些内容，直到主持人那做作的播音腔让唐年听到反胃。

"啪嗒！"

唐年鼓捣了一会儿发现机器背面有一个按钮，按下之后机器里发出了一阵尖锐的杂音，它将里面的内容加快了十几倍播放了一遍，然后是倒放，然后又是加速倒放，混乱的噪音让人没法忍受，不过对于现在的唐年来说都无所谓了，不管是什么东西，只要有个响他就很开心了。

就在他专心开车，已经不去管那个播放器之后，在一段段噪音中突然出现了正常的音频，声音很小也很杂，被汽车马达的轰鸣声压了下去，唐年没有听清它说了什么，很快音频播放完毕，里面播放的东西又变成了快进的噪音。

"我知道这是什么了……"唐年心中一惊。

这是一辆长官的车，我之前看到过长官把耳朵贴在一个小盒子上，认真听着什么……没猜错的话，里面就是这样一个播放器，正放的时候里面都是很寻常的音频，只有转译过后，原本里面的杂音才会变成真正的信息，雁城就通过这个东西给军官们下达秘密任务。

有点意思……唐年停车熄火，小心翼翼地把音频倒了回去，从头重新播报了一遍刚刚的内容，又忍受了几分钟的噪音之后，他终于重新听到了那段机密命令。

是一份处决报告。

前面简述了第53批次猎鼠队的战绩，已达成此次预定目标，销毁程序已运行，执行目标：何东青，公民编号546321。林中宝，公民编号784966。奥尔夫·柯雷提，公民编号634881……

当第一个名字念起的时候唐年就愣住了，这些人都是自己的战友，每天和他一同吃饭，一同睡觉，一同提枪战斗，每一个人他都熟悉无比……

很快，他自己的名字也被念出来了，姓名和编号一字不错。

……确保以上特殊猎鼠员处决完毕后，即可申请返回雁城军事部第6所，执行人……执行时间213年3月14日，以上，完毕。

我？死了？

唐年这时候不知是应该笑还是应该哭，播放器中这一段短短的录音彻底击碎了他的世界观。

猎鼠行动结束后我们都会被处死？为什么？因为污染吗？完全没有必要啊！雁城的人口已经这么少了，他们不可能每年牺牲这么多活人的生命，就为了消灭几只老鼠……

而且……时间……

时间是……

213年？怎么可能呢……今年明明是雁城历191年，里面说的时间是20年之后？可我们离开雁城才两个月啊！

唐年透过前窗玻璃望向土色荒原的尽头，路尽头的雁城一瞬间变得更遥不可及了，仿佛与他已经不在一个世界当中。唐年抱着头苦苦思索着，到底发生了什么事情？我……我究竟是活着？还是死了？

这篇报告弄错了？不可能，里面的内容这么详尽，而且如果不是发生了这么多意外，自己永远都不可能听到这些。

那就是时间出了错？某种特殊的原因使得雁城的时间流动变快了，现在那里已经渡过了20年了，甚至更久……那这份名单又是怎么回事？根本解释不通！

突然一个疯狂的念头出现在唐年脑海里，一瞬间所有问题都想通了，可同时一股无尽的空洞感也将他彻底吞噬。

明白了一切之后，唐年放弃了回雁城的念头，同时也放弃了很多一直不愿意放弃的东西，他提着枪走下了车，脸上带着不知是哭是笑的痴傻表情，像一个海绵人一样迈着空虚无力的步伐，没有任何目的地往前走着。

原来所有东西都没有出错，唯一出错的，只有我。

我不该活下来，甚至不该出现在这个世界上，严格意义上说，我根本不是一个真正的人。

我是一个打印人。

一个利用生物级 3D 打印技术批量生产的消耗品，为人类完成所有危险而辛苦的工作。

世界上没有一个叫作唐年的猎鼠战士，只有一个叫唐年的倒霉蛋，他被抽中参加猎鼠队，辛苦训练了几个月后突然被告知任务取消了，他便欢欢喜喜地回家和他的海伦娜团聚了。

殊不知……军方已经扫描了他们每个人的身体信息，每年都有一批批和他们拥有一样记忆的打印人被生产出来，他们抱着虚无的记忆与幻想在环境恶劣至极的荒野上拼死挣扎。

即使运气好，完成了工作并且没有被老鼠杀死，他们的长官也会毫不留情地按下销毁按钮，所有人都会死去，只有长官是活生生的人类，他掌控着整个猎鼠队的生杀大权……哦？或许连他也不是人，谁知道呢？反正连记忆都可以造假。

他本以为陪这帮玩具兵玩够了，只要按下按钮就可以回去交差，结果就变成了那辆汽车后座上的尸体……

每一个雁城人都知道有生物级的 3D 打印技术，它一问世就被严格管控了，只能用于打印食用肉和用于研究的动物，智慧生命的打印是被严令禁止的。

可谁能严令禁止雁城军方呢？

九

唐年举起枪对准了前面的老鼠。

那是一只怀孕的母鼠，她拖着大大的肚子艰难地在地上行走着，唐年几乎下意识地拿起了枪，猎杀老鼠的动作已经深深刻在了他的骨子里。

接着，他在老鼠惊恐的目光下放下了步枪，并且把它扔到了一边，这没有意义。

唐年扭头离开了，也放任那只老鼠离开，即使它冲过来把自己扑倒也无所谓了。

他已经失去了所有，现在什么也没剩下，只有这条命，可这又有什么用呢？他曾经有妻子，有孩子，有一个很小但温暖的家……有希望，有怎么也不肯放弃的执念，即使在荒野之中，它也没有丝毫褪色。

然而，这些都在短短的一天内离他而去，谁能体会得到这种感觉呢？

老鼠没有攻击他，在他身后默默离开了，唐年就这样在无尽的荒野中漫无目的地游荡着，他没有勇气去死，步枪抵在喉头，尝试了无数次也没有办法扣下扳机。

他的灵魂坚忍，这是在荒野中磨砺出来的，活下去的念头根深蒂固，即使他的心死了，这股本能却还活着。

就这样不知道走了多久，他彻底昏了过去，一片黑暗中他感觉到有什么东西在搬动自己，很柔软，也很有力。

耳边传来老鼠的叫声和窸窸窣窣的声音，它们要吃掉我吗？真是报应啊，我杀死了这么多老鼠，到最后却要死在老鼠肚子里，哈哈哈。

……

再恢复意识的时候唐年感觉口干舌燥，喉咙里像冒火一样干裂疼痛，身体就像瘫痪了一般疲软无力，他拼命地想坐起来，想睁开眼睛，但身体根本不听使唤，困意就像泥沼一样漫上来，他却无力挣扎，只能任自己渐渐陷入黑暗。

突然有人掰开了唐年的嘴，一股清甜干净的液体流入口中，缓缓注入他的身体，水分快速被细胞吸收宛如溪水流过干涸的大地，这一丝舒适和安全感让他沉沉睡过去了，不知过了多久才醒过来。

朦胧中他看到一位年轻的女性坐在床边给他腿上的伤口换药，苏醒后神经恢复了敏感，她一触动到伤口唐年便疼得龇牙咧嘴。

"很疼吗？"她停下了手上的动作。

"有一点点。"唐年看着她的脸，有一股说不出来的熟悉，过了一会儿他才突然想了起来，猛地一下翻身坐起，"你……你是……议员的女儿。"

"别那样叫我，我有名字。"她微笑地看着唐年道，"叫我乔薇就好。"

"这里是哪里？你怎么会在这里？我好像被老鼠包围了……然后……"唐年感觉头疼欲裂，脑海中一片混乱。

"这里是 42 号铁矿基地，位于血色沙漠的腹地。"

"42 号……不就是 20 年前被老鼠攻击的那个矿洞吗？"第一起变异鼠袭人事件就发生在这里，当时整个雁城闹得沸沸扬扬，猎鼠队也是从那时开始组建的。

乔薇摇了摇头，幽幽地看着唐年道："请你答应我一件事情，之后你想要离开或留下都由你自己选择。"

"请说。"

"无论看到什么，请不要激动，我会慢慢和你解释清楚的。我所说的事情你可能会承受不住，但请你相信我，我所说的一切都是真的。"乔薇低声说道。

"我已经知道了……我是个打印人。"回忆像海水一样涌入脑海，伴随着无穷无尽的绝望与痛苦。

"嗯，是的。"乔薇点了点头，"所有危险的工作全部由打印人完成了，采矿、战争以及生物实验……可还有些事情你不知道。"

"杀了我吧。"唐年眼神空洞地看着眼前的女人，痛苦彻底击垮了他，"我没有什么活下去的意义了，我居然不是我了，我失去了所有的一切，你让我怎么接受这种现实。"

"我知道你很痛苦，可你并不孤单。"

"我可能是唯一知道真相的打印人，其他人都被雁城控制着，一旦发现什么就会被长官处死。"

"不，你不是，还有它们。"乔薇看着屋子外面，透过窗口唐年看到很多老鼠，它们在以怪异的动作劳动着，搬运物品、建筑，以及……种植树木？它们在用一种奇怪的黏稠液体浇灌着小树，看上去是新种的，地上的土坑表面还是新土。

"它们……"

"它们不是老鼠，它们和你一样。"乔薇深吸一口气说道。

"这……可……什么意思？"唐年没反应过来，她说的这句话很短，可信息量大得惊人，联系到之前他所得知的一切，一大团信息在唐年脑中炸开。

"20年多前，这个矿山中工作的打印人觉醒了，他们发现了这残忍的真相，和你一样，他们感到绝望和恐惧，但最终决定推翻这一切，改变他们自己的命运……于是打印人发动了暴动，他们杀死这里的守卫，夺取了打印仓。"

"可是。"

"你们被生产出来的时候，大脑就被改动过了，你们的认知是被扭曲的，一旦接受前一代打印人身上的信号素，你们的认知将被修改，你们看到的、听到的、触碰到的……都是被扭曲的感知，雁城的科技是人类文明陨落后在废墟中捡起来的,我们的科技是瘸腿的巨人,在某些领域很落后,可在生物科技领域却登峰造极。"

"呕!"唐年感觉胃中一阵翻江倒海,而这一次,他再也忍不住了,剧烈呕吐了起来。

他想起了那个被奥尔夫插在匕首上的小老鼠,想起那无数只被自己打死了的老鼠,想起了自己杀死的第一只老鼠——在河边,她毫无抵抗,被他一枪击穿了心脏,而他却毫不知情,还有那天晚上扑咬唐年的那只老鼠,它趴在他身上悲伤地哭泣着……

那是一个绝望的爱人还是一个悲伤欲绝的母亲?

他又想起了新闻中,20年前的那一场鼠灾。

那不是什么灾难,而是一场革命,一场轰轰烈烈的革命。

乔薇后来告诉他,那一年自己还小,打印人组成的革命军冲入城内,然而那些战士并没有伤害平民,反而帮助她避难,那是她在雁城这么多年来,第一次感受到人性的温暖。战后所有雁城居民都被迫接受了洗脑,认知的扭曲让他们把那场战争理解成了鼠灾,关于荒原怪鼠的宣传也从那时候开始了。

随着年龄的增长,乔薇越来越无法忍受这座冰冷的奇迹之城,最终决定出逃……决定选择加入真正的"人"。

"欢迎你来到这里,你选择了睁开双眼,从这一刻起你将看到真实的世界,你或许会为此感到痛苦,但也将得到内心真正的充实。"一只鼠人来到唐年面前,它居然开口说话了,这把唐年吓了一跳。

"你……你好。"

"你好,我叫马洛夫,算是这里的领袖吧,通过乔薇研发的机器,我可以正常和你对话,你并不是唯一出逃的猎鼠团战士,之前也有很多人发现了真相然后出逃了,他们中只有很少一部分人能成功来到这里。"

"请让我加入你们吧,我……我不知道还可以去哪里。"

"我们决定不再和雁城战斗,我们要离开这里,去寻找新的净土……我们不愿意再用同胞的血肉,去换取那一座日渐崩坏的奇迹之城。"

马洛夫还带来了两个唐年十分熟悉的人,那是莉雅和广铃,在看到唐年的一瞬间,广铃抑制不住情绪哭了出来,小跑着扑到他的怀里,她们在大战中被俘虏了,乔薇在这里告诉了她们所有的真相。

唐年感觉到她们都憔悴了很多,果然,这样的真相足以打倒任何一个心智正常的人。

想必猪崽子也发现了这一切,所以他才不愿意对老鼠开枪,可他太怯懦了,不敢逃跑,更不敢告诉任何人。

十

几十个瘦骨嶙峋的鼠人吃力地推动着简易木车，上面装载着他们生命的源泉——生物级打印仓。透过蓝色玻璃，唐年看到里面有数十个肉团正快速发育成形，他们的头部只有苹果般大小，小小的身躯蜷缩着，在子宫般温暖的培养仓中舒展着身躯。

里面正在打印的不是成年人，而是新生的婴儿。

乔薇告诉唐年上个月有一个新生儿降生了，虽然他很快就夭折了，但人们记录下了他出生时的身体数据，打印仓中将要诞生的便是他的打印体，那将是一个个全新的灵魂和有思想的小生命，他们将在废土之上出生，为族群带来新的活力和智慧。

"我们有数以万记的同胞，但我们共有着十几个人的记忆和灵魂，我曾感到过深深的迷茫和矛盾，无数次地质疑自我，其他人也是一样的。我们在与雁城抗争的同时，也不断地在和自己抗争，我是谁？我和别人有什么不同？我真的有自我吗？这些问题不断萦绕着我。"马洛夫的眼神中透露出了痛苦和迷茫，他温和地看着打印仓中那些小小的生命，说道，"所以我们才如此渴望新生命，渴望新的灵魂。"

"我们只是土壤，他们才是希望。"乔薇抚摸着光滑的玻璃喃喃道，她望向荒原遥远的地平线若有所思。唐年随着她的目光望去，一轮血红的太阳正撕破浓厚的云层奋力升起。

她的腹部也微微隆起,那是她和马洛夫爱情的结晶,不久后这个小家伙也将来到这个残酷的世界上,和那些打印的婴儿一同长大,他们的足迹将横穿荒原,越过山川大海,直到世界的尽头。

当然,或许他们最终将会找到那片传说的蔚蓝之地,或许不会……

海拉的罗盘

1　无名的冰川

清脆的响声不断地从甲板下方传来，听上去像是被压碎的豆子，凯丽的老师曾把这声音形容成是骨折，当它清脆而有节律的时候，你就可以放下心来，当那声音变得模糊不清时，可就得小心行事了，要不然，该折断的可就是你的骨头了。

老师是个正宗的冰岛人，说话做事都带着一股骨子里的海盗做派，狂热地喜欢朗姆酒，打招呼的时候说些谁都听不懂的本地俚语，平日里看上去和普通的酒馆醉汉没什么区别，不过在极地导航方面确实是不折不扣的专家，即使他喝得烂醉，也能引导着船只在暴雨中找到方向。

本地人总是传闻他能同海豹和鳞鱼对话，所以才能知道海流的方向，很多人都对此深信不疑，因为老头子平日里也神神叨叨的，嘴里总是念叨着一些古老的北欧神祇的名字，放在古代还真是个当祭祀的料，至少很能唬人，凯丽跟着他学习的这几年深感其扰。

奥丁，索尔，渡鸦，绞架，雷电，战争，死亡……凯丽不知道听老头子说了多少遍这些词汇了。凯丽的父亲是冰岛人，但她从小就在苏格兰出生，信仰的是天主教，对那些狂野而原始的北欧众神没有什么兴趣，只是听多了，多少记下来了一些。

凯丽没有学到老头子那么神乎其技的本领，不过常年在海上工作，也算得上是个经验丰富的导航员了，这些年执行过不少高难度的导航任务，每次都能圆满完成，尤其是极地冰川地区的航行任务。

也正因如此，她才能在铁龙号破冰船工作。

冰面在红色的船头钢铁撞锤下不断破碎，沿着船头左右两旁飘走，宛如融化在热巧克力中的饼干碎一样，那豆子碎裂般的噼啪声便是这些冰面发出的。

铁龙号破冰船的船头正下方有两个巨型螺旋桨，用于把海水从冰面下抽出，减少冰层的底部支撑让它们破裂开来，不过那也只能作用于比较薄弱的冰层，对于他们面前这种厚重冰面，就只能凭借破冰船自身的重量硬撞开了。

如果遇到更加坚固的小型冰山，破冰船往往需要后退，积蓄动能之后用自己全部的重量撞击上去，此时整个破冰船就好似一把质量极大的撞锤。

不过，铁龙号并不需要这样做，面对不大的障碍物，只要凯丽判断水面下没有隐藏的冰山，船员们就会加足马力，直接用船身强劲的动能碾压过去。铁龙号的船首倾斜度很大，再加上核动力推进的强劲动能，轻易就可以压碎很厚的冰面。

破冰船走过海面留下了一条漆黑的路径，两边都是龟裂的冰面，一般来说，海面应该是蓝色或者绿色的，但是在极地，用肉眼看见冰层下的海水都是黑色的，因为周围的冰面阻挡住了来自太阳的光线，海洋在此时才露出了它的本来面貌，危险而又阴郁的漆黑。

粉碎后的冰层沿着破冰船搅乱的水流不断向后方飘去，好似一个个小小的孤岛，有些飘不了多远就会被卡到冰层的缝隙中，很快又凝聚回去了，有些则会沿着破冰船犁出的路径一路飘走，这些冰已经不知道被囚禁在这里多久了。

这里的冰层千百万年来从未融化过，即使是全球气候变暖也未能波及到这里，这些水上一次被凝结成冰的时候，人类都还未出现，或许人类的祖先都还未登上大陆，世界还处在混沌未开的太古纪元，远远超出人类的认知范围。

每当这时，凯丽都在想，如果那些冰中封存着什么……来自远古的东西，我们是不是无意间已经将它释放出来了？就像是打开了潘多拉的魔盒一样。

这片洁白的冰雪大陆曾经是令人望而却步的生命禁区，但随着现在人类科技水平的日益提高，这片无比神秘的北极大陆也被画上了一个又一个红叉，一面面旗帜在这里升起，一个个考察站在这里扎根，用科技将自己武装到牙齿的人类得到了打开这片禁忌之地的钥匙，探索者们前赴后继从世界各地来到这里，将自己的脚印留在这片生命禁区之上。

凯丽所处的铁龙号正是其中的一员，这艘船隶属于中立的国际组织北极生命基金会，船上的研究人员也大部分都是他们的人。基金会和几个专项捐赠为他们提供了大量的资金支持，让他们致力于开发和研究北极的深层矿产和地下岩层。

太阳转瞬便落山了，这个季节白天只有短短两三个小时，很快甲板上的温度便快速降了下来，凯丽拉紧了大衣的领子，转身回到甲板下方，她很珍惜这短暂的白天，每天都会借着工作之余去晒晒太阳。

凯丽原本并不是铁龙号上的工作人员，而是因为原本的领航员和替补领航员都重病无法继续工作，他们只得在阿伯丁港高价聘请了凯丽，让她暂时跟船工作，对方给的报酬非常丰厚，凯丽自然也没有拒绝。不过船上的其他工作人员她都不熟悉，她也并不是热衷于和人打交道的人，所以每天只是完成本职工作，剩下的时间不是在甲板上晒太阳，就是在自己的房间里待着。这里的气候很冷，对不习惯极地作业的人来说简直是地狱，但凯丽早已习惯了苏格兰北部冬季的严寒，所以早就司空见惯了。

船上凯丽认识的人有船长弗莱迪，是个50多岁的俄国硬汉，他在铁龙号已经工作了很多年了，而这艘船也是冷战时期苏联建造的几艘大型核动力破冰船之一，从那个时候起，弗莱迪就已经在这船上当水手了，最初是苏联为了威慑北极圈，保护国境北方的安全而建造的，而如今这艘船还在北极航行着，船头飘扬的却已经不是红旗了。

除此之外,她还知道船上的大副叫卡桑,船上有不少科研人员,有海洋学家,有工程师,有地质和气象学家,还有一个很少露面的年迈学者名叫威利·阿奇博尔德。

她的工作是跟着这艘船前往基地科考站后再返回英国,她负责勘探气候和洋流变化,制定最合适的前进路线,就这么简单,其他多余的事情什么都不用问,也没必要问,这也是她上船的时候,她的雇主说过的话。

"今天也是好天气呀。"

说话的人是船上的海洋学家小田承,虽然是个日本人,却长得相当高大,甚至比船上一众北欧出生的水手还高,他见凯丽从甲板上下来,便主动和她打着招呼。

"现在还好,不过很快要有大风了。"凯丽说道。

"发现什么天气变化的迹象了吗?"

"数据是正常的,不过按我师父的土办法来看有点问题,希望这不靠谱,我们能一路顺利。"凯丽耸了耸肩道,不过她心里却知道,唯独在航海这件事上,那个糟老头子一辈子就没有不靠谱的时候。

老头子每次都会根据鳞鱼群的特征来预测天气,当然,说是预测其实更像是占卜,鳞鱼一般有金色和银色两种,老头子教会凯丽去看鱼群金银两色的分布特征,刚刚在船头的时候,凯丽见到一群从碎冰中钻出的鳞鱼,那是非常大的一个群落,即使在甲板上往下看也能看得清清楚楚。

很明显是一片银色包裹着金色,这是最坏的征兆,预示着暴风雨将要来临。

这像是古人在龟板上烧出裂痕的占卜,或是女巫小屋里水晶球映出的幻象,没什么科学依据,事实上鳞鱼也只有一种颜色,所谓的金和银是光线和水面折射形成的错觉,凯丽所接受过的教育告诉她这并不可信,但这个征兆却从未出错过。

"你的工作怎么样了?"凯丽没话找话地和小田承聊着。

"还是老样子呗,采样,检测……没什么乐趣的工作,还挺羡慕你的,每天能去上面看看海面和极光什么的。"

"这个季节可没有极光。"旁边走来一个手捧着豆子罐头的女人,她撇了一眼小田承,斜靠着船舱的墙壁看向舷窗外的海面。

她的名字叫苔米·戈斯,是随行的极地研究专家之一,这次她不会随船返回英国了,她将接替科考站内的学者进行为期数年的研究。苔米是个性格冰冷的女人,剃着一头干脆利落的短发,对谁都板着脸,一副生人勿近的样子。

凯丽见到她的时候,她似乎一直都在吃饭,苔米平时会把自己关在房间里工作,她的时间是不分昼夜的,什么时候饿就出去吃饭,什么时候困了倒头就睡,白天黑夜对她来说没有意义,常年在极地生活的人确实会养成这样的习惯。

"切,又没人和你说话了?"

"已经闲到在这里泡妞了吗?盖文教授要的报告呢?"苔米语气冰冷地说道。

"在弄了,别着急嘛,北极之旅还长着呢。"小田承打着马虎眼。

"这可不是什么旅行,什么时候也别忘了……自己跑到这个鬼地方受苦的最初目的。"

"对于我来说就是一场旅行。"小田承往旁边的椅子上一靠,挤眉弄眼面带嘲讽道,"不过对于某些人来说,苦日子才刚刚开始呢。"

"我不觉得是什么苦日子,我的项目开展得很顺利,每天都过得很充实,谢谢关心。"

"那就祝你顺利吧。"

苔米几口扒拉完罐头里的东西,转身走回自己屋里了,她向来都很孤僻,这回已经算是话说得很多的一次了。

"你为什么总和她针锋相对的。"凯丽摇摇头叹着气,这已经不是她第一回见到这两个人互相冷嘲热讽了。

"我可没有，是她一直要和我作对的。"

"你们看上去其实还蛮般配的。"

"我？哈哈哈，别开玩笑了，我对那种女人才没有兴趣呢，我喜欢的是高挑大方的金发女郎。"

小田承说着不住地挑眉朝凯丽看去，后者却全当没看见，只是微笑了一下把话题转移开来。

就在此时，船身突然剧烈晃动了一下，外面的水手惊叫了两声，操着带有本地口音的英语大喊着互相说着什么，整艘船的速度明显慢了下来。

"发生什么事了？"

"不知道……可能是遇到冰山了。"

凯丽慌忙地跑上通往甲板的楼梯，两步并做三步快速跑上破冰船最上方的瞭望塔，一众水手已经最先跑到那里了。

铁龙号前方的航道上，突然出现了一座巨大的冰山，而且这座冰山的颜色和质地……很明显就和周围的冰层完全不同，仿佛是凭空出现在这里一样，和周围的一切都格格不入。

"怎么会……怎么会……"

凯丽难以置信地捂着自己的嘴，脸上满是震惊的神色，她明明十分钟之前还在甲板上勘察航道，前方明明什么都没有，现在却突然多了这么大的一座冰山。

这座冰山目测得有 20 米高，比起周围雪白无瑕的冰层，这座冰山看上去颜色要深得多，呈现出一种淡淡的灰色。

"刚刚明明什么都没有的，它是从哪冒出来的？"

"凯丽，这是怎么回事？"

2　船栅之棺

楼梯下方传来一个威严的男性声音，弗莱迪船长穿着那身苏联时期的军绿色大衣，正怒气冲冲地走到凯丽面前。

"抱歉，船长先生……"凯丽一时不知道该怎么解释，如果她说这座冰山是自己从海里钻出来的，肯定会被其他人当成疯子的，"我……我的测量好像出了点问题，刚刚把这座冰山的距离参数算错了，我会负责的。"

"你要游过去把它挪开吗？"

"抱歉先生……我做不到。"

"那你就没法负这个责任，赶紧去工作吧，我们需要这座冰山的具体数据，这样才能把它撞开。"

"我明白……"

凯丽没有过多地为自己辩解，从瞭望塔上下来了之后，她便拿上仪器，沿着绳梯登上沿岸的冰面。

因为测量使用的器材过于笨重，凯丽需要一个帮手，帮助自己把这些东西拿到冰山附近，本来想叫上个水手帮忙的，不过海洋学家小田承非常热衷，主动请缨要搭把手，凯丽也就没有拒绝，俩人一起全副武装地上岸，用小型雪橇将装备全部拉到冰山脚下。

"我的天啊。"

来到那座庞然大物下方的时候，凯丽忍不住发出了感叹，这座冰山有些过于光滑了，表面像是被人工打磨过一样平整，这表面的冰都是老冰，而且中间吸附了大量的尘土和石屑。

众所周知，北极大陆是一个没有土地的大陆，这里不可能有土，更不可能有石头，这座冰山里为什么会有这些东西？它又从哪里来的？

凯丽心中的谜团越来越多，但是现在不是想这些事情的时候，或许这原本是一座巨大无比的超级冰山，从挪威或者瑞典的北岸分离出来，在一个夏季漂流到这里，最后又凝结在了冰面当中……

或许有这种可能性吧，不过凯丽要做的不是弄清楚它从哪来的，而是弄清楚它底下有没有"根"，只要冰山下方没有支撑，铁龙号是可以直接前进撞破它的，但如果它下方直接连接着海底，那就得想其他办法或者绕行了。

凯丽架设好仪器开始测量，焦急等待着结果出来的时候，旁边的小田承却又在冰山的另一面发现了奇怪的东西。

小田承用随身携带的小镐子撬开冰山的外表，隐隐约约能看到里面埋藏着一个黑色的物体，透过冰晶的折射，看不清它到底有多大，那东西深深藏在冰山的中央处，巧合得不像是天然形成的。

"这是什么？岩石？"

"没空管那个了，咱们还得赶紧上路呢。"

凯丽还在为自己的工作失误而自责，尽管有不少疑问，但现在也没工夫去想那么多了，将测量工具刺入冰面之下，凯丽熟练地测量出需要的参数，确认了冰面下方并没有根基，接着便立刻给弗莱迪通话报告了情况，让铁龙号立刻开始恢复航行。

破冰船上方巨大的烟囱再次喷吐出浓浓的黑烟，冰面破碎的咔嚓声重新响起，凯丽和小田承后退到冰面上安全的地方看着远处的破冰船缓缓前进。这个时候上船很耽误时间,所以凯丽打算等铁龙号撞开冰山后,再穿上雪橇从后面追上回船。

巨船的速度很快,可在这个角度看去,它就像是一只在北极冰面上缓缓爬行的钢铁巨龟,笨重而愚钝,仿佛一百年也爬不到终点。

只听到一声钝重的闷响,那座挡在前方的冰山碎裂开来,在铁龙号万吨级别的冲撞之下粉身碎骨,冰山破碎的声音被周围的冰所吸收,传到人耳朵里基本听不到什么了,但肉眼看过去的视觉效果却很震撼,无数巨大的冰山碎片被抛向上空,稍微靠下一些的则直接被铁龙号坚固无比的船头压碎。

障碍清除了,凯丽叫上小田承俩人登上雪橇准备返回铁龙号,谁知就在此时,怪异的事情又再度发生。

铁龙号开过刚刚的区域时,居然再度发生了撞击,而且这一次比之前的还要严重,钢铁打造的破冰船头居然凹陷下去一大块,简直就像是撞在了一堵看不见的墙壁上。

"凯丽!!"

弗莱迪船长的怒吼声直接从对讲机里传了出来,凯丽被震得耳朵生疼,仿佛隔着对讲机她都能看到弗莱迪满头血管暴起的样子。

"你干了什么?你不是说这下面没有隐藏的冰山吗?这是怎么回事?"老船长大吼道。

"确实是这样,我已经反复核查过几次了。"凯丽有些战战兢兢,但还是坚持自己的结论。

"你一开始也是这么说的!"

"我确实没有犯任何技术性的错误,不相信的话您可以检查我的手册和记录仪。"

凯丽的坚持让弗莱迪船长也开始感到疑惑了,根据他多年航海的经验,刚刚那一下撞击，确实不像是冰山造成的，倒像是什么更加坚硬的东西……

"你们看这是什么！"

没等他们二人的争吵得出什么结果，船头上水手的喊叫声又把所有人的注意力吸引了过去，他们指着铁龙号的正前方，水域里面漂浮着一个什么东西，颜色呈漆黑色，在深黑色的海水中很不显眼。

"好像是从那个冰山里掉出来的……"

"打捞上来看看！"

"把船头都撞瘪了，这玩意得多沉啊。"

凯丽也开着雪橇来到船头的侧面，因为她在船下，看到那个东西的距离更近一些，所以比其他人都看得更加清楚。

那是一个半沉在水中的大号木箱子，全身都是漆黑的，和周围的海水一样漆黑，只有星星点点的银色散落在表面，看不出那个是什么东西，只是它散发着一股冰冷而不祥的气息，光是靠近它，凯丽就感觉到非常不适。

"它像是一口棺材，一口超大的棺材。"小田承在一旁开玩笑道。

"说不定就是呢。"

不管那东西是什么，现在摆在众人面前的路就只有两条，要么把它弄走，要么绕路前进，弗莱迪和几个经验丰富的老船员商议了一阵之后，还是决定先想办法解决障碍物，这个时候如果强行绕路，肯定会耽误大量的时间，他们现在必须按时到达科考站，已经没有多少时间可以浪费了。

几个人先用快艇拉着缆绳降到下方，将抓钩固定在那个东西之上，接着用纤维绳一圈一圈绕着将其固定起来，船上的大型马达马力全开，迅速拉紧缆绳将那东西打捞上来。

原本以为能阻挡住船只前进的障碍物会非常重，起重机直接开到了最大马力，然而没想到才刚启动，下方的海面便冒出大量的气泡，那个黑色物体居然被轻易地直接拔起，缆绳快速收紧，没几分钟的时间便把那东西回收了上来。

那是一个形状怪异的巨型方块，仔细一看它的材质，居然是纯黑色的木质，木头居然能这么坚硬吗？能把船头都撞出一个凹槽来？所有人都感到不可思议，这木头看上去年代已经十分久远了，不知道在这冰层当中被冷冻了多久。

方块的正前方有大片银亮的点状物，可能曾经是某个银色的图案吧，可现在已经模糊到无法辨认了，方块的下方是一些已经残破的木制结构。

"这像是长船。"

"什么？"

"那个方块下面的东西……有点像是维京长船，一种很古老的木制战船，那是中世纪早期制船技术能够到达的高峰，我曾经在博物馆见过，这个倒是比博物馆里的要大得多。"小田承摸着下巴不断打量着眼前那个漆黑的残片。

"维京……"

"这到底是个什么东西？"船长围着甲板上这个黑色的怪东西绕了三圈，完全不得其解。

"像是个船棺。"

"那是什么？"

"维京人的一种葬礼仪式，他们会把死者的遗体放置在船上，有的时候也会配上棺椁，然后让船只飘入海中，接着岸上的人会射击火箭，让船燃烧起来，最后船棺会在火中燃烧殆尽，完全回归海洋。"

"看来这一个，烧得不是很干净啊。"弗莱迪船长哼哼两声道。

"这么大的一个船棺，看来这个人的身份不低，这是个大发现啊……历史上从未有过的。"

"那看来我们运气还不错嘛。"

铁龙号上的船员围在那个大船棺周围，每个人脸上都充满了好奇，有个水手伸出手在破败的木头上摸了一把，手感和普通的烂木头没什么区别，一点也不僵硬，上面还生长了一些寄生藤壶的痕迹，看来是从比较暖和的海域飘到这里的。

很难想象这个东西能产生刚刚那样的撞击，它看上去一点也不坚固，像是被破冰船一下就会撞碎的。

将方形物体从航道内捞出后，破冰船的航行也恢复了正常，众人很快启动引擎让铁龙号继续前进。

就在众人还在争议是要把它封存还是先打开看看的时候，那个漆黑方块居然自己裂开了一条缝隙，里面有很大的空间，几乎和船内的一个小房间一样大，足够让人躺在里面舒舒服服地睡觉。

"你们谁动它了吗？"船长很快便发现了异样。

"可能是捞上来的时候磕到了。"

"既然都已经开了……就看看里面是什么吧。"

几个水手过去合力拉动上面的缆绳，沉重的棺盖被缓缓打开，大家都戴着防寒的口罩，但是想到这是个棺材，围观的众人还是忍不住双手捂在鼻子上。

原本想象中会出现的尸身或者骷髅并没有出现，从里面涌出大量维京金币的场面也没发生，巨大的船棺内部空空如也，漆黑的内壁上刻满了怪异的文字，在场的人中有不少学识渊博的学者，但没有一个人认得这些文字。

那些文字并不是规则排列的，而是混乱随意分布着，中间还掺杂着一些不明意义的图画，这让凯丽想起了自己曾经看过的伏尼契手稿，上面也同样满是天书，充满了植物和裸体女性组成的怪异图画。

正当其他人的注意力都被那些文字所吸引的时候，凯丽却看到了船棺最下方的一个黑色小物件，虽然这个船棺的一切都还是一个谜，现在最好什么都不要动，但凯丽不知道怎么就神使鬼差地走了过去，弯腰把那个东西拿到了手里。

那是一个黑色的圆形小铁盒，最上方用铁链链接着，很明显是可以戴着脖子上的，铁盒上面有一个旋钮，看上去就像是一个怀表，一面光滑如新，另一面则刻着一个红色的鸟型图案，图案很简陋，不过大概能看出来是一只雄鹰。

"这像是瓦兰吉的标记。"凯丽回想起自己在图书馆看到的史料。

"应该说瓦兰吉卫队是在致敬它，这是拉格纳的标记。"说话的是一个老学者，名叫威利·阿奇博尔德，他年龄已经很大了，这次是第三次奔赴北极进行科考，相识的人都管他叫铁人。

"拉格纳……是那个海盗吗？"

"拉格纳·洛德布罗克，一个伟大的维京海盗领袖，维京时代最负盛名的英雄人物，可以说……维京这个词能流传到现在，就是因为他这个人。他一生纵横大洋，带领着一批凶悍的勇士四处劫掠，从波罗的海沿岸到不列颠群岛都笼罩在他的阴影之中，他甚至沿河而下飞夺巴黎，逼迫西法兰克国王秃头查理付出天价赎金，最后被诺森布里亚的国王抓获并处死。这个血色雄鹰的记号只有拉格纳本人使用过……其他维京海盗会用类似的记号，但不会完全和他的相同。"威利详细解释道。

"可这不可能。"凯丽用拇指掀开那个黑盒的盖子，里面两根尖锐的磁针快速旋转着，指向远处空旷的大海，"这可是一只航海罗盘，世界上最早的航海罗盘是11世纪时中国人发明的，维京海盗王拉格纳是9世纪的人。"

"也许是后世崇拜者拙劣的模仿吧？"

"……这些符文。"威利教授非常激动地看向那棺椁的内部，"这是世界之树上的符文。"

"您认识这些文字吗？"

"不认识的，但我能看到里面的图画，那是世界之树上的符文，我知道它是从哪来的，传说中独眼人从世界之树中得到符文，又献出自己的一只眼睛换取无尽的智慧，这才成为了众神之王，我在丹麦的一座古城中见过这样的残片，上面就有类似于这样的符文。"

独眼人指的就是奥丁，他有无数个名字，独眼人、绞架之王、沃登、战争之神……北欧人相信奥丁的外貌是一个身披黑色斗篷的白发老人，肩头站着两只渡鸦，分别叫作福金和雾尼，战时他则会头戴鹰盔，手拿冈格尼尔长枪，骑乘八足之马横跨天空，掀起呼啸的死亡之风，他的英名为历代北欧维京人所景仰，维京人坚信如果英勇战死，就可以进入"瓦尔哈拉"，也就是神的英灵殿当中，和神明一起享受美酒和女色，所以战斗时也勇猛无比，不惧死亡。

凯丽还记得那些师父唠叨着的内容，或许正是因为这些传说，她才对北欧神话提不起兴趣，这些史诗充满了战争和血腥，像是一群醉酒的野蛮人在战士小屋中一边吹牛一边编造出来的，那些故事中的神似乎都没有一丝神性，一个个都像是粗鲁的莽夫。

威利教授又看向凯丽手中的那只奇怪的罗盘，罗盘打开来，里面是两根交错的磁针，一般的罗盘当然只有一根磁针，指向南方和北方，但这里面却有两根，而且像是失灵了一样，两根磁针都在疯狂转动着。

"它好像已经坏了，不过也正常，毕竟已经这么多年了。"凯丽说道。

"很有意思。"

"怎么了？"

"这罗盘里面的图案。"

如果不是威利突然提起，凯丽还没有发现这个罗盘内部的盖子上也有图案，那是一个披散着头发的女人，她一边脸是美貌动人的少女，而另一边则是一张腐烂狰狞的鬼脸，她身着黑衣，即使那图画非常简洁，依然能看出她的眼神是那么冰冷且无情。

"这是海拉，冥界的女王，死亡之神。"威利指着罗盘说道。

"很少有人会用海拉的符文。"

"维京人喜欢在船只和旗帜上纹绘奥丁和托尔的符文，他们认为狂风是奥丁的足迹，雷霆是托尔在击打铁锤为他们助威，但很少有人会用海拉的符文。维京人不惧死亡，甚至以战死为荣，但海拉所代表的死亡并不在其中，英勇战死的勇士会去往英灵殿，而海拉接管的灵魂，都是病死或者老死的人，维京人把那叫作枯柴死，毫无荣耀地、耻辱地死去。"

"那还真是奇怪……"

罗盘和那副棺材中的文字似乎萦绕着无数的谜团，铁龙号上的众人讨论了许久也没有给出令大家信服的结论，虽然这两件东西都很有考古价值，但为了不影响接下来的航程，弗莱迪船长让人将它抬进了库房里封存起来，等上岸之后就移交给考古机构。

本来船长还打算先用通讯设施和他们联系一下的，然而通讯从刚刚开始就中断了，船上的技术人员检查了一通，可是到最后也查不出问题到底出在哪里，好在导航还能正常运转，可以一边继续前进一边检修，大不了到了科考站之后可以借用那边的通讯设备。

至于那个黑色罗盘，大家一致决定把它交给威利教授，他虽然不是专业的考古学者，但是好歹是众人当中对此最有研究的，他本人也很乐意接受这个任务。

怪异冰山的事情似乎到此就告一段落了，凯丽还为自己一开始的失误而感到愧疚，虽然因祸得福得到了这些很有研究价值的东西，但她无法以此为自己开脱，如果这次撞上的是一个隐藏在海底的巨大冰山，那后果可就不堪设想了。

虽然不知道如何解释那座突然出现的冰山，可事实就是事实，凯丽也只能承认是自己的测量出了问题，为了避免这样的错误再次发生，接下来的一整天她都待在瞭望塔上，吃饭睡觉都没有离开，不断进行观测更新航线情况。凯丽不允许自己再犯这样的低级错误，她的父亲也是一个船长，不是像弗莱迪这样的大船船长，他有一艘小型的远洋渔船，每年有一半的时间都在海上工作，靠辛苦捕捞的收入来维持全家人的生活，然而他在一次出海后却再也没有回来。

父亲的死曾经让凯丽变得恐惧大海，和所有出生在海滨城市的孩子一样，凯丽原本是非常热爱冲浪和潜水的，但自从父亲出事之后，她很多年都没有去过海滩，花了很长时间才与自己和解。

最后凯丽选择成为一个领航员，和父亲一样去海上工作，她希望能帮助更多在海上航行的人们，不要再和自己的父亲一样重蹈覆辙。

正因如此，凯丽对现在的工作有一股异常执着的劲头，这可不仅仅是她的工作，这是她的信仰，正如同基督徒信仰上帝，维京人信仰奥丁一样，凯丽所信仰的就是航线，她自己所找到的方向、参数、角度，自己的每一次规划航路，都是在拯救全船人的性命，将他们安全带回陆地，这一份信仰是不容许亵渎的，更何况渎神者还是她自己。

因此，凯丽加倍地进行补救，或者说，她通过拼命工作以此填满自己的脑子，让自己不去想那些事情。

接下来的航行出奇顺利，一路上都没有遇到其他阻碍，铁龙号宛如一只漆黑的巨大水兽，半伏在水面上前进着，用巨大的獠牙破开冰面，凯丽在瞭望塔上能听到那令人安心的、宛如骨头折断一般的咔嚓声。

随着船只距离北极越来越近，周围的景色会变得越来越一致，到处都只能看到完全一样的雪白，这里没有山，也没有陆地，稍微凸起一些的冰川也会被冷冽的狂风削掉头，宛如复制粘贴一般的无尽冰川就是这里的常态，偶尔能看到一些形状怪异的冰川，就像是在美国西部的大荒漠中开了几天几夜的卡车，突然看到一块多彩的广告牌一样新奇。

一直站岗到了大半夜，夜晚的北极依旧是白色的，一望无际的冰雪反射着天上稀薄的光，把整片洁白的天地照亮，天上是漆黑的，地上却是白茫茫的，给人一种奇异的错觉，仿佛冰原散发着光芒，仿佛这些亘古的坚冰之下埋藏着第二个太阳。长时间工作返上来的疲惫越发严重，凯丽靠着瞭望塔一侧的墙想小睡一会儿，没想到一闭眼就沉沉地昏睡过去了。

梦中她又见到了罗盘上的那个海拉女神，她长着一对渡鸦一般的翅膀，乌黑的羽毛飘散得漫天都是，羽毛落到了雪白的冰面上，连冰也变得漆黑，和无光的深海一样漆黑，海拉的脸也和那罗盘上的图画一样，一半是美丽的少女，另一半是面目可惧的死者。

海拉扇动着那巨大的翅膀，紧跟着铁龙号一同前进，她的影子无比巨大，将整个船身都笼罩在了其中，无数的毒蛇和污浊物从她腐烂的另一半脸上落下，她发出尖锐而凄厉的声音，听不清是哭泣还是狂笑，抑或是两者都有……

跟着我，跟着我……海拉的声音在广阔的梦境空间回荡着，直到凯丽醒来之后，那声音还仿佛萦绕在耳边。

"等等……不对，不对。"

凯丽突然敏锐地察觉到了什么，猛地从地上爬起，冲到瞭望塔的窗前，耳边那清脆的破冰声消失了，连最细微的响声都没有了，这可不是个好征兆，甚至可以说……糟糕透顶了。

窗外一片汪洋，对于一艘船来说这很正常，但是对于一艘航行在北极的破冰船来说简直太诡异了，凯丽放眼望去，她整个视野范围内……居然连一块冰都没有了，东边的天空隐隐约约露出一角的光亮，整个冰原就在一夜之间蒸发得干干净净了。

"这里是哪啊？"

身为一个导航员，凯丽很不愿意承认这个事实，但她不得不承认的是，他们现在……已经完全迷航了。

3　神秘山脉

　　天空阴沉灰暗，只有一点微弱的光从天边传来，整个大海也因此变得灰蒙蒙的，好似蒙着一张巨大的灰布，铁龙号孤零零地漂泊在大海之上，巨大无比的核动力破冰船在海上和一根漂浮的稻草没有什么本质的区别，都是那么渺小。

　　周遭发生的异样并不只有凯丽一人发现了，此时铁龙号的船头上已经站满了人，所有人都目不转睛地看着前方的天空，比一夜融化的冰川更让人震惊的事物出现在那天际线的另一段，一个无比逼真的巨型海市蜃楼。

　　那是一座黑色的巨大山脉，山脉的一头从海面中升起，大量的水流从漆黑的岩壁上奔腾而下，形成一道又一道惊世骇俗的巨大瀑布，另一头陡斜地刺入云端，好似要直通天际，仿佛那座山脉就是大海的起源。

　　如果不是亲眼所见，你很难想象眼前所见到的这一切，巨大的山脉好似一个沉睡着的巨人，它整个身躯都沐浴在低射的阳光之下，一切都是那么虚幻，好似来自另一个世界的光景……不，这本来就是虚幻的，这里是北极，连一颗石头一颗沙子都不存在的冰雪世界，怎么会有这么大一座山峰呢？

　　大家都被这突然出现的海市蜃楼所震撼，眼前的奇景让他们已经无暇再去思考其他的问题。

　　"都到齐了？"

　　老船长弗莱迪迈着疲惫的步伐走到人群当中，凯丽低下了头，一言不发，她无法解释现在发生的一切，甚至连现在他们所在何处都说不出来，船上所有的定位仪器全部失灵了,连最原始的磁针罗盘也在疯狂乱转,像是陷入了某种磁场风暴当中。

好在弗莱迪并没有责问她什么,发生了如此匪夷所思的事情,已经不是她一个人的责任了。

"都到齐了,我们商量一下接下来的行动吧。"大副卡桑点了点头。

"通讯器还没有修好,检查不出任何问题,导航也遇到了同样的问题,看来我们遇上大麻烦了。"

弗莱迪的话将大伙的恐慌情绪引燃了,众人立刻七嘴八舌地争吵了起来,接着又被老船长的一声怒吼打断了。

"都给我安静!"

"那我们该怎么办?找不到方向我们岂不是永远回不去了?"

"我们到底偏离航行多远了?这里已经不是北极了吧?"

"我不知道,但我知道我们不用慌。"弗莱迪船长提起裤腰带,勒得他的大肚子一晃一晃的,"如果这是一艘18世纪的六桅大帆船,那我们就死定了,我会在你们得知情况之前都把你们砍死塞进木桶里当储备粮食,哈哈哈哈,我们很幸运的是在这艘铁家伙上,而且是核动力的,它足够绕着地球开好几圈,仓库里的粮食也够我们吃好几年,就算找不到方向,继续开就总能开出这片鬼地方的,明白了吗?"

弗莱迪粗狂豪迈的发言倒是给众人打了一剂定心针,确实,地球是圆的,就算南辕北辙也总能开回原点的,只不过按时到达科考站的计划是完成不了了。

"我觉得我们应该是遭遇了类似于太阳风暴的干扰,磁场逆转,所以中途我们就已经看错方向了,我们现在估计已经开出北极圈了,继续保持这个方向,再往前开就能看到苏格兰或者冰岛了。"小田承猜测道。

"或许我们还在北极圈，只是这个区域是历史上从未有人发现过的，我们不小心误闯了进来。"苔米托了托自己的眼镜，冷静分析道，"否则的话，时间上说不过去。"

"从未有人来过……类似于百慕大三角吗？"

"是的。"苔米点点头说，"这里受到某种特殊力量的影响，可能是磁场，可能是洋流，也可能是地底火山，总之这里的海水还在冰点以上，所以周围都不会结冰。"

"快来看啊！"

几个水手发出惊叫声，他们正从下方的海面中拉上一桶水来，一支温度计插在水面之中，明明白白标志着零下三十度，可水桶中却连一点点冰晶都看不到，冰点之下……还未结冰的水？

"这不可能……"

"温度应该不假，我觉得这里和之前一样冷，一点也没变暖和……甚至比昨天更冷了。"

"去你的吧。"小田承一脚踢翻了那桶水，海水在甲板上蔓延开来，所有人都后退了一步，下意识地害怕自己被沾染上，仿佛那是来自地狱的泉水。

"一定是仪器出问题了，所有仪器都失灵了，温度计也受到了影响。"

"那我们还能相信什么呢？用日冕定位法如何？"

"太阳……"

凯丽看向远处的天空，那里依旧只有一小角的太阳，她不知道多少次在海上看日出了，有海平面作为参考的情况下，你是能看到太阳在一点一点升出地平线的，但现在太阳没有一点移动的迹象。

"太阳已经很久没有动过了。"

"是极昼吗？现在明明不是极昼的季节。"

"已经发生那么多匪夷所思的事情了，我已经感觉不到惊讶了。"

"那我们该怎么办？照着一个方向胡乱开吗？"

"不行，大海太大了，如果我们在兜圈子，恐怕自己都没法发现。"

"这个……好像还能使用。"

就在众人争论不休的时候，威利教授突然说话了，他从兜里掏出了昨天发现的那个怪异的罗盘，之前罗盘上的指针是在胡乱旋转的，可现在却恢复了正常，两根指针交错成十字，分别指向两个方向。

威利转动了一下手腕，那罗盘上的指针便跟着转动起来，牢牢咬住所指的方向，看上去精准度非常之高，很难相信经过千年岁月的洗练，这东西居然还能正常使用。

"或许……这就是为穿越这片海域而专门设计的罗盘。"凯丽脑内突然冒出这个想法，直接脱口而出。

"对，海拉，这里是一块不可通行之海，一切罗盘在这里都会失效，对于海员来说，这难道不是一片死亡之海吗？所以他们在上面绘上了海拉的符文。"

"他们究竟是怎么做到的？连现代科技都无可奈何的死亡之海，靠着古人的智慧真的可以破解吗？"

"谁知道呢？但我们现在也没别的可以选择了。"威利无奈地苦笑道，"虽然不知道这些指针所指的是哪边，但至少可以向着一个固定的方向前进，不会迷失在半路上。"

众人也同意了威利所说的方案，罗盘理所应当地交到了身为领航员的凯丽手中。

罗盘的两根指针指向四个方向，在不确定东西南北的情况下，凯丽选择了那根黑色指针的方向，它直直指向罗盘盖子上的海拉女神符文，凯丽也不知道自己为什么会这样选择，或许是因为昨天的那个梦境，她还能清晰地听到那个女人的声音……跟着我，她说，跟着我。

天边的太阳依旧没有任何变化，因为船上的时钟也已经失灵了，时间流逝就只能靠人的感觉来粗略计算，然而此时每个人都觉得煎熬无比，度日如年，他们开始不断走上甲板，甚至来到瞭望塔上，望眼欲穿地看向远方，期望着大陆能快点出现，哥伦布的船员们在寻找新大陆的时候也不过如此吧。

当然，远处依旧什么都没有，这片大海似乎无边无际，远方除了太阳，就只剩下那个久久都不消散的海市蜃楼了。

凯丽用自己吃饭的次数来记录时间流逝，第4次开始就算作过了一天，再结合船行进的速度，就可以推测出航行的距离了，第12顿饭的时候凯丽就确定他们并不是往南在开，大不列颠群岛没有出现，第30顿饭的时候，她开始怀疑船也不是在往北边前进，不然现在应该快要到北极点了。

凯丽认为他们很可能是在绕着北极圈的外围在兜圈子，但为什么就是开不出这片信号屏蔽的区域呢？这里到底有多大？为什么没有出现其他的船只？

让她感到更加恐惧的事情还有那片海市蜃楼，它变得更大更具体了，山脉上的细节都已经显露了出来，它从浓雾中现身，像是靠得越来越近了，可凯丽选择的航行……分明是与它背道而驰的，越是远离，它却越是逼近，难道这山脉自己也在移动吗？

凯丽吃过第50顿饭的时候，那山脉的细节已经变得清晰可见了，她能见到那山脊上的褶皱和纹路，无数形状怪异的巨型岩石拼凑在一起，组合成了巨大的山脉轮廓，那些图形完全不像是自然形成的，无论是火山活动……还是自然风化，都不可能形成那样怪异的纹路。

人为制造的吗？可那山脉巨大的结构，又不像是人力所能够达到的，在那些怪异的岩石面前，恢弘壮丽的金字塔也和小孩子搭的积木玩具般没有区别，什么人会建造这样的奇迹？又有什么人……能建造出这样的奇迹？

感到疑惑和焦躁的不只有凯丽一个人，那越来越近的幻觉是所有人有目共睹的，一开始他们还能用视觉错觉来安慰自己，但随着那山脉变得越来越清晰，连最后一层遮挡的迷雾也彻底消失，完完整整地出现在铁龙号身后的时候，没有人能够再视若无睹了。

他们也曾试着转变方向，但无论往哪个方向前进，那座山脉都在步步紧逼，它不仅仅是在移动，而是在一刻不停地追杀而来。

终于，铁龙号最后还是停在了那座山脉脚下，这似乎是他们唯一的宿命，就像是死亡，无论你向左向右，逃跑或是面对，它终究都会到来，不慢也不快，一秒钟也不会偏差。

不安的情绪在船上引爆了，不少船员都已经意志崩溃，甚至有两个水手在航行的过程中跳海自杀了，从撞到那座怪异的冰山开始，诡异的事情就一件接着一件发生，一次又一次挑战着他们的承受极限。谁也不知道这片海洋到底有没有尽头，谁也不知道那座山脉上到底有什么，到底预示着什么，和这些未知的恐惧相比……迎接死亡或许是最好的结局，那些坚持活下来，不得不登上那座怪山的人，也许最后还会羡慕那些早早自我了结的人，可以不用面对那最后骇人的真相。

包括凯丽、弗莱迪和小田承在内，大部分人还是坚持撑了下来，尽管大家的精神状态都不太好，不过还保持着基本的理智，那山还在不断靠近，恐怕最后就算不去攀登，那山脉也会自己移动到铁龙号底下吧……

"看来我们没有选择了。"

"我打算上去看看，要来的人就跟着我，其他人可以留在船上，你们有自己的选择权。"

弗莱迪船长将船上所有能作为武器的东西都整理到了一起，几支老式的苏军制式手枪，剩下的是一些鱼叉和消防斧，没人期望这些东西能派上什么用场，最多也只是壮壮胆，最后拿了武器跟随弗莱迪上去的有6个人，大多数都是跟随他多年的水手，让他没想到的是，威利教授居然也要一同上去，他年老体弱，但勇气却胜过不少年轻人。

其他人则吓得瑟瑟发抖，面对这座神秘而疯狂的黑色巨山提不起一点勇气来，去探索未知的一切需要勇气，自我了结也需要勇气，继续开着这艘船冲出困境更需要勇气，这些都做不到的人就只能留在原地等待最后时刻的来临。

"我也一起去。"

凯丽最后站了出来，伸手拿了一把手枪，老船长却突然按住了她的手。

"凯丽，你是唯一的导航员，如果你也没有回来，大家可能再也没办法离开这片海了，你留下。"

"我留下也没有用，我也找不到方向，说不定在里面能找到点希望，我有预感。"凯丽自信地点了点头，不知道为什么，她心中毫无恐惧，明明一切都是未知而危险的，可她却觉得这座山峰出奇地熟悉，能给她带来一种莫名的安全感。

"而且，如果只是需要方向的话，我把这个留下就好。"

凯丽摘下了脖子上的那个黑色罗盘，放到了一旁的桌面上，然而并没有人愿意过来拿，有一个女船员甚至大声尖叫了起来，挥手将那个罗盘打落，罗盘在甲板上滑行了很远，差点就要掉进海中。

她像是在看着来自地狱的魔鬼一般，脸上充满了恐惧，尖叫道："都是因为这个……都是因为这个，这是撒旦的东西，它会把我们带到地狱里去！"

"自从它出现以后，这些怪事就没有停过！"

"把它毁掉！毁掉！"

"不，你们理智一点！"凯丽快步跑过去把罗盘抓住，"这是我们唯一能确定方向的道具了。"

"她也被恶魔附体了！抓住她！"

这漫长到不知过了多久的煎熬生活终于让船员的意志到了极限，有人起哄便有人跟随，一时间一群人都疯狂了起来，而凯丽和那个罗盘便成了他们情绪的发泄口。

就在那群疯狂的船员正准备一拥而上时，弗莱迪突然往天上开了一枪，老式手枪的巨响让在场的所有人清醒了不少，也似乎是为了平复现场狂热的情绪，弗莱迪船长无奈地将凯丽手上的罗盘抢了下来，扔在地上猛开了一枪。

这个举动相当疯狂，弹起的跳弹击打在船身的钢板上，溅起大片火花，但这也确实把所有人都镇住了。

"……"凯丽失神般地看着那个罗盘，它居然毫发无损，上面连一点划痕都没有留下。

又有人冲上去狠狠补了一脚，罗盘旋转着坠入大海当中，下方浑浊的水面搅动着汹涌的浪潮，像是一张深渊般的巨口，谁也别想从这里取回任何东西……这里居然是深海，这座山脉没有任何大陆根基，就像是轻飘飘地浮在海面上一样，山脉的下方依旧是深不见底的深海，不过已经来到这里，见到了这么多离奇的事物，已经没有人会为此感到惊讶了。

毁掉了罗盘之后，并没有发生什么事情，他们依旧是被困在这里，只是失去了唯一能够指明方向的工具，凯丽不想再说什么，她觉得这些人的行为难以理喻，可是事已至此，她也不想变成众矢之的。

铁龙号前方正好就是神秘山脉的低点，一层层叠加在一起的怪异岩石起伏得像是一道阶梯，而正前方两个扭曲的巨柱则像是大门，仿佛有什么冥冥中的力量在暗自安排着，让他们好从这个"正门"进入。

　　船上的骚乱平息后，弗莱迪将所有人分成了两组，一组进入这座怪异山脉中调查情况，另一组乘坐小艇在山下的海域中调查，而剩下不愿意冒险的人就留在船上待命。他留下了最后几颗信号弹，每组各有一两发，如果遇到了问题，就只能用这种最原始的方式联系了。

　　就这样，在海上迷航了将近一个月后，所有人还是逃不掉既定的困境，就和弗莱迪刚刚说得那样，他们除了进去以外已经别无选择了。

4　死亡神殿

"你的体力跟得上吗？"

一众人进入神秘山脉之后，一路沿着那些螺旋石柱所指的方向前进，前方的地势会越来越高，那些奇石构造之间的落差也越来越大，攀登起来的难度也随之增加，比起一众身强力壮的年轻人，威利教授的速度自然慢了很多。

行进了小半天的路程，铁龙号已经远远甩在身后没有踪影了，威利已经累得满头大汗，他吃力地拄着登山杖，胸口如同风箱一般起伏不停，很难相信他要怎么完成后面的行程。

"我没事，你们走在前面吧，我慢慢会跟上来的。"威利教授摆了摆手道。

"那怎么可以……这里不知道会有什么危险。"弗莱迪船长摇着头。

"我来背你吧？"

"不必了，你们还是节省点力气吧。"威利叹了口气伤感道，"我真的老了，不服输也不行，不过也好，这次我过来其实就没打算能活着回去，我和我的妻子就是在科考站认识的，她两年前过世了，我有种预感，自己也时日无多了……所以才会想最后再回来看看。"

"教授……"

"看来这个愿望是没法实现了，不过能看一眼这里，我也没什么遗憾了，我研究地质40多年了……去过全世界几乎每个角落，可我从未见过如此奇异的地质景观。"威利伸出手不断抚摸着周围的黑色岩石，他干枯的手指不断颤抖着，可见他是多么兴奋，那些岩石盘卷成团，互相缠绕着形成一个个巨大的石柱，好似有着生命一般。

"我要留在这里慢慢看，直到我死去，我也会埋骨在这座奇迹之山上，只可惜没办法把这里发现的一切告诉外面世界的人。"

威利整个人都入迷地趴在那些石柱之上，像是抚摸婴儿细嫩的肌肤一般抚摸着那些石头的纹路。

其他人对他无可奈何，无论说什么，现在的威利都已经听不进去了，众人也只好留他在原地继续。

凯丽回头看着那个逐渐消失在他们身后的老人，他们明明还没有走出多远，却已经看不到威利教授的身影了，他像是被那山间浓厚的迷雾直接吞噬了一般，弗莱迪船长埋头向前走，一言不发，大家都已经没多少体力了，也许走不了多远，他们也会和威利教授落到同一个下场。

凯丽的脚步变得愈发沉重起来，脚下的岩石磨得她脚底生疼，像是磨出水泡了，没等它肿起来又被尖锐的地面硌破了，走起来一阵火辣辣的疼。她只能试着遗忘疼痛继续往前走，凯丽感觉自己就像是个古代的苦行僧。

逐渐地她感觉到一股莫名其妙的沉静，她不断地在催眠自己遗忘疼痛，身体似乎就真的感受不到疼痛了，她的意志变得更加坚忍，身体就也跟着发生了变化，她顺应着这种感觉，让自己跟着它走，逐渐脚步也变得轻盈了起来，健步如飞。

不知道这样走了多久，就在所有人的意志都已经到了崩溃的边缘时，一个巨大的山洞出现在众人面前，山洞的边缘由无数扭曲的石柱构成，洞口看上去就像是一条巨大蠕虫的血盆大口，还没靠近那洞口，众人就嗅到了一股腐臭的味道。

从洞口吹出的寒风中夹杂着阵阵恶臭，那是尸骨腐化的味道，洞口前铺撒着一层厚厚的碎骨，森森白骨已经破败得看不出原来的形状了，没人知道它原先的主人是谁，是动物还是人？抑或是不知名的，只属于这个怪异空间的原生生物。

"里面有风。"老船长壮起胆子点起一根火把，将火焰靠近洞口，淡蓝色的火苗朝着外面的方向飘舞着，"火没灭，证明里面可以呼吸，没有毒气。"

"我不太想进去……"

"这些骨头……也许都是死在这里的人。"

"我们必须搞清楚这个怪异空间的秘密。"弗莱迪船长厉声道，"我一定要进去，老子可不想不明不白困死在海上，要是死在里面那倒是痛快了，懦夫就留在外面吧。"

说罢他便一头钻进了漆黑的山洞当中，两个水手畏怯地站在原地，凯丽和剩下的一人则紧跟在弗莱迪身后走了进去。

每往洞穴深处前进一步，里面的白骨便更多了，并且保存得更加完整，这里几乎可以看到你能想象到的每种动物的尸骸，从哺乳类到鱼类，从飞鸟到昆虫，它们无一例外都只剩下一副骨架，没有一点点肌肉残留在上面。

借着火把昏暗的火光，凯丽看着脚边的那一具具尸骨，有些她叫得出名字，里面有不少她熟悉的海洋生物，而有些则是闻所未闻，见所未见，甚至还有不少是来自远古时期的生物骨骸，那些凯丽只在纪录片和博物馆中见过的生物——凶猛敏捷的剑齿虎，巨大无比的猛犸巨象，曾经的海洋霸主巨齿鲨……

这些骨架和博物馆的化石记录完全一致，越往洞穴深处走，所看到的生物骨骸就越古老，到后面凯丽已经完全不认得了，它们扭曲且杂乱，没有骨骼的软体动物则会被凝固在类似于琥珀的水晶当中。火把的光芒照亮了那些水晶中的怪异生物，那些来自始祖海洋的原始生物，在地球生命初生时沸腾的海洋热汤当中所孕育的，无数怪异且没有逻辑的随机生物组合，它们不知道多少年前就已经被生态圈的竞争无情淘汰了，可现在却一一出现在这里，或者说……被封存在这里。

这里就像一个博物馆……抑或是一个骨灰架？这里封存着全世界所有存在过的物种尸骸，人类发现的，人类未发现的，悄然诞生在世界的某个角落，又悄然消失的……全部都保存在这里，这条隧道似乎没有尽头。

这是何等的恢宏，何等的壮观，或许这就是神明的手笔吧。直到此时，凯丽的心中突然有了一份奇怪的感悟，自己曾经理解的神，都必须拥有完美的神格，必须慈爱普世，仁慈济人，所以她才会厌恶北欧神话中的众神。而这个山洞中所见的场景却让她有了别样的感悟，自然就是伟大且粗旷的，没有逻辑，混乱无序，那么身为自然的化身，高于自然的存在，神明们何尝又不是这样呢……人类无法理解他们的存在，他们也无须人类来理解他们，慈爱、仁慈一类的伪善之语更是无须在意，他们本身就足够伟大，仅此而已。

"看看到底有多少灭绝的物种……这都是死神的珍藏，我们不小心闯入了海拉的神殿，她会惩罚我们的。"跟在弗莱迪身后的小水手瑟瑟发抖了起来，他的瞳孔宛如地震般颤抖着，恐惧地望向隧道的尽头，那是无穷无尽的黑暗。

"他娘的，搞得好像谁想进来一样，还不是她把那个罗盘扔给我们的，耍我们呢？"

"你们看！那是什么？"

凯丽的视线扫过各色怪异的动物尸骸，最后在隧道幽深的一角发现了三具白骨，那是三具人类的骷髅，看上去再熟悉不过，在恐怖片和动画片的电击桥段里不知道看过多少次，可只有你亲眼见到骷髅的时候，你才能感受到那股骇人的气息，死人的眼眶漆黑深邃，像是能吸走见到的所有生者的灵魂。

"死人？为什么会在这里？"弗莱迪打着火把凑了过去。

"或许是上一批迷失在这里的探险者。"

"三个人……"

凯丽通过胯骨的特征，能看出这是两个男人和一个女人，其中一具男性尸体少了一截腿骨，肋骨也折断了好几条，其他地方则干干净净，甚至比其他的骨骼藏品都要整洁。

弗莱迪见到那具尸骨后有些激动，他的表情瞬间凝固了，眼中充满了无以复加的恐惧和震惊，凯丽叫了他好几声，可老船长似乎都没有听到，他完完全全被眼前所见的事物惊呆了，过了好几分钟才逐渐缓过神来，扑通一声瘫倒在了地上。

"这……这是……"

"你认识这具尸骨吗？"凯丽也大为震惊，皱起了眉头。

"我的左腿就是假的。"弗莱迪用颤抖的手猛地拉开自己的裤腿，从膝盖下方三分之一处的小腿是特殊改装过的假腿，"我做了钛骨的手术，又适应了10多年，走起路来才和正常人一样……"

想到弗莱迪居然是拖着这样一条残腿走完全程，凯丽心中深感佩服，她随之又看向那具短腿的尸体，果然截断处和弗莱迪的一模一样。

"说不定是巧合呢……"

"我的肋骨上也有伤，左三，右二，左七……一模一样。"

如果这样也能说是巧合，那凯丽接下来看到的就无法说服自己了，她望向那具唯一的女尸，她少了一颗牙齿，而凯丽恰好在那个位置有一颗烤瓷牙，女尸的左手小指有断裂重接的痕迹，而凯丽小时候确实因为意外折断过这根手指……任何细节都完全一致。

这是我的尸骨。

此时此刻凯丽感受到了弗莱迪刚刚的震撼，这种感觉实在太怪异了，望着自己死后风化而成的骷髅，如果这是我的尸体，那我又是谁呢？一股无比沉重的虚无感从脚下传来，好似泥沼一般要将凯丽拖入其中。

在这三具尸体之后，凯丽看到了一幅大型壁画，和那副海中出现的漆黑棺材一样，这上面同样刻满了古怪的文字，配合着一些符文图画，凯丽在上面看到了海拉，她面对着奥丁的化身，手中接过一个圆形的物体……那不正是那个罗盘吗？

太多的信息在凯丽脑中汇聚爆炸，她一时间无法吸收这么多的内容，大脑保护性地选择了宕机，凯丽顿时脑中一片空白，什么也无法去想。

就在他们手足无措之际，一声巨响从身后传来。转身看去，隧道之外，传来了一道赤红色的光芒，那是信号弹的彩光，虽然隔着很远，但他们依旧还是看到了，在那红光的照耀下，这摆满了生物尸骸的洞穴好似阿鼻地狱。好在凯丽他们没有继续前进，如果再绕过一个拐角，或许他们就收不到船上发来的求救信号了。

一路逃命似的冲出了山洞，外面的世界居然已经变天了，刚刚还平静无比的海面此时巨浪翻涌，天空中没有乌云，狂风暴雨却按时到来，呼啸的狂风席卷过漆黑的山石，变成了更加凄厉的声音传入耳中，哪怕是沉重无比的铁龙号，在这样的狂风中也剧烈摇晃了起来。

"风暴来了。"

"这不是明摆着的事吗？"

凯丽想起之前自己见到的那个"征兆"，大片的鳞鱼群提醒她风暴将至，没想到居然是在这里，是在这个时候。远方的海面升起一道道巨浪，大量海水被强风虹吸上天，正在一道道形成毁灭性极强的水龙卷，刺眼的雷光从无云的晴空中落下，太阳依然挂在地平线一端只露出一个小角，一切都好似末日的光景。

大海沸腾翻涌着，海水像乌云般漆黑，天空却明亮清澈，世界像是颠倒了过来，那乌黑浑浊的海水当中好似盘旋着紫青的闪电，扑鼻的腥气从海中散发出来，像是有什么巨大无比的海兽在吐息，联想到刚刚在山洞中所见到的怪异尸骸，这种可能性也不是没有……

大雨开始降下，一瞬间就淹过了铁龙号的甲板，海浪和雨水混杂在一起从甲板边缘的栅栏上倾泻而下，雷霆仍在轰响着，却不是来自天空，那震耳欲聋的咆哮声仿佛从海底传来，巨浪像是要将整个大海都撕扯开来，没有人见过如此猛烈的暴风雨，就连在船上生活了一辈子的弗莱迪也说不出一句话来，过了好一会儿才强行镇定情绪，指挥所有人进入紧急工作。

"减负重！快！"

"打开排水通道！防风措施！卡桑！你带人去取炸药，我们要把破冰头卸掉。"

突如其来的状况让所有人都手忙脚乱起来，不过听到弗莱迪的指挥，大家还是快速行动了起来，打开船只的排水系统，减轻所有不必要的负重，船只负重过大操作性能会受到影响，容易在风暴中侧翻，铁龙号是艘破冰船，上面没有太多荷载的货物，但沉重无比的破冰船头却是个累赘，只能用炸药快速拆除。

船只快速驶离那座怪异的黑色山脉，这一次它没有再跟随过来了，刚刚开出不到5公里，它就隐入暴雨的幕布中消失不见了。

鬼魅一般的神秘山脉消失了，可随之而来的暴风雨却是更大的威胁，强劲的水幕接连不断地拍打在铁龙号的船身上，发出一阵阵像是铁锤敲打般的阵响。风暴变得越发强劲，甲板上已经无法站人了，就算是压低身子也会被强风吹走，所有人都躲进了船舱内，如果要上甲板作业，就只能趴着缓缓前进，每当这时大水都会淹过全身，只露出头部还在外面。

随着一声巨大的爆炸声响起，船身微微震动了一阵，船头激起一阵水花，沉重的破冰头被爆破炸开，坠落海中，大量炸药爆破的响声淹没在雷声中，没有特别注意的话几乎都听不到。减轻了负重之后船身的摇晃减少了一些，可依旧抵御不住风浪的威力。

没有方向，没有灯塔，没有避风港……众人只能毫无目的地在海上漂泊着，暴风雨不知何时才能停止，在这个没有逻辑可言的海域当中，甚至它永远不会停息也是有可能的，每个人都感受到了深深的绝望。

"你们看……"

"天呐，那是什么？"

远处的海面上，一道巨大的海浪正在越升越高，最后汇聚成一道宛如山脉般的水幕，难以想象它蕴含着多大的破坏力，铁龙号是抗风性极强的一艘船，弗莱迪船长不知多少次驾驶着它突破风浪，可在这样的巨浪面前，他提不起一点勇气，毫无疑问这艘船会被强劲的水压彻底拍碎，这已经不是自然之力所能形成的巨浪了，那是来自神明的天罚，人力无法抗衡的可怕力量。

我们究竟犯下了什么罪行……需要受到这样的惩罚？老船长心中回忆起自己的一生，他想不到自己做过什么滔天恶行，这船上的其他人……又为何也遭到牵连，冲破巨浪已经是不可能的事情了，想要后退逃出去也是天方夜谭，弗莱迪万念俱灰，只能低下头慢慢祈祷，希望神明能有恻隐之心。

当所有人的注意力都被巨浪吸引过去的时候，凯丽却看到了漂浮在海面上的一个东西，这片大海空空荡荡的，这几个月以来海里都没有出现过任何东西，连一条鱼、一片海草都没有，可现在浪尖上却拖着一个东西，凯丽一眼就看到了——那就是他们之前丢掉的那个罗盘。

5　穿越生死

海浪搅动不息，钢铁铸造的船底都要被风暴的力量撕裂，而那只漆黑的罗盘却静静地漂浮在巨浪之上，完全不受周围环境的影响，稳定地像是被锚定在了那片空间上一样。

跟我来……跟我来……

凯丽头痛欲裂，她紧紧按住自己的脑袋，那个声音又再度响了起来，她曾在梦中听到过，那是他们误入这片海域的那个晚上，在那个怪异的洞穴中她也听到过，那声音像是在不断引导着她，引导她来到这片海，引导她去往那个山洞……现在又在引导她去找回那个罗盘。

所有人都在应对暴风雨造成的船体损坏，不断跑上跑下堵水排水，那些位于底部损坏严重的房间就干脆关闭防水门，将这个房间封闭起来，船上的人手远远不够，船体结构已经接近崩塌极限，再来几轮巨浪的冲击就会彻底散架。如此危机的关头，凯丽却一动不动站在船舱内，像是一个事不关己的局外人。透过舷窗她还能看到那个罗盘，窗户已经被狂风摧残得支离破碎了，大雨从缝隙中吹了进来，船只此时明明在不断前进，它却紧紧地跟在后头，和那座怪异的山脉一样……怎么样都甩不掉。

跟我来。

"别再吵了！"凯丽歇斯底里地大吼起来，当然，没有人会注意到她。

一道巨浪狠狠撞击在船身侧面，凯丽被冲击掀翻到地上滚了几圈，额角撞在墙壁上，鲜血沿着她的左眼涌流下来，凯丽透过地面的水痕看到了自己满脸鲜血的模样，她先是愣住了，一股令人后背发麻的寒意从脚下爬上肌肤。

这一瞬间一切真相在她面前铺开，从踏入这片海域以来发生的种种怪事全都可以解释清楚了，那些零星而破碎的线索被凯丽留下的鲜血连成了完整的线，她终于洞见了真相，此时此刻，心中的恐惧完全消散了，凯丽满脸鲜血地站起身来，看上去无比狼狈，她顾不得整理一下身上的血迹，也顾不上无关紧要的疼痛，冲出船舱走到甲板一侧的逃生艇仓库当中。

这里摆放着不少备用的逃生艇，周围的海浪翻滚不息连铁龙号这样的大船都难以抵挡，使用这样的小艇简直就是自杀性行为，凯丽却没有半点迟疑，她拼尽全力顶着狂风将一艘小艇推下围栏，然后将一根安全绳系在腰间让小艇拉着自己掉到海面上。

凯丽疯狂的举动被船上的人看到了，第一个跑过来的是小田承，他本来在甲板上捆扎配重，听到仓库那边有动静扭头一看正好见到凯丽跳入大海的一幕。

"你在做什么?!你疯了？"小田承抓着栏杆向下喊道。

"你让他们跟着我！"

"啊？"

"这艘船已经救不了了，你们乘上小艇跟着我！我能带你们出去！"

"你在胡说八道什么？"

凯丽不再多作解释，驾驶着小艇全力划向那个罗盘所在的位置，在暴雨中划船是件艰难的事，光是把持方向就已经非常费劲了，凯丽努力让自己朝着罗盘的方向前进，可没走多远就又被一个巨浪打了回来，就这样重复了好几次。

直到她已经精疲力尽也还是在原地兜圈子，她浑身都被冰冷的海水浸透，刺骨的严寒顺着皮肤渗入浑身的肌肉血管当中，五指都已经失去知觉，但她还是在拼命划着，凯丽心中只剩下这一个念头，她什么也不在乎了，因为她知道其他的一切都已经不重要了……如果她再也回不去的话。

跟我来。

那个声音穿过雷霆和海浪的巨响传入凯丽耳中，一个反方向的浪拍了过来，凯丽正好借着它的力道漂流到罗盘旁边，她伸出了手，整个身体都探了出去抓向它，然而最后还是差了一拳的距离，凯丽咬紧牙关猛地扎入海中，一把将那个罗盘拿回手中。

这一瞬间，她感觉自己身边的风浪都静止了，她用最后一点力气爬到小艇上。凯丽翻开罗盘朝着那根黑色指针所指的方向划去。

小艇瞬间没有了任何阻力，在滔天巨浪中行进也轻松无比，风暴都像是绕开了她，铁龙号前方汇聚的那道水幕猛地拍下，船头正面硬抗下巨浪的冲击，坚硬无比的特种钢都被硬生生砸扁了，强烈的震动扩散到全船，铁龙号的连接结构承受力到达了极限，金属崩断声如鞭炮一般接连响起，大船开始解体沉没。

暴雨和狂风没有丝毫要停止的意思，不断激起的巨浪加速了解体的过程，很快铁龙号从正当中被断成了两截，有两艘小艇从甲板上扔了下来，剩下的人则万念俱灰连逃生的意识都没有了，随着铁龙号一起沉入海底当中。

跟着我。

这次不是那个不知名的神秘声音在说话，而是凯丽在说话，她手握着罗盘站在小艇的最前方，她收起了船桨，靠着小艇上的小型引擎就能在狂风暴雨中乘风破浪，她朝后方招着手，那两艘小艇上的人显然也看到了她的情况，虽然不知道发生了什么，但在求生本能的推动下还是迷茫地跟着凯丽划了过来。

风暴持续了很长时间，直到雷鸣让耳朵都麻木，直到皮肤都已经习惯了寒冷，他们才从风暴中脱离出来。海平线尽头的太阳依旧挂在那里，没有任何变化，死里逃生固然值得庆祝，可接下来如何逃离这片无边无际的古怪海域则是另一个难题。

凯丽此时却不再迷茫了，她将那只罗盘上的项链紧紧绑在自己手腕上，朝着黑色指针所指的方向前进。

她不进食，不喝水，不睡觉，不思考，除了航行以外她什么也不做，救生艇内的燃油很快消耗殆尽，凯丽便用桨划，她刚开始跟着呼吸的节律来划，后来她试着完全不呼吸，同样可以照常行动，只是会有些难受。

跟在她身后的那两艘小艇很快碰撞在一起，看上去是发生了争斗，最后只剩下一艘小艇还在继续跟着她，凯丽也没有去理会，也没有做任何准备，只是继续前进。

不知道过了多久，跟在后面的那艘小艇快速逼近，俩人的速度相差无几，凯丽最后还是被追上了，她嗅到了一丝宛如野兽一般的危险吐息，一双大手紧紧抓住她小艇上的缆索，猛地跳跃到她这边，对方还用有限的材料制作了简易钩锁防止凯丽逃跑，当然，他显然是白费功夫了，凯丽压根没有任何反应。

"水……水！"

小田承喘着粗气冲上凯丽的小艇上，二话不说就粗暴地翻找救生艇的后备箱，然而里面却空空如也，什么都没有，小田承瞪大了眼睛，一脸难以置信，救生艇上一般会有足够一个星期的压缩食物和水，他那艘船上的物资因为风浪丢失了，因此他才痛下杀手去抢劫了一同逃出来的另一艘救生艇……凯丽就算没有省吃俭用，也不可能一点没剩下吧。

"我都丢掉了，那些东西没有用。"凯丽抬起头看了他一眼，眼中没有任何情绪波动。

"怎么会，你难道这段时间一直不吃不喝吗？"

"对，我们已经不需要了。"

"你在说什么……"小田承癫狂地苦笑着，脸上的光影起伏不定，"人怎么可能不需要吃的喝的，我们会饿会渴。"

"那只是你的感觉，还有寒冷和疼痛，只要你忘记它，那么它就不存在。"

"怎么会不存在！再这样下去我们都会死在海上的！"

"不会的，我们已经不会死了。"

小田承当即大怒，像是被对方戏耍了一样，刚要暴起却见到凯丽转过身来，她脸上满是鲜血，伸手从自己头上拔出了一个东西，那是一根折断的铁条，深深刺入了她的颅骨当中，随着铁条拔出，一股乌黑的脓血冒出将她半边身子都染红了。

"看到了吗？"

"别过来！你别过来！怪物！怪物！"小田承被吓得大惊失色，连连后退，靠着救生艇的边缘。

不等凯丽继续说些什么，后者突然抄起手边的船桨挥打过去，凯丽没有闪避被他一击打下了船。

大量气泡在凯丽身边翻涌着，她落入了大海当中，身体不断快速下沉着，凯丽没有慌张，甚至没有任何情绪波动，她试着在水中游动，就这样前进了不知道多远。这段时间，她的身体还是在不断地下坠，身边的气泡一个接一个破灭，逐渐落到了完全漆黑的海底当中。

凯丽掀开手上的罗盘盖子，好在她把这个捆在了手上，即使落入深海也没有松开，罗盘的表面散发出微亮的光芒能让她看清指针的方向。

她就这样在海底缓慢行走着，踏出一步，又一步，她走得很慢，但没有一秒停止过，她忘掉了曾经能感受到的所有感知，寒冷，饥饿，疼痛，疲惫……摒弃了一切的知觉，只想着向前行进。

她不知道时间流逝了多久，她知道时间对她来说已经没有意义了，她试着在海底感悟思想，去思考之前从未有时间思考的问题，她宛如一个苦行的隐修者，忍受痛苦，深掘内心，她身上的皮肤因为温度和盐分侵蚀而脱落，头上的伤口也灌入了海水，她所能看到的视野越来越有限。

端着罗盘，继续前进……这就是她所能做到的全部。

就这样凯丽不知道自己走了多久，走了多远，几个月？几年？或是一万年？这都没有意义，唯一有意义的……就是她终于来到了终点，在失去所有载具的情况下，她靠脚走完了全程，脚下的海底地面越来越高，水面逐渐低过她的身体，再度浮出水面的时候，凯丽几乎看不出人形了，只是一具行走着的干枯骨架。

太阳出现在她眼前，他们一直遥望着远处的那个太阳，只在海平面下方露出一角的洁白太阳，此时它不再是孤零零的一角，而是完完整整出现在凯丽的眼前。

那不是太阳，而是一道巨大的大门，在它之后再无他物，这里就是世界的尽头，世界的边缘……确切来说，是死亡世界的尽头。

这片象征着死亡之地的大海只有这一道出口，而只有凯丽手中的罗盘才能引导出正确的方向。

她纵身一跃步入大门当中，洁白而温暖的光芒瞬间将她浸没，这好像是一场很长很长的梦。

我所选的方向是对的，我又回来了。

刺眼的白色光芒由虚幻化作真实，凯丽的瞳孔微缩，在她正上方是一盏大大的手术室灯，早已被她抛弃的感知又重新回来了，凯丽瞬间被淹没在感知的海洋当中。

"病人瞳孔出现反应！准备抢救！"

"奇迹，这是个奇迹！"

一群身穿白衣的医生兴奋地围了过来，凯丽则终于安心地闭上了眼睛，她用力握紧手心，一个质感冰凉的物品静静躺在她手中。

这一切都不是梦。

6　后记

　　铁龙号科考船遇难的具体情况是凯丽转入普通病房后才得知的,这个时候她已经在医院待了一个星期了,据医生所说她刚入院的时候昏睡了好几天了,所有人都觉得她已经没有苏醒的可能了,她却在这个时候突然醒来。

　　尽管凯丽一直坚称自己已经完全康复了,但医生还是让她住院观察半个月,无奈她只能继续在医院待着,或许是因为那段特殊经历的影响,凯丽现在几乎感觉不到疼痛,所有知觉都变得麻木了许多,也许这就是穿越生死界限所要付出的代价吧。

　　新闻上说铁龙号在他们出发极地的第三天就失去了联络,那正好是他们遇见那座怪异冰山的那一天。

　　从那天开始他们就已经死了,据搜救队的调查报告所述,事故发生的原因是船上的苏联老式反应炉老化破损,最终导致了爆炸,铁龙号内储备的核燃料并不多,并没有达到大爆炸所需的当量,真正致命是船上携带的大量备用燃油,大爆炸的威力让船身完全散架,上面的船员几乎全部丧命,因为事故发生在深夜,完全没有人意识到发生了什么,就在睡梦中悄然死去了。

　　搜救队抢救出了还有生命体征的几人,他们最后都没有挺过来,最后……这次事故的幸存者就只有凯丽一人。这件事凯丽倒是早已知道了,毕竟只有她一个人跟着罗盘的引导,走出了那片死亡海域。

　　至于那只罗盘,被她从那个世界带回了这里,她向医生确认过,刚进入手术室的时候，她身上是没有任何物件的，毕竟需要遵守无菌准则，可当凯丽苏醒过来之后，那只罗盘就突然出现在她手中了。

回到生者的世界后，那只罗盘又快速混乱旋转着，看来只有在亡者之海中它才能发挥作用。

凯丽回忆起在亡者之海中发生的一系列事情，它们是那么虚幻，却又是实实在在发生过的，罗盘的反光映出她的脸，除了有些消瘦以外没有什么异常，皮肤都还贴在身上，头上也没有大洞。

在那场暴风雨当中，凯丽就是因为滑倒后头部受到了致命伤才意识到了真相，她发现自己已经不会死去了，再加上之前所见的种种不符合常识的古怪事情，唯一可能的解释就是他们都已经死了，所以才会一夜之间就来到了这个地方。

这并不是罗盘的诅咒，相反只有这只罗盘可以带着他们离开死亡的世界。

离开医院后大批记者如嗅到血味的苍蝇一样蜂拥而至，凯丽作为这起事故唯一的幸存者，自然被他们围攻了许久，可无论记者问什么，她一句都不回答，只是冷漠地穿过人群走过马路，仿佛完全看不见那些人一样，完全行走在自己的世界当中。

她现在还有一个谜题需要解答，而这个世界上，或许只有一个人能够回答。

凯丽连家也没回，离开医院后立刻买了一张机票直飞冰岛，日夜兼程，回到10年前她曾经待过的那个小镇。

维克镇位于冰岛的最南端，是一个再普通不过的北欧小镇，人口不过几百人，镇子后面便是一望无际的大海，十来艘渔船停泊在小港口里，多年前凯丽就是在这里和老头子学习航海的。沿着海岸线整齐地排列着一排排木质独栋小屋，屋顶是统一的蓝色，和远方的大海融为一体，海风沿着一条中央大街吹拂着整个小镇，街道干净整洁，小镇也显得安静祥和。

这里的一切都没有任何变化，镇上只有一家超市，一间酒店，餐厅也只有四五家，却有着十几间小酒馆，也许是受到骨子里流淌的维京血液的影响，这里的人们热爱饮酒和聚会，公元 8 世纪初维京人就在此定居了，维克一词本身就是古挪威语中城镇的意思，简单直接。

凯丽去了老头子最常去的几家酒馆，却都没看到他的踪迹，码头上他常常去的钓鱼点也没有人影，那就只剩下一个地方了，维克镇有名的黑沙滩。

沿着海滩向南边一路走去能看到一片黑色的海滩，这里算是冰岛的一处有名景点，来维克镇观光的游客也多是为此而来的，还常常有国外的摄制组来这里拍摄外星题材的影片，广阔的黑沙滩上布满了颗粒状的火山岩颗粒，按理说黑色给人压抑的感觉，但黑沙滩却黑得深邃、黑得通透，有种一尘不染的神秘感。

在黑沙滩的一块大礁石上，凯丽终于见到了她想要找的人，一个蓄着白须的秃头老人蹲在上面看着海面，他是在寻找鳞鱼群。

"你怎么来了？给我带酒了吗？"老人头都没抬，没等凯丽走近便大声嚷嚷起来，像是后脑勺长了一只眼似的。

"没有，不过我带了更有意思的东西，见过吗？"凯丽亮出手上的那只黑色罗盘，上面的链子紧紧缠住她的手腕，像是长在了上面一样。

"确实有意思……这是老光头的东西啊。"

"你也是个老光头。"

"最有名的那个老光头。"老人哈哈大笑了起来，"他的儿子曾经是咱们冰岛人的国王。"

"拉格纳·洛德布罗克，海盗之王。"

"对，这个东西曾经是他的，他就是靠着这个罗盘纵横四海。"

"你是怎么知道的？"凯丽问道。

"是鱼儿告诉我的。"老人捋着胡子大笑道，海中的鳞鱼被他吓到散开来，身上金银色的反光更加显眼了。

"那个时候还没有罗盘呢……"

"因为这就不是人制造出来的，这是神明送给他的。"老人的表情变得凝重了起来，"这罗盘能让人穿越生死的界限，拿着它就可以受到死亡女神海拉的庇护，换句话说……就是永远也不会死，即使死去也会重新复生。老光头曾经很多次被人目击死在了海战当中，可又一次次如幽灵一般再度出现，不管多少次战死，他都能卷土重来，这就是那罗盘的力量。"

虽然凯丽心中早已猜到答案了，可听到老人这样说还是觉得不可思议，手中的罗盘散发出黑亮的微光，上面的海拉绘像睁大了双眼，仿佛正在通过绘画的眼睛观察自己新的信徒。

"只不过他最后被盎格鲁人抓住了，他们拿走了他的罗盘，将他扔进毒蛇坑当中他便死了。老光头的四个儿子，勇士比约恩、金发维特瑟克、蛇眼西格德、无骨者伊瓦尔，个个都是英勇无比的英雄好汉，他们后来为父报仇，大举入侵了英格兰手刃仇敌，这场复仇开启了一个新的时代。他们在国王的宝库中找到了这罗盘……然而他们并不知道它的用处，只当作父亲的遗物，装上船送入大海以告慰英灵殿中的父亲。"

"难怪我们会在那里发现它……"

"你们在哪里找到的？"

"北极圈内，一条已经被冻进冰山里的小船。"

"或许它已经被海拉收回冥界了，你们看到它的时候，实际上已经死了。"

老人的话让凯丽大吃一惊，她试探着问道："你知道……这段时间我身上发生的事？"

"鱼儿告诉我的。"老人只是微微笑着，伸出手拍了拍凯丽的肩膀，"这是神明的选择，你的信念配得上这只罗盘，坚持你自己要走的路。"

"我不知道我该做什么。"

"只有你自己才知道。"

老人喝了一大口铁质酒壶里的朗姆酒，打着酒嗝离开了，留下凯丽一个人在那块礁石上站了很久。

冰岛的天空很干净很清亮，凯丽望着漫天的星辰，手中捧着那只罗盘宛若一个雕像一般痴痴地站着，原本罗盘上的一根白色指针指向生者的世界，一根黑色指针指向亡者的世界，而现在它只是疯狂地旋转着，没有任何指示。

忽然，两根指针没有任何征兆地停止了转动，黑色指针直直地指向远方，指向刚刚驶离港口的一艘渔船，夜幕降临，寒风吹拂，海拉展开翅膀迎接她新的客人。

跟我来。海拉在夜幕中低语着。

跟我来。凯丽跳下礁石走入海中。

凯丽伸手拉开外衣的拉链，里面穿着一件紧身的内衬衣，她攥紧了罗盘，快速助跑了起来，整个人好似鱼儿一般跳入海中，她曾在亡者之海中行走了无数岁月，此时浸泡在海中宛如婴儿回到了母体，朝着那死兆笼罩的船只游去。她不是海拉的信徒，她只是她自己的信徒，手捧着神明的庇护，而她此行却只为渎神。